結
YUI

妹背山《いもせやま》
婦女庭訓《おんなていきん》
波模様《なみもよう》

大島真寿美

文藝春秋

目次

水や空 7
種 57
浄瑠璃地獄 113

月かさね 195
縁の糸 243
硯 295

装画　原裕菜
装丁　大久保明子

結
YUI

妹背山婦女庭訓《いもせやまおんなていきん》　波模様《なみもよう》

初出

「水や空」　オール讀物二〇二〇年三・四月号

「種」　オール讀物二〇二〇年七月号

「浄瑠璃地獄」　オール讀物二〇二〇年十一月号

「月かさね」　オール讀物二〇二〇年十二月号

「縁の糸」　オール讀物二〇二一年三・四月号

「硯」　オール讀物二〇二一年六月号

水や空

一

京町堀《きょうまちぼり》で造り酒屋を営む松屋《まつや》の倅《せがれ》、平三郎《へいざぶろう》が、道頓堀《どうとんぼり》に足を踏み入れたのは、まだ二十歳そこそこ、家業の仕事をいくらか任されだしたばかりの頃だった。

ゆくゆくは後を継ぐと決まっていた長子ゆえ、幼少の頃より、それなりに仕込まれてはいたものの、外で厳しい修業をしたわけでなく、とりあえずと店へ出て、さて、若旦那《わかだん》さんと呼ばれるようになってはみても、ろくな仕事はできず、後継にしてはたいして役に立たず、といって、家業なので、やらぬわけにもいかず、しかしながら、まあまあの大店《おおだな》だけに、そうしゃかりきになって働かずともよい、という恵まれた立場でもあり、だが、当の平三郎にしてみたら、どうにもこうにも、生煮えの魚にでもなったようなつまらぬ日々を送っていたのだった。どうやら商いというものが、性に合わぬようだ、ということにもうすうす気づきだしてもいた。いつもいつも銭のことを考え、細かい勘定ばかりに精を出していると次第に頭が痛くなってくるのである。

そんな折、店先で耳にしたのが、〝妹背山婦女庭訓《いもせやまおんなていきん》〟という言葉なのだった。

妹背山婦女庭訓。

なんやけったいなこと、いうてはるなあ、と、まず平三郎は思った。

聞いたことのない言葉の組み合わせである。

妹背山婦女庭訓。それはおそらく外題《げだい》のようなものなのだろうが、それにしたってなんやえらいけったいやないか、と平三郎は思う。婦女庭訓て。なんで婦女庭訓が妹背山にくっついとるんや。おかしいやないか。

おい、なんやそれは、なんの話や、とくわしく聞いてみると、道頓堀でかかっている操浄《あやつりじょう》瑠璃《るり》の演目なのだという。ひと月ほど前に幕を開けたが連日大賑わいなのだという。

「ふうん、操浄瑠璃か」

平三郎は操浄瑠璃をまだいっぺんもみたことがなかった。

操浄瑠璃どころか、歌舞伎芝居すらいっぺんもみたことがない。

母親やら祖母やら叔母やらが、芝居の話をしているのを聞いたことはあったし、松屋の上客に歌舞伎役者や、芝居茶屋の主人なんぞがいて、その付き合いで父親が観にいったりしているのも知ってはいたが、平三郎に誘いはなかった。いや、べつに誘いがなくとも、勝手に観にいけばいいだけの話なのだが、書を習い、絵を習い、俳諧《はいかい》を習い、と学んでいるんだか、遊んでいるんだかわからぬ用事のあれこれに忙しくて、道頓堀の芝居小屋は素通りしていたのだった。

「評判、ええんか」

「そらもう、えらい評判ですわ。ここんとこ、そこらじゅう妹背山婦女庭訓の噂で持ちきり、知らぬ者がおらんほどですわ。歌舞伎芝居ならともかく、操浄瑠璃であすこまで評判ええのんは珍しいんとちゃいますか」

ふうん、ほんなら、いっぺんみとこかな、と平三郎は思った。

そうして、うっかり、道頓堀の芝居小屋に足を踏み入れてしまったのだった。

二

平三郎は、妹背山婦女庭訓を五遍観た。

はじめに観たときは、なにがなにやら、ぼうっとお人形さんに見惚れているうちに終わってしまい、次に観たときは、ぼうっと義太夫《ぎだゆう》に聴き惚れているうちに終わってしまい、これではあかん、ともう一度観るしかなくなってしまったのだった。いや、そんなのは言い訳で、一遍観たらもう一遍、もう一遍観たらまた一遍と引きずられていってしまったというのが正しい。

三遍観たらもう夢中だった。

ええなあ、ええなあ、ええもんやなあ、操浄瑠璃って、こないにええもんなんか、いやー、それだけちゃうな、また、この、妹背山婦女庭訓ちゅう、このお話がなにしろええんやろな、こらぁ、たいした演目やで、なあ、と感極まってほとんど泣きださんばかりに独りごちていると、隣にすわっていた小さな女の子が、そやろ、そやろ、とうれしそうにうなずく。

「えっ、あんた、ちっさいけど、これ、わかるんか」

驚いた平三郎がきくと、

「わかる」

と女の子がこたえる。

すると、その向こうから、せわしないおばはんの声がした。

「あんた、そら、わかるで。この子は、このお芝居書かはった近松半二《ちかまつはんじ》はんとこの嬢《いと》はんやで」

後ろのおばはんもついと乗り出して口を挟む。

「そやで、このおきみちゃんはな、うんとちっさい頃から、ここの常連さんなんやで、な、そやな。おきみちゃんは、お祖父さんに連れられて、うんとちっさい頃から、ここの操浄瑠璃、ずうっとみてきはったんやもんな。いっぱしの目利きさんよなあ、なあ」

「へええ。ほんなら、あんたの父《とと》さんがこれ書かはったんか」

娘がうなずく。

「へえええええ。せやったんかい。あんたの父さんがなあ。そら、すごいな。あんたの父さん、えらいたいしたお人やなあ。な、おっちゃん、京町堀の松屋の平三郎、いうんやけど、いっぺんあんたの父さんにお会いしたい、いうといてくれるか。ええもん、見してもろて、ええ思いさせてもろて、お礼がしたい、いうといてくれるか。ご馳走させてほしい、て。な、おきみちゃんもいっしょにおいしいもんようけ食べてってくれたらええねんで、なんでも好きなもん、食べてってや。な、せやから、あとで父さんに、そないいうといてくれるか、京町堀の松屋の平三郎や。おぼえてくれたか。ちゃあんとおぼえて、父さんにいうてくれな、あかんのやで」

娘がうなずく。

しかし、すかさず後ろからおばはんの声が被さってくる。

「ちょいと、あんた。そない無体なこと、この子にいわんといたってくれるか。この子に頼んだかて、今は、ここの半二はん、引っ張りだこやさかい、そう易う会《お》うてもらえまへんで」

おきみの向こう側からも続々と声がする。

「そやで。おきみちゃんかて、こないなことばーっか頼まれてたら、そら、いややわなあ」

「ほんまやで。子供に頼むこっちゃ、ないで」

「そうや、そうや、その通りや」

「あ、そや！　ほんなら、こうしよか、代わりにわてらがあんさんのお相手したろか。な、おきみちゃん、このお人に、みんなでおいしいもん、ようけご馳走してもらおか」

なにがええやろ、おきみちゃん、なにが食べたい、お腹すいたやろ、と口々に言い、田楽、とおきみがこたえたものだから、平三郎は、このあと、このおばはんらとおきみに田楽をご馳走せざるをえなくなってしまったのだった。

夕刻、芝居小屋近くの茶屋の軒先で、わちゃわちゃと皆で田楽を食い、茶を飲んだ。食べながらも出てくる話題は妹背山婦女庭訓一色で、誰彼とこうして話せば話すほど、ますます平三郎は操浄瑠璃に魅せられていくのだった。


しかしなんやえらいもん、見てしもたなあ、と平三郎は、思わずにいられない。

こんなん見てしもたら、もっと見たなるやないか。もっともっと。もっともっと、て、じっとしてられへんやないか。

幸い、平三郎は、繁盛している店の若旦那ゆえ、己の欲を抑え込まずにすむだけの財力、というか、小遣い銭はある。まあまあ暇もある。それに平三郎の父は、いわゆる道楽というものに寛大だった。

なぜといって、平三郎の父、幸左衛門《こうざえもん》もまた、骨董に狂う道楽者だったからである。今や、家の一間どころか二間すべてが骨董で埋め尽くされ、裏の蔵も埋め尽くされ、それでもまだ増えていく一方の道具類に、家中の不興を買っていた。幸左衛門は入聟《いりむこ》ということもあって、己の道楽を邪魔されたくないばっかりに、家人の誰の道楽にもいっさい口を挟まない、という偏屈な流儀を長く貫いていたため、平三郎の芝居小屋通いになにもいわなかったのだった。

そのおかげもあってか、あるいは、道楽者の父親の血を引いたせいもあるのだろうか、倅の平三郎も、もともと多趣味な男なのだった。絵を描いたり俳句を詠んだり、茶を点てたり、それに商売柄、酒を飲むのも好きだったし、紅葉狩りだの花見だの野点《のだて》だのと、あちこち出歩くのも好きだった。骨董についても、あんがい詳しくて、幸左衛門の話し相手になることもままあった。

こんなことだけして暮らしていけたらええんやけどもなあ、そうもいかへんしなあ。

これは平三郎の言葉ではなく、幸左衛門の言葉である。

骨董を矯《た》めつ眇《すが》めつして見ながら、ぼそりとつぶやく。

かわいそになあ、と平三郎は思う。

親父殿は松屋の主人として、商いを捨てるわけにはいかへんのや。

それどころか、道楽の元手となる銭をたんまり稼がなあかんしなあ。

骨董というのは深みに嵌《はま》れば嵌るほどなにしろ銭がかかる。稼いでも稼いでも追いつかない。骨董に注ぎ込むためには、いっそう働かねばならなくなる。

いくら出来の良い番頭がいても、後継の若旦那、平三郎がすでに店に立つようになっていても、幸左衛門でなければ埒《らち》のあかない仕事は多いし、欠かせぬ付き合いもある。気苦労は尽きない。ぼんやり骨董を眺めているだけでは済まされないのである。

道楽いうもんは、はてしがないしなあ、商いの手ぇ、緩めるわけにもいかへんしなあ、そら、親父殿も、くたびれるで。

しかし、そうはいっても、平三郎とて、数年先にはこの店の後を継ぎ、主人として、同じ立場で商いをせねばならぬと決まっている。

勘定書きを見ているだけで頭が痛くなる平三郎にとって、先々を思えば、ため息しか出てこないのだけれども、といって、逃げだすわけにもいかなかった。

せやからまあ、せいぜい、今のうちに、好きなこと、させてもらおか。

そんな理屈をこねて、平三郎はふうらりふらりと、道頓堀へ出かけていく。

平三郎は操浄瑠璃に開眼しただけでなく、じきに歌舞伎芝居も見るようになっていた。

これまた妹背山婦女庭訓がきっかけだった。

操浄瑠璃の妹背山婦女庭訓が幕引きとなって、もういっぺん見といたらよかったなあ、と残念がっていたら、すぐさま歌舞伎芝居となって幕を開けたので、嬉々として観にいったのである。

そうして、観れば観たで歌舞伎芝居もええもんやなあ、とまた強く心惹かれるのだった。

おんなし演目でも、操浄瑠璃と歌舞伎芝居とでは受け取るもんがちがうのはなんでやろ。

平三郎は、なによりもまず役者というものに惹きつけられた。

松屋の客にも歌舞伎役者はいたが、店で見かけるときと、舞台にいるときとでは、すっかり様子がちがっていて、舞台に立つと、彼らはきらきらしく輝き、あるものは稀代の悪人に、あるものは色香匂い立つ傾城《けいせい》にと豹変する。顔を作っているから衣裳を着ているから、というだけでは追いつかないほど、巧みに様変わりしてしまう。

平三郎は、桟敷《さじき》にすわって、それも前の方に陣取って、穴があくほど、役者の顔を眺めてみる。

役の向こうに透けて見える素の顔と、演じて見せる役の顔と、それらが混じりあった輝きとに目を凝らす。

ここでしかみることのできないものが、舞台の上にはたしかにあるのだった。

絵心のある平三郎には、それらを絵にするという楽しみも増えた。さらさらさらと描いては、しみじみ眺め、舞台を思い出すよすがとする。ついでに家の者らに見せびらかす。皆、大喜びだ。もっと描いて、もっと描いて、とせがまれる。そういわれると、もっともっとうまく描きたくなる。

絵の修練に励むようになった。

また、操浄瑠璃に通ううちに、浄瑠璃の詞章《ししょう》をおぼえて語りたくなった。ちょいと真似をして語ってみると、これがまたすこぶる楽しい。いつの間にやら義太夫節の虜になって、いそいそと稽古屋にまで通う始末。

道楽が道楽を呼んで大忙しだ。

ますます商いに身が入らない。

こんなことしてて、ええんかな、と心のうちで思わぬわけでもなかったが、まあええか、今のうちだけや、今のうちだけ、と遊び歩く。

芝居小屋界隈に顔見知りも増え、松屋の平三郎、約《つづ》めて、松へ、といえば芝居道楽の強者として、いつしか名を馳せるようになっていた。

といって、やみくもに銭をばらまく大尽《だいじん》としてではなく、絵にせよ、義太夫節にせよ、平三郎が真面目に稽古に励んだ証とでもいったらいいのか、玄人はだしの芸だ、と一目置かれる遊び人になっていたのだった。

おい、松へ、なんぞちいと、きかしてくれや、と仲間内の宴席などで所望されると平三郎は義太夫節を披露する。酔人相手でも、きいてくれる客がいれば、それなりに楽しい。嬉々として語ってしまう。そうして語れば語るほど、ますますうまくなりたいと欲がでてくるのだった。なんやけったいなことになってきてしもたな、と思いつつ、これぞという稽古屋をさがして通いつめる。銭儲けだけが目的の甘甘《あまあま》の稽古屋では物足りず、厳しく鍛えてくれる良き師匠を求めて渡り歩く。

松へがやがて店を継いだら、松屋はじき潰れるやろな、と世間で噂されているのを知ってはいても、平三郎にはどうしようもなかった。平三郎は平三郎なりにまっすぐに道を歩んでいるつもりなのである。あいにく、それが、商いの道ではなかったというだけなのだ。

困った困った、と口ではいいつつ、商いなんぞ、もうどうでもええわ、と、内心諦めの境地に達してもいた。

三

「ようし、ほんなら、寂物屋《さびものや》に鞍替えや」

平三郎がそう決めたのは、幸左衛門が息を引き取って、半年ほど経った頃だった。

酒を造って営む松屋を継いだはいいが、平三郎に店を守り立てていける覚悟もなく自信もなく、老番頭に、わしがやったらひょっとしてつぶれるんとちゃうやろか、ときくと、老番頭の太吉《たきち》は、つぶれるかもしれまへんな、という。うっとこは、亡くならはった旦《だん》那さんが隅から隅まで目ぇ光らせてはったからこそ、どないかこないかやってこれてましたけども、若旦《わかだん》さんにおんなしこと、やれ、いうたかてでけしまへんやろ。太吉がずけずけいう。生まれ変わった気ぃになって精出してもらわんと、すぐにつぶれまっせ。

「やっぱりそうか」

「そら、そうですわ。遊びもたいがいにしてもらわんと」

太吉は平三郎を子供の頃から知っているがゆえ、いまだに平三郎をどことなく子供扱いしている節があった。

「遊び、いうなや、遊びて」

「遊びですやろ」

「や、ただの遊び、ちゃうで。絵にしろ義太夫節にしろ、たいした腕前やで。知ってるやろ」

「いうても素人。あんな、ええですか、あんさんはもう、うっとこの、松屋の旦那はんでっせ。立派な、ご主人さんや。ご主人さんの心がけ次第で、商いは浮いたり沈んだりしますのや。きょうびは気前よう買《こ》うてくれはるご贔屓《ひいき》さんもうんと減りましたさかい、いつまでも遊んどられたらかなんのですわ。ええですか、商いいうもんは甘いもんやない。そこんとこ肝に銘じてもらわんと。片手間にやれるこっちゃないんですわ。松屋のため、悪い遊びとはきっぱり縁切ってもらえまへんか。そうして、心入れ替えて、商いに励んでほしいんですわ」

幸左衛門の存命中からいいたかったことをここぞとばかりに言い募る。

「ぼやぼやしてたら、うっとこ、つぶれまっせ。このまんま、若旦さんがこれまでとおんなしように遊んではったら、松屋は、のうなります。そないなったらどないします。つぶれてええんですか。若旦さんの代で、松屋、つぶしてええんですか。あきまへんやろ」

番頭の口調がどんどん荒く、辛辣になっていく。無能と決めつけられているようで、平三郎はかちんとくる。

「ふうん、わしの代でつぶれるんか。そんで、つぶれて松屋はしまいになるんか」

「そうでっせ。いつまでぇも絵やら浄瑠璃やらに、かまけてはったら、じきそないなりますわ。道楽とは縁を切ってもらわんと」

「ふうん。そうか。つぶれるんか。ふうん、わしの代でな。そうか。よし、わかった。そんなら、つぶれる前に、店、畳もか」

「は」

「つぶれるんやったら、つぶれる前に、松屋、畳んでしまおか」

「なにを阿呆な」

呆れた顔で、太吉がつぶやく。

「なにが阿呆や。今なら、蓄えもまあまあある。いっそ畳みやすいやないか。な、店のもんにそないいうて、皆に閑《ひま》だしてくれるか。あいつらには、よその店、世話したるなり、いくらか銭、渡したるなり、お前の裁量でええようにしたってくれ。そのあたりの差配はすべてお前にまかす。あとはなんや、掛けの取り立てか。払いもせなあかんしな。あーそやそや、造った酒も売り切らな、あかん。畳むとなったら、後の始末はいろいろあるで」

勢いよくいい、太吉があわてふためくのを平三郎は笑いながら眺める。

松屋をつぶしたくないのは平三郎より太吉なのだ、と平三郎は見切っている。

こういうふうに追い詰めたら、先代に恩義のある太吉としては、平三郎に店を続けさせるため、いくらかでも折れるしかないだろう。ここは駆け引き、うまく立ち回って、多少の道楽くらい大目に見てもらわねば。さあ、どうするどうする。

が。

平三郎の目論見と違って、どういうわけだか、太吉は、ふいに、ほな、そないしまひょか、といいだしてしまったのだった。

「なるほどなあ。まあ、たしかに、若旦さんのいわはる通りや。二進《にっち》も三進《さっち》もいかへんようなってから慌てふためいたかて遅すぎる。その前にきれいに店、畳むいうのんも、ひとつの手ぇや。そら、わてかて、この松屋をつぶしたないでっせ。何十年、働いてきた大事な店や。亡《の》うならはった旦那さんかて、そないなこと、望んだはるわけはない。せやけど、わてかて、もうええ年やし、いつ死ぬかわからしまへん。いつまでも面倒見きれまへんよってな、ここらがちょうどええ引き際や。へえ、そんなら、後始末は一切合切、わてがやらしてもらいまひょ。最後のご奉公や。きれいに片、つけて、しまいにしまひょ」

「え」

「わてはそれでよろしおます」

「は」

「やることようけありますさかい、これから、大忙しや」

「え。あ、そ、そうか。ほ、ほんなら、よろしゅう頼むわ」

こうなると後には引けず、店を畳むということに決まってしまったのだった。意外にも家の者らも皆、それでいい、という。平三郎の母親も祖母も叔母や妹、弟らも、平三郎が後を継いだらすぐにつぶれるのでは、とひそかに案じていたらしく、それならいっそ畳むがよいと思ったようだった。うん、それがよろし、酒、いうのんも扱いがむつかしいよってな、あんたには向かんような気ぃしてたんや。うっとこには幸い、貸家もあるしな、商いは酒だけやない。いっぺんきっちり片つけたら、先々のことも見えてくるやろ、と母がいう。ここで無理することないで。ああそやそや、その通りや、蓄えもあるんやし、どないにでもなるで、と祖母もいい、ここは辛抱、いっぺんさらにして、いい知恵出したら、ええ芽がふくわ、と気楽なものだ。な、せやさかい、あんた、この邪魔臭いもん、この際いっぺんきっちり片付けてくれるか、ほんま、こうもようけあっては、邪魔臭うとてかなん、と訴えた。持ち主はもう亡うならはったんやし、始末したかてええやろ。ほんま、これのせいで、うっとこ、えろう狭なったわ。あ、そや、蔵ん中のもんもどないかしてくれるか。

幸左衛門の集めた骨董のことだ。

だからといって、幸左衛門が心血注いで集めに集めた品々をあっさり捨て去るわけにもいかず、平三郎は、店の空いた場所に適当な値をつけて並べてみたのだった。まずは茶道具。

するとこれがすぐに売れた。あれっと思ってまた出してみた。

するとこれもまたすんなり売れた。

しかもけっこうな値で売れていく。様子をさぐるつもりでつけた高値だったのに、躊躇《ためらい》なく買っていく客がいるのである。

ややや、と平三郎は驚く。

これはいけるで。

こりゃ儲かるで。

へたしたら酒より儲かるんとちゃうか。

それはそうだ。元手のかからない、けっこうな売り物が松屋にはすでにたんまりある。しかもまずまずの良品が揃っている。幸左衛門がいかに目利きであったか、あらためて感じ入るほど、たいした逸品ばかりが揃っていた。しかも、その噂がどうやら世間に広まっているらしく、招かずとも客がやってくる。

ざっと検分してみただけでも、かなりの額になる品々だった。ある程度売れたらそれを元手に新たな仕入れをしてもよい。平三郎も、幸左衛門ほどではないにせよ、品物の良し悪しくらいならじゅうぶんわかる。生前の幸左衛門が話していた、道具類の薀蓄《うんちく》もきっちり頭に入っている。それに、日頃から付き合いの広い平三郎は、金に糸目をつけぬ茶人をすでに幾人か知っていた。彼らの好みならよくわかる。世間の流行《はや》りもよくわかる。好き者の茶人相手に上物の茶道具を売れば儲けは出るだろう。あとは小さな商いをちょろちょろやっていけばよい。これなら平三郎でもつづけられそうだ。というか、もはや、これしかない。

こうして松屋は寂物屋としてやっていくこととなったのだった。

ついでに平三郎は嫁をもらい、いっぱしの主人となった。

というわけで、松屋平三郎の道楽は続けられた。

芝居見物にもますます熱心にのめり込んだ。

義太夫節は奥が深く、やればやるほど面白く、絵は絵で、平三郎の評判が次第に広まり、家の者らだけでなく、いつしか、よそでも所望されるようになっていた。

平三郎は絵が好きだ。

描いてくれと頼まれればすぐに描く。

頼まれなくとも描きたくなればすぐに描く。なので店の奥でもしょっちゅう描いている。客などそう頻々《ひんぴん》と来ない店ゆえ、暇つぶしにはちょうどよい。

「なあ、あんさん、そないにせっせと描いてはるんやったら、扇絵でもこしらえて店に並べてみはったらどないです」

と、平三郎にすすめたのは、嫁のはなだ。

「それはさすがにやりすぎやろ」

といってはみたものの、こっそり試しに置いてみた。

売れた。

え、売れたやないか。

嬉しくなってまた描いた。

売れた。

えっ、売れるんかい。わしの絵、売れるんかい。なんや、そうか、わしの絵、売れるんや。そんなら売ろか。

耳鳥斎《にちょうさい》の絵、売ったろか。

耳鳥斎とは、平三郎の画号である。

前に稽古に通っていた画塾での兄弟子だった越鳥斎《えっちょうさい》に倣ってつけてみた名であった。たいしてこだわりもなくつけた画号だったが、こうして扇絵に署名してみるとたいへん見栄えが良い。絵に箔がつく。

「な、わし、もう素人とちゃうよな。そう思わへんか」

嫁のはなにきいてみる。この嫁は祖母が見つけてきた呉服屋の娘で、嬢はんとして苦労せずに育ったうえ、平三郎とは昔から顔なじみ。そのため、夫にそう従順ではない。わりあい、いいたいことをいう。

「んー、どないですやろ。んー、こないして置いとくと、ちゃあんと売れてくんやさかい、たしかに、もう素人はんではないんかもしれまへんけどもなあ。んー、そやけど、どやろ、玄人はんの描かはった絵、いうのんともちがう気ぃ、しますわ。こんなん、誰でも描けそやし」

そういって、はなが笑う。

「おいおい、そんなこた、ないで」

「せやかて、そう上手い絵にも見えまへんで。といって下手いうんでもないんやけども。んー、なんやろねえ、上手い下手とはまたちごたよさがあるんやろかねぇ。見とると、なんや、ええ気持ちになりますのや」

「え。そうか」

「こないして、あんさんの絵、眺めてますと、なんやら、うれしなりますのや。なんでやろ」

ふふふ、とはなが、うれしそうな顔をする。

それを見ていると、なぜだか平三郎までうれしくなってくる。

もっと売れるかな、と平三郎はまた扇に絵を描く。

扇一枚売れたところでたいした儲けにはならないし、日々、そう売れていくわけではないものの、誰かが買っていってくれると思うと扇に描く甲斐がある。それに、遊んでいるのではなく、売り物をこしらえているとなれば、大きな顔で店で絵を描いていられるのも良かった。

扇絵は、松屋の名物として、少しずつ、世間に浸透していった。

すると珍しい客もやってくる。

「お、なんや、おきみちゃんやないか」

ちょくちょく道頓堀で平三郎とすれ違っているおきみだが、京町堀の松屋に現れたのはこれが初めてだった。

「おきみちゃん、どないした。なにかあったんか」

「なにいうてはんの。松への扇絵、買いにきたんやないの」

とおきみがいう。

「わしもやで、松へ。わしも買うて帰るで、近頃評判の、松への、いやいや、耳鳥斎先生の扇絵」

と、おきみの後ろから徳蔵《とくぞう》も現れる。

「あれ、なんや、徳蔵に連れてきてもろたんか。なるほどな、徳蔵、お前、ちいとは役に立つようになってきたんやな。つまり下男か」

「やかましい」

平三郎とおない歳の徳蔵もまた、年来の芝居見物仲間である。この徳蔵、芝居にのめり込み過ぎて、家業の大枡屋《おおますや》をほっぽらかし、いつ頃からか、浄瑠璃作者を志して、近松半二の門人、つまり弟子になってしまっていた。

「おい、おきみちゃん、どないや、徳蔵、そろそろなんぞ書かしてもらえるよう、なったんか。まだか。まだあかんか」

「さあ、どやろなあ」

うわのそらでこたえて、おきみは店に並べてある扇絵をひとつひとつ眺めていく。背も伸びてずいぶん娘らしくなってきたとはいえ、おきみはどこか少し、いわゆる娘らしいというのとは違った趣があった。子供のころとそう変わらぬ顔つきをして、色香ともまだまるで無縁で、着古した着物でしょっちゅう道頓堀の芝居小屋に潜り込んでいる。ぼんやりしているようで、よくものをみているし、鈍いようであんがい鋭い棘《とげ》がある。近松半二の娘だけに、古い浄瑠璃演目やら芝居演目やらにもやたら詳しかったし、大の男が相手だろうと、さらりと手厳しいことを口にする。といって賢さをひけらかすわけではなく、好きな役者や演目にはすぐさま熱を上げるし、人の話をよく聞くし、よく笑うし、それなりに可愛げはあった。幼い頃から母親の商いを手伝っているので愛想もいいし、愛嬌もある。だが、どうにも食えないところがある、と平三郎はとうに気づいていた。

なんやろなあ、と平三郎はいつも思う。

この娘の正体はなんやろ。

舞台のうえの役者の、役の向こうの素の顔を凝視するように、平三郎はおきみの顔を凝視してみるのだが、どうにもよくわからなかった。だからおきみの似顔絵がどうしても描けない。

似顔絵っちゅうのんもむつかしいもんやなあ。

平三郎は、おきみを描こうとしてそれに気づいたのだった。うわべだけ似せても、似顔絵にならない。おきみの丸っこい鼻や、すべすべした肌の感じや輪郭や、きりりとした眉や、澄んだ目や、いつも少しだけ開いている口元や、そんなものだけ紙に写してみても、おきみにならない。ちっとも似ない。

肝心の、おきみの性根を摑みきれていないからだろう、と平三郎は思っている。それが悔しくてならない。

そのうち、ちゃあんと描かな、あかんな、と平三郎は心ひそかに決めていた。

「わしら、北新地《きたしんち》からの帰りなんや。そんでちょいとここへ寄せてもろたんや」

框《かまち》に腰掛け、徳蔵がいう。

丁稚《でっち》にいって茶を持ってこさせると、徳蔵がさっそく、それをひとくち飲んだ。おきみもおきに、といってすわったが、さっさと飲み干すと、すぐさま立ちあがり、また扇を眺めだした。

「北新地、いうと、あれか、竹本座《たけもとざ》の」

平三郎がきく。

「そや。北新地の西《にし》の芝居で、ようやっと幕が開くんや。竹田万治郎《たけだまんじろう》の一座、いうことになってるけどな」

「噂にはきいてるで。そやけど、よかったやないか。ほんま、長いこと待たされたで。あれやろ、門左《もんざ》の天《てん》の網島《あみじま》、かけるんやろ」

けっ、と徳蔵が突っぱねる。

「ちゃうで。近松門左衛門《もんざえもん》の天の網島やない。近松半二の心中《しんじゆう》天の網島や」

「え、あ、そうなんか」

「そや。心中紙屋治兵衛《かみやじへえ》、いう外題になった」

「ほー」

おきみが顔をこちらに向けていう。

「そんなん、外題変えたかて、心中天の網島は心中天の網島や。元を辿れば近松門左衛門の、心中天の網島やないの」

「なんやー」

「ちゃう、ちゃう。ちゃうで。おきみちゃん、ちゃうやろ。あれは近松半二の天の網島や。そやろ」

徳蔵に強くいわれて、おきみがくすっと笑う。

「まあな、心中、いうてんのに、心中、せえへんしな。橋尽くしもあらへんしな」

「それだけやない。よう筋が通るよう、なってるやないか。詞章もききやすいし、ききやすいんで話がようわかる」

「それは、そや。父さん、いっつも、いうてはる。浄瑠璃は丸本《まるほん》で読むもんやない、耳できくもんや、て。ちゃあんと太夫《たゆう》の語りが耳できゝとれなあかん、て」

「ええこといわはる」

平三郎が口を挟む。

「どないした、松へ」

「耳が大事。そや。その通りや。せやから、わしの名は耳。耳鳥斎なんや」

「あほらし」

「や、ほんまやで。わしも、ちゃあんとききとれるように語らなあかんていっつも思うてんのや。ききとれへん義太夫節なんざ、義太夫節やない。そやさかい、わしは耳や。耳の鳥なんや」

手近にある扇を広げてばさばさと扇いだ。

「父さん、松への義太夫、好きや、いうてはったで。きっとそういうとこが好きなんやろな」

「そやろ。半二はん、ようわかってくれてはる」

「素人にしとくのは惜しい、て」

「え、そこまでいうてくれはんのか。そら、うれしいなあ。わしゃ、ますます稽古に励まなあかんな」

「松へ、そんなら、いっそ、松屋やめて、太夫になったらどないや」

と徳蔵がいう。

「太夫か」

「もっともっとうもなって、わしの書いた浄瑠璃、語ってくれや」

「そらまた、えろう先の長い話やな」

「なにをぬかす、じきや、じき。一緒に大入りの演目、拵《こしら》えようやないか。な、妹背山婦女庭訓みたいな度胆を抜くやつを」

「また大きく出たな。そら、仮にお前があんなん書いたら、わしかて、ええ節つけて語りたなるやろけども、しかし、わしの力ではとうてい間に合わへん。無理や。わしは観る方に回る。ともかく、お前は、まずは書け」

徳蔵が半二の弟子になって、すでに四年が過ぎていた。

けれども、まだ、徳蔵の名は立作者《たてさくしゃ》どころか、二枚目三枚目でも一度たりとて見たことはない。

それも致し方ない。徳蔵が半二の弟子になった途端、半二は新作を書かなくなり、竹本座は不入りつづきで興行が打てなくなり、挙句、半二ときたら豊竹座《とよたけざ》へいって、菅専助《すがせんすけ》とともに書きだしてしまったのだった。徳蔵にはまともに修業できる場がなかったのである。とことん間が悪い男である。

それなのに、まだ徳蔵は浄瑠璃作者への道を諦めていない。

「そやな。わしがまずは書かな、あかんな。そら、そや。そうして、早う、耳鳥斎先生に追いつかな、あかんのや」

皮肉にしては素直な物言いだった。

耳鳥斎先生って、そんな、わしなんざ、素人に毛が生えた程度やで、と平三郎は思う。たかだか扇絵、ちょろっと売ってるだけやないか。

それでもこういってしまうところに、徳蔵の屈託、焦りが見えたような気がした。

それはそうだろう。

家業の大枡屋をただ継いでさえいれば安穏と暮らせたものを、うっかり近松半二の門を叩いてしまったがために、徳蔵は何事か成さねばならなくなった。芝居好きでとどめておけばよかったものを、一線を踏み外してしまったのだった。

あれを観たからや、と平三郎は知っている。こいつも、あのときの、あの妹背山婦女庭訓を観てしまったから、狂わされてしまったのだ。己の生きる道を。

明和八年、竹本座。

あの熱狂の大舞台。

何年経とうと、あのときの、あの演目のことは忘れられない。

太夫が真剣を交えて戦っているかのような山の段。凄まじいまでの三味線の音色。たしかに息をし、たしかに息を切らし、たしかに息絶えていった人々。人よりも人らしく、人形らは生きていた。ひたひたと迫ってくる、あの者らの胸の裡《うち》。そことしっかり結ぼれてしまったら、もう他のことはなにも考えられなかった。平三郎の頭からなにもかもが、消えうせていた。桟敷にすわっている間、己が息をしていたかどうかさえ、定かでない。

観終わってしばらくして、ひょっとして、わしは死んどったんかな、と思う。見物しとる間、息をしとったんはわしではなく、舞台のうえの人形さんらだったんかな。

そうなるともう、いけなかった。それまで疑うことのなかったこの世が、だんだん、だんだん、なにやら、怪しげに思えてくる。そう、己の生きるこの世とあの世がひっくり返ったんじゃないかと思わせられてしまう。わしの生きる場所はどこや。ここはどこや。ふつふつとそんな思いに囚われる。

ぎゅうぎゅうに詰め込まれた小屋の桟敷で、たらりたらりと汗が流れた。人いきれで暑かったからに決まっているが、なぜだかそれが冷や汗のように思われて、頭がくらくらした。ああ、どないしよ。これからどないしよ。

若かったし、日々の商いに倦《う》んでいたし、このまま元の場所へ戻るのが嫌になった。芝居小屋を出て、戻っていく先が色褪せてみえた。

徳蔵もそうだったんだろう。

あの頃はまだ知り合いではなかったが、その後、道頓堀で共に遊ぶようになって、二人でよく妹背山婦女庭訓の話をしたものだ。

繰り返し、繰り返し、思い出して語りあううち、共に観たわけでもないのに、まるで並んでそれを観たかのような錯覚に陥っていった。

いつしか、二人の間で、妹背山婦女庭訓は一つの道しるべ、目指す頂をあらわす符牒のようになっていた。

その頂がどこにあるのか、その頂になにがあるかもわからぬまま。

いや、徳蔵にはわかっていたのかもしれない。

だからこそ、徳蔵はある日、唐突に近松半二のもとへ走ったのだ。浄瑠璃を書くために。浄瑠璃作者になるために。徳蔵の目指したのは、それだった。

平三郎よりよほど、まっとうではないか。

まだ、どこを歩んでいるのかさえ、わかっていない、あやふやな平三郎より、たしかな道のりを歩んでいる。

「これ、もらおか」

おきみが扇を差し出した。

道頓堀を行き交う舟を二艘、描いた絵だ。芝居小屋そのものを描いてはいないが、この舟に乗っているのは芝居小屋へ向かう人、人、人である。これから芝居や、と浮かれて、さんざめく舟の様子を描いてみた。

「賑やかやな」

おきみがいう。

「そや。皆、引きずられてくんや、あそこへ。こわいとこやで」

「そんでも、みんな、ほんまにうれしそや。舟のうえの声がきこえるようや。松への絵は、なんや声がする。絵も耳で描いてんのやな。な、これ、なんぼ」

「いらん、いらん」

「え、なんで」

「おきみちゃんから銭、とれるかいな」

「そんでも」

「いらんて」

ふうん、といっておきみが扇を畳み、懐にしまった。

「ほんなら、おおきに」

「こちらこそ、や」

「なんで」

「こんなとこまで、わしの絵、買いにきてくれて、おおきにや。徳蔵もな、好きなの、持って帰ってくれ。ああ、もう、ぐずぐずせんと、それにしとけ。早うせんと、そろそろ暗なるで」

そやな、そんならこれもろて帰ろか、うん、ほんならまたな、おい松へ、北新地の行き帰りにまた寄らせてもらうさかいな、松へ、おおきにな、そんなことを口々にいいながら出て行く二人。

半二はんによろしゅういうといてな、平三郎が声をかけると、二人が振り返り、笑ってうなずいた。

四

北新地は、道頓堀に比べたら、ぐっと落ちる。

芝居小屋の数も大きさも、行き交う人の数もまるでちがう。華やかさがちがうし、賑やかさがちがう。界隈の晴れやかさがちがう。つまり、だいぶ寂しい。

それでも竹本座が久しぶりにここで幕を開けたのはめでたいことなのだった。

客もまあ入っていたし、皆、熱心に見物していた。

きっと、この演《だ》し物をみるために、遠くから足を運んだ者も多くあったにちがいない。

平三郎もむろん、早々にみにいった。

おい、河庄《かわしょう》、てのはこの辺りやろ、という客の話し声がきこえ、あ、そうか、この演目はご当地ものでもあったか、と気づく。なるほどな、そう思ってみると、またちごた味わいがでてくるわな。

それも半二のねらいなのだろう。

半二の、心中紙屋治兵衛。

これは心中のない、心中天の網島だ。

なんでそんなことにしたものか。

紙治《かみじ》と小春《こはる》が死なずにすんで、客はあっけにとられている。

さては、おきみとそう歳の変わらぬ小春を死なせることができなかったか、小春の命を助けてやりたくなったのか。まさかそんなことはあるまいが、ふとおきみの顔を思い浮かべてしまう。

往年の充実ぶりには程遠いが、竹本座の面々も、皆、よくやっていた。

ここ数年のうちに竹本座から出ていった者は多いときく。喧嘩別れした者、食えなくなってついにやめてしまった者、歌舞伎芝居へ移っていった者。それでも尚、残っている者は幾人かいて、あとは呼び集めた者らで、どうにか駒を揃えた格好だった。

少人数ながら、めいめいが力を尽くし、いや、それどころか、持てる以上の力を出し尽くして舞台を成り立たせていて、いやいや、成り立たせられるように半二がうまいこと拵えていて、そこには、清々しい熱が感じられるのだった。

ええもんやな、と平三郎は思う。

これはこれでええもんや。操浄瑠璃には歌舞伎芝居にはない、べつの良さがたしかにある。

このところ、歌舞伎芝居ばかりに足を運んでこちらはとんとご無沙汰だったが、やはり浄瑠璃を心ゆくまで堪能できるのはこちらだし、また人形だからこそもたらされる強さ、うつくしさには独特の力があった。

せやけど、人形は描きにくいんよなあ、と平三郎は独りごちる。

歌舞伎芝居は観終わったあとに、演じた役者を描くという平三郎ならではの楽しみが待っているが、操浄瑠璃を観終えたあとに、人形を描くのはむつかしかった。描くには描けるが、なにか物足りない。何枚描いても、どんな演目を描いても、似たような出来栄えになってしまう。

人形の性根が紙にうつし取れへんからやろう、と平三郎は思っている。

似せればええ、ちゅうもんでもない、いうことなんやろなあ。似せても似せてもうつせへんもんがある、いうことなんやろなあ。しかし、それがわかっているからといって、平三郎にはどうしたって描けないのだ。

人形には敵《かな》わん。

つくづくそう思う。

それにまた、心打たれる太夫の語りも、決して絵には出来ないのだった。

観終わると、あとかたもなく消えていく。

夢のようやな、と瞬きしながら芝居小屋を後にするのも毎度のことだった。

生きるいうんも、せつないもんや、などと思い思い、平三郎は義太夫節を鼻歌交じりに口にする。そうして熱に浮かされたまま、稽古札を手にいそいそと稽古屋へと出かけて行くのだった。

そう、絵に描けないなら己で語るまで。

平三郎の義太夫節は、素人ばかりの催しながら、舞台に出ると好評を博するようになっていた。

よっ、待ってました、松へ。

お義理にそんな声がかかることもある。

平三郎の太夫号は、松へ。

間抜けた名だといわれもするが、平三郎は気に入っている。素人のくせに名ばかり立派で、さもうまそうな奴にかぎって、寝言のようなへたな語りというのはよくあることで、それこそ野暮の極みと思っている。それより気負いのない、松への方がよほど粋ではないか。

曲がりなりにも舞台に出るようになって、平三郎はますます義太夫節の虜《とりこ》になった。

徳蔵にいわれたからというわけではないのだけれども、もう十年若かったら太夫への道もあながち絵空事ではなかったと思えてならない。

松へと耳鳥斎。

平三郎は、この名を行ったり来たりする。

こないしてあっちで笑うて、こっちでたのしゅう、生きていかれたらええんやけどもなあ。

はなが身籠り、もう半年もすれば、平三郎はついに父となる。

こんなわしでも人の親になるんか、と平三郎はしずかに身震いする。

幸い、松屋の商いはまずまずだったし、他からの実入りもあるゆえ、暮らし向きはそう悪くはない。

だから、つづけようと思えば、いくらでも、この暮らしをつづけていける。けれども、はたして、それでいいのだろうか。あれもこれも中途半端なまま、ただの道楽三昧をこの先ずっとつづけていって、いいのだろうか。そりゃたしかに、絵も義太夫節も道楽としてはけっこうな高みにのぼりつつあるが、といって所詮素人、旦那芸に変わりはないのである。世間でそういう陰口を叩かれていることも平三郎はよく知っている。

そやけどなあ、と平三郎は稽古札を持つ手をぶらぶらさせて、あくびをする。

一心不乱に芸を極める、ちゅうのんも、どうもわしには向いてぇへんようやしなあ。

絵も好きやし、義太夫節も好きやし。

そもそも一つに決められへん。

遊ぶのも好きやし、芝居見物も好きやし、そやそや、うまい酒もなくてはならぬ。

ようするに、わしはひとりの女と心中できへん質《たち》なんやろな、と平三郎は苦笑する。あれもこれもと欲の深い性分なんや。そやけど、お楽しみがようさんあるおかげで、とりあえず色には迷わず、すんでんのやし、そやからこそ、嫁御はんも機嫌よう暮らしてくれとんのやし、常々、家ん中は円満、ええこっちゃないか。

それでええんとちゃうやろか。

どれもこれも心よう愛でとったら、ええんちゃうやろか。

わしは心中、せえへんのや。

そや。

そやで。

小春かて紙治かて、死なずにすんでよかったやないか。

小春十九で紙治は二十八。え、二十八いうたら、わしとほとんどいっしょやないか。あーあほらし。若い身空で心中なんかするもんやないで。死んだらしまいや。生きとるうちは生きとれ、半二はん、そないいうてはんのやで。

半二はん、ようわかってはる。

生きとればこそや。

せやから、まあ、わしは、このまんまでええんとちゃうか。

五

松屋耳鳥斎が、思わぬ成り行きから、〝絵本水や空〟を世に出したのは、それから二年後のことだった。

「おい、松へ、八文字屋《はちもんじや》がお前の本出したる、いうてるけど、出すか」

そうきいてきたのは、銅脈《どうみやく》だった。

銅脈。世間では銅脈先生で通っている。

平三郎の、これまた昔からの遊び仲間だが、平三郎や徳蔵と同じ年頃ながら若い時分より狂詩の本をつぎつぎ出して、東の大田南畝《おおたなんぽ》、西の銅脈、て、え、そら、ほんまかいな、といいたくなるほど、やけに名の知られている人物なのである。京の公家侍《くげざむらい》、畠中《はたけなか》家の養子に入った後継のはずだが、銅脈とは贋金《にせがね》、そんな名を名乗っているだけあって、これがなかなかに癖のある男なのだった。

「お前の絵、おもろいからな、集めて出したったらええと、わしはかねがね八文字屋に薦めとったんや。そしたら、いよいよあいつ、その気になってきよってな、役者絵なら出す、ていいだしよった」

「役者絵」

「お前、よう描いとるやろ。この前も、芝居見物のあとに描いてくれたやないか、吉太郎《きちたろう》の塩谷判官《えんやはんがん》やら、儀左衛門《ぎざえもん》の由良之助《ゆらのすけ》やら。ほれ、角《かど》の芳澤座《よしざわざ》の忠臣蔵《ちゅうしんぐら》。あれ、みせたったんや。そしたらえろう気に入ってな」

　こんな変人のいうことを真に受けたってろくなことになるまい、と思いはするが、くわしくきいてみたくもある。

「あれを気に入ってくれたんか」

「そや。ああいうの、集めて本にしよか、いいだしてな。耳鳥斎先生の名ぁもまあまあ知られてきたことやし、いけるやろ、て。芝居小屋で歌舞伎芝居みて、お前がすぐに描く。八文字屋がすぐに出す、いう寸法や。どや」

「そら、やりたいなあ」

「そやろ。道頓堀と、あとは京。それから江戸や」

「え、京。江戸も?」

「そや。京の芝居、江戸の芝居、みんな、みてみたいやろ。そやけどみられへんやないか。そやからこそ、描いたら売れるんや。決まりやな。京にも江戸にも手ぇ貸してくれる者はいてるさかい、安心せえ。なんもかも、八文字屋が手筈を整えてくれよる。いついく」

「いついく、て。いやいや、待て待て。うちにはうまれたばっかのややこもいてるしな、上の娘もまだちっさいしな、それにお前、うちにはうるさい婆さまがいてんのやで。そんな、京だの江戸だの、おそろしゅうて、いえるかいな。そもそも師走に店、空けられへん。わかるやろ。すぐには無理や」

「あかんあかん、すぐやないとあかん。八文字屋の気ぃ変わらんうちに、まずはいくと返事するんや。どや。どや。いくやろ」

ふうん、そんならまあ、いこかー、とこたえてしまったのが、大騒動の始まりだった。善は急げと銅脈に追い立てられ、八文字屋に会い、細々したことを話し合い、気づいたら、じき、出立の段取りができていた。もはや、引くに引けない。それに、こんなことでもなければ、京や江戸でのんきに芝居見物なんてできはしまいと、成り行きをおもしろがってしまったところもあって、なにがなんでも断るという気になれなかったのだった。あとは路銀の心配だけだが、八文字屋が前金をくれたのと、京でも江戸でも寄宿先を世話してくれたので、あとはいくらか算段すればどうにかなりそうだった。

そんなわけや、よろしゅう頼むわ、と家の者や店の者らを口八丁で丸め込み、とくに祖母やら母やら、嫁のはなを拝み倒して、年明けにさっそく京へと向かう。

京にしばらく逗留し、芝居見物をしてざっと絵を描き、それから江戸を目指す。

江戸は遠いが、道中、みるものきくもの、なにもかもがおもしろく、どれだけ寒かろうとどれだけくたびれようと、まるで苦にならなかった。

江戸についたらついたで、すぐさま芝居見物に精を出し、森田座《もりたざ》、中村座《なかむらざ》、と飛び回る。話にはきいていたが、どこも大入りの初春興行、役者らの気っ風のいい芝居には目をみはった。荒っぽい立ち回り、派手な見得、道頓堀ではあまりみられないものだ。

馴染みのない江戸の言葉遣いや台詞まわし、浄瑠璃の節回し。はじめは戸惑ったが、次第に慣れて、おもしろくなる。衣裳やら道具やら演目やらの流行り廃りも大坂とはずいぶんちがうようだった。客の受けかた、楽しみ方も少なからずちがっていて、と、道頓堀とのちがいを数え上げたらきりがないのだが、なにより、平三郎を驚かせたのは、よく知る演目、たとえば、あの菅原伝授手習鑑《すがわらでんじゅてならいかがみ》でさえ、江戸の芝居小屋では、どことなくちがってみえることだった。江戸の食いもんもそうだが、これが江戸の風味、江戸の味、ちゅうやつか、と平三郎は思う。

八文字屋や銅脈に紹介してもらった人々とも嬉々として交流した。

気が合えば、ともに酒をのんだり飯を食ったり芝居の話をしたり、また、誘われればどこへなと出向き、あちらこちら案内してもらって見物もした。買い物もした。八文字屋や銅脈の交友は広く、さまざまな人物に会った。噂にきく東の大田南畝とやらにも会えた。

平三郎は江戸では耳鳥斎で通した。

絵描きの耳鳥斎。

素人のくせしていっぱしの絵描きの顔で、旅先で暮らすのがおもしろくてたまらず、気づけば三月《みつき》近く、江戸で遊んでしまった。

絵は描いていたが、平三郎にとって絵は道楽なので、ずっと遊んで暮らしていたに等しい。絵描きの松屋耳鳥斎という、なにやら、べつの人物にでもなったような心地で、江戸という舞台のうえを、生き生きと動き回る。

店から離れてせいせいしていたし、背負うもののなにもない気楽さに、身も心も軽くなっていた。

こら、ええなあ。

仮初めのこの暮らしが、平三郎はたいそう気に入ってしまったのだった。

長年、道楽に勤しんできたので、平三郎は人付き合いがうまい。人見知りをしないし、相手の懐へやすやすと飛び込む。話題も多い。みるみるうちに知り合いが増えていった。宴席にもたびたび招ばれるようになったし、上方からのお客さんだ、と馳走にあずかり、所望されて描いた絵はその場ですぐに売れた。祝儀のつもりだったかもしれないが銭になるのだからありがたい。

これなら、いつまでだって江戸にいられる。

などと調子に乗っていたが、むろん、そんなことが許されるはずもなく、大坂の八文字屋から、はよ戻れ、と怒り混じりの催促文が届いて、ようやく我に返った。そうして、泣く泣く江戸に別れを告げたのだった。

それでも旅の終わりが名残惜しくて、帰り道にまた京へ寄って逗留し、芝居見物をして、絵を描いた。

ようよう大坂へ戻ってみると、冬どころか春も終わりかけていた。

長いこと留守にしていたので、家の者らも店の者らも不機嫌で、婆さまは文句たらたら、母さまは嫌味三昧、嫁はむっつり、上の娘の鶴《つる》に至っては、父親の顔を忘れてしまったのか近づくと大声で泣き喚き、平三郎を落胆させた。

まずは皆の機嫌を取って円満な暮らしを取り戻したいところではあったが、そうもいっていられない。八文字屋が躍起になって、一刻も早く本を出さねばならぬと、平三郎の尻を叩いてくるのである。

休む間も無く、さっそく、版下絵の仕上げに取り掛かった。

ざっと帳面に描いてきたものをそのまま版下絵として仕上げてお終い、ならよかったが、いざとなると、やはり、描き直したくなったし、帳面から描き写しているうちに、線がおかしくなってしまったり、すると気が変わって、べつの絵に差し替えたくなったりと、なかなか難航する。

そもそも、あまりにもたくさん下絵を描いてきたので、どの絵に決めるかでも大いに悩んだ。似とればええっちゅうもんでもないんよな、と平三郎は絵を畳に並べて思う。似せるということだけにとらわれると、肝心なものが溢れ落ちてしまう。といって、まるで似ていなければ、売り物にならない。その加減がむつかしい。江戸の役者だって、大坂の芝居に出たことがある者はいるし、江戸で芝居見物をしたことがある者だって大坂にはいる。だからあまりに似ていなければ見破られる。役者絵は世の中にたくさんあって、売れっ子役者は大坂でも有名だし、それにまた、道頓堀の芝居小屋の役者絵もふんだんに載せるつもりだから、ぱっとみて、すぐにわかるようでなければならない。

平三郎は絵の前で腕組みして思案する。

あの楽しさを伝えたいんや、と平三郎は思う。

まずはそれなんや。

絵を褒めてもらわんかてええ。感心してもらわんかてええ。笑って眺めてもろたらそれでええ。

さて、そういう絵はどれだろう。

思案に思案を重ね、悩みに悩んで、今更のように描き直し、選び直し、また元の絵に差し戻し、と約束した日の間際になって、ようやくすべて揃えて、八文字屋へ持って行った。

あとは八文字屋お抱えの腕のいい彫師や、摺師らがうまくやってくれるはずだ。

八文字屋の提案で銅脈の書いた跋文を加えることになった。

〝絵本水や空〟という名は銅脈がつけた。

「お前の絵ぇは、狩野《かのう》派でもないし、土佐《とさ》派でもない。鳥羽僧正《とばそうじょう》の流れでもない、そうなんやろ」

「そや」

「ようわからんもんや、いうこっちゃな」

「そや」

「そういうんはな、水や空、いうんや。水や空空や水とも見え分かず通いて澄める秋の夜の月、てな。水面とも空とも区別がつかん。うまいかへたかもようわからん。お前の絵は、そういうあいまいな絵、捉えどころのない流儀、いうこっちゃ。な、こないにけったいな役者絵、誰もみたことないで。なんや、これは」

そういって下絵を見てげらげら笑う。

「ところがや、そんでも、水か空かもわからんくせに、そこにちゃあんと月があるんや。そこがええ、とわしは思うわけや。水や空、や。秋の夜の月や」

「ふうん」

「ふうんて。ええ題目やろ、水や空。〝絵本水や空〟や。耳鳥斎にはこれしかないで」

「ええ題目やろか」

「ええ題目やないか。いかにも耳鳥斎いう気配がでとる」

「ぼんやりしてへんか」

「してへん！」

「水や空、いわれても、なんのこっちゃか、ようわからんやないか」

「阿呆やなー、そこがええんやないか。わかればええ、ちゅうもんでもないで。こりゃなんやろな、とわけわからんからこそ、みんなの気ぃ引くんやないか」

ああ、そういえば、妹背山婦女庭訓もまさにそうやったな、と平三郎は思い出した。なんのこっちゃかわからんかったからこそ、わしはあんとき、あれをみにいったんや。道頓堀まで。

あれはいつのことやったかな。

たしか明和八年やったから、さて、何年前や。

十年ほど前か。

はや、そないになるか。

平三郎は思う。

ひと昔やなあ。

あんとき、わしはまだ独り者やったし、親父殿もおったし、おかげで道頓堀に入り浸りになってしもたんやった。ほんまに、あすこがひとつの分かれ道やったんやな。

つれづれと、その頃の様々な出来事を思い起こしていると、

「お前は水や空や！」

と銅脈が叫んだ。

気が昂《たか》ぶっているのか銅脈の声が裏返っている。頭に血が上って顔が真っ赤になっている。

まったく、この銅脈という男もどうかしている。こいつと知り合ったのもやはり道頓堀の芝居小屋だったと平三郎は思い出す。そうか、そやった、そやからやはり、すべてはあすこから始まっとったんや、としみじみしていると、銅脈がまた叫んだ。

「お前は水や空や！　わかったか！」

「ああ、わかった、わかった、わしは水や空や」

「〝絵本水や空〟や！　そんでええな！」

「ああ、ええ。そんでええ。〝絵本水や空〟。そんで決まりや」

平三郎が笑いだした。

なるほど、たしかに、わしはどっちつかずの水や空や。どっちつかずのまんま、ここまでやってきてしもたんや。きっとわしの描く絵も、そういう絵なんやろう。わしの性分が絵にもあらわれとる、いうことなんやな。おかしなもんやで、絵ちゅうもんには、わしがにじみでてくる。

あッ、そうか。

そんなら、わしは、十年かけて、水や空になったんや。

そうか、そうか。

水や空。

妹背山婦女庭訓みたいな頂、めざしとったんやけどもな、なんでか、わしは、水や空、になってしもた。

「きっと売れるで」

と銅脈がいう。

「ええか、耳鳥斎の絵のよさは、きっとみんなに伝わるはずや」

「そうか」

銅脈がうなずく。

「そうや。〝絵本水や空〟はわしの本よりきっと売れる。なんでかいうたらな、この町にはあたらしもん好きがようけいてるからや。そしてな、目の肥えたもんもな、この町にはようけいてる。わしの本もそいつらがみつけてくれよった。お前の絵もきっとそいつらがみつけてくれよる。この絵の真価を見抜いてくれよる。道頓堀には芝居好きもようけいてるしな。こないにおもろい役者絵、ほっとくかいな。必ずや、評判になる。大評判になる。おい、耳鳥斎って知ってるか、水や空、知ってるか、すぐに噂になるはずや。そしたらこっちのもんや。わかるやろ、そうなったら我先にと買《こ》うてくれるもんがつぎつぎあらわれる。でました、大当たり、や。八文字屋は大喜びや。な、あいつも苦労しとんのやさかい、ちいとは喜ばしたってくれや」

六

〝絵本水や空〟は、その年の霜月《しもつき》に出た。

年内には必ず出さねばならぬという八文字屋の執念が実を結んだ恰好だが、彫師、摺師らも、急かされながらも良いものに仕上げてくれたおかげで、道頓堀の芝居小屋界隈で、すぐに評判になった。やはり、すべてはここから始まるらしい。

道頓堀には、そのひとつきほど前に、近松半二率いる竹本座も、北新地から戻ってきていた。

半二の新作浄瑠璃演目をひっさげて。

新版歌祭文《しんぱんうたざいもん》。

小さな芝居小屋での興行だったが、初日から大入りだった。

みな、待っていたのだ。

やはり、半二の新作は北新地ではなく、道頓堀でみたいのだ。

平三郎もむろん、初日に京町堀から駆けつけた。

道頓堀に建ち並ぶ芝居小屋に、操浄瑠璃がかかっているのが、ほんのりうれしい。はためく幟《のぼり》が目にまぶしい。歌舞伎芝居もよいが、やはり、道頓堀には、お人形さんがいてこそ、や。

と、新版歌祭文の看板をとっくりと眺める平三郎。

しかし、ふと、そこに徳蔵の名がないと気づいたのだった。そろそろここに名前があってもよさそうなものなのに、というより、そろそろここに名前がなくてはまずくはないか。

だが、そこには近松半二の名しかない。

してみると、この演目は、半二がひとりで拵えたのだろうか。

徳蔵は、どないしてんのやろ、と平三郎は思う。

うまいこといってへんのやろか。

この一年ほど、平三郎は徳蔵とまったく会えていなかった。

年明けから京やら江戸やらへ行っていたし、その後もずっとあわただしくて、徳蔵にあう暇などまるでなかったのである。

だから、徳蔵がいつのまにやら歌舞伎芝居に移っていたと平三郎は知る由もない。

平三郎はそれを、芝居小屋の前で鉢合わせた、おきみからきいた。

「歌舞伎芝居の台帳、手伝うてくれへんか、ていわれはってん」

「だれに」

「奈河亀輔《ながわかめすけ》」

「ほほう、それはまた。奈河亀輔って、あれやろ、伽羅先代萩《めいぼくせんだいはぎ》の」

「そや。ほんでな、今は、霜月に始まる、中の顔見世、あれ手伝うてるらしい。藤川座《ふじかわざ》のな」

「中の顔見世か。そらまた、いきなり、えらいことに、なってんのやな。そやけど、奈河亀輔いうたら、根っから歌舞伎芝居の人やで。もともと並木正三《なみきしょうざ》んとこにいてた人やろ」

「そや。父さんもよう知ったはるお人らしい」

「歳はまあまあいってるけど、ここ十年くらいや、奈河亀輔の名、見るよう、なったんは。徳蔵、やりにくないんかな。そんなことないんか」

「どやろ。いくか、いかんか、だいぶ迷うたらしいけど、新版歌祭文は、見ての通り、うっとこの父さんが、ひとりきりで書かはったやろ。はじめっから、誰かに手伝うてもらう気ぃもなさそうやってん。スケもいらん、いうて。他のみんなも、出る幕なしや。それやったら、わしは藤川座でやりたい、て」

「半二はんにいうたんか。そんで。半二はんは」

「やったらええ、て。お前、もうやれるで、て。浄瑠璃の勘所はもうようわかってんのやし、歌舞伎芝居でもじゅうぶんやれるはずや、て。やれるもんにしか、声、かからへんのやさかい、どんどんやってみたらええ、て」

「そら、そうかもしれへんけど、あいつのやりたいんは、歌舞伎芝居やのうて、操やろ。浄瑠璃やろ」

「そんでも、人には向き不向きがあるさかい、まずはやってみたらええ、て。父さん、そないいわはるのや。近松半二は歌舞伎芝居には向いてへんかったけども、お前はあんがい、向いてるかもわからんで、て。どっちが上でも、どっちが下でもあらへんのやさかい、うまいこと、合うもん、みつけてったほうがええで、て」

「それはまあ、たしかに、そうかもしれへんけどな」

徳蔵はそれで思い切ったらしかった。

「松へのこともいうてたで」

「わしのことを。半二はんが」

「近頃、松へ、義太夫は、どないしたんやろ、て。父さん、ほんまに松への義太夫節、好きみたいやな。玄人の太夫にちょっとも太夫らしいのがいてへんようなった、かえって素人のほうに太夫らしい、ええのがいてる、て、みんなによう、いうてはるわ。松へも、その一人みたいやで」

「ほんまか」

「素人のチャリ義太夫で松へは頭ひとつ抜けたな、て」

ぶおっと涙がふき出そうになるのをこらえるために、平三郎は目を瞬かせた。うれしい。うれしすぎる。しかし、こんなところで泣くわけにはいかない。

「や、このところ、わし、えらい忙しゅうてな、義太夫節はご無沙汰しとったんや。しもたなー。半二はんにそないいうてもらえるんやったら、もっと稽古に励まなあかんかった。絵ばっかやっとったらあかんな、義太夫節のほうも、腕、鈍らせんようにせんと」

「松へ、絵の本、出すんやてな。それで忙しかったんやろ」

「早耳やな。そや。役者絵あつめた本、だすんや。〝絵本水や空〟、いうやつや」

「えほんみずやそら」

「なんや、けったいな名前やろ。水や空空や水とも見え分かず、や」

「〝絵本水や空〟か。ん、そやな。あんまりきいたことはないな。そやけど、なんとのう、松へ、らしいやないの」

「え、そうか」

「松へは、ようわからんとこ、あるさかい」

「なんでや。おきみちゃんこそ、ようわからんやないか」

「え、なんで。そないなこと、あるかいな」

「いやいや、おきみちゃんはどうもようわからんで」

おきみがくすくすと笑う。

「そういや、徳蔵はんも、おんなしこと、いうてはったわ」

「そやろ」

「あんたはどうもようわからん、あんたにはついてけん、やて。ついてこんかて、ええわ」

くすくすくす、とまた笑う。

その顔が、ふと大人びてみえたかと思うと、途端に、やけに子供じみてみえて、平三郎は面食らった。ゆらゆらゆらと二つの顔を行ったり来たりしているようで、これが年頃の娘というやつやろか、と平三郎は目を丸くする。

じっとおきみを見ていると、おきみも気づいて、じっと平三郎を見た。優しいような怖いようなおきみの目だ。

うっとこの娘らも、やがて大きゅうなったら、こないな娘になるんやろか、と平三郎は思い、すぐにぶるぶるぶると首を振った。いや、なるまい、なるまい。なぜだかわからないが、こういう娘にはならない気がする。

おきみの目が、平三郎から、小屋の前を行き交う人へと移っていった。流れる川のように、人が次々、通り過ぎていく。それを見つめるおきみの目はどこかしらほの暗く、けれども強い意志の力が感じられる。そのくせ、口元はうっすらと、惚けたように開いているのだ。

「大入りでよかったな」

平三郎がいうと、おきみの口が、どやろな、と動いた。

「こんだけ人が入ったら、そら、大入りやろ」

「そらまあ、そやけどな」

おきみが小さなため息をつく。

「これがいつまでつづくかや」

七

豊竹座の菅専助が京へ引っ込んだのはそれからすぐのことだった。

売れっ子浄瑠璃作者の隠遁に、誰もが驚き、道頓堀はその話で持ちきりになった。菅専助がおらんようになったら、豊竹座も、寂しなるなあ。そやなあ、浄瑠璃作者がいてへんようになっては、新作浄瑠璃、かけられへんしなあ。歌舞伎芝居に比べて、作り手は減る一方、人形さんの方は寂しなる一方や。あかんなあ。菅専助がおらんよう、なったら、あとは誰や、楽しみな書き手に誰がおる。近松半二か。そやなあ、あとは、竹本座の近松半二くらいか。

そうして、そんな噂話のついでに、売り出されたばかりの〝絵本水や空〟も人々の口の端にのぼりだした。

それにひきかえ、歌舞伎芝居の演目は次から次、新しいもんがでけて、それがまたおもろいしなあ。役者もまた、色とりどりやもんなあ。ここんとこ、ええ役者が揃ってるしなあ。あ、そや、なあ、耳鳥斎の〝絵本水や空〟いうの、みたか。ようけ役者が描いてあるやつ。あれおもろいで。ああ、みた、みた。あれ、ええな。

あれ、みたらわかるやないか。歌舞伎芝居は、今、まさに花盛りや。

その通りや。

耳鳥斎の絵、みとると、あの楽しさが蘇るんや。

また芝居にいきたなるなあ。

なる、なる。なんなら、江戸や京へも行きたなるで。

な！　行けへんけどな！

そやけど、行きたい心持ちが湧いてくんのや。

わかるわかる。ようわかる。

それにしても、あの耳鳥斎って絵描き、絵はへたやな。

え、へたかな。

へたやろ。

へたか。

へたや。

そうか、へたか。

どやろ。へたかな。

へたや。

そんなん、どっちゃでもええがな。なにしろ楽しいんや。そんでええやろ。

してやったり、と、にそにそしながら平三郎は人々が噂する声をきく。

へたや、へたや、わしの絵はへたや、そう嘯《うそぶ》きながら、道頓堀をぶらぶら歩いていくと、中の芝居の前にでた。

藤川座の看板が目にはいる。

近松徳蔵。

二枚目作者としてその名がちゃんとそこに書いてあった。

立ち止まって、平三郎はそれをじっと見る。

徳蔵は、大枡屋の倅の徳蔵ではなく、ついに、近松半二の門人、近松徳蔵として、その名が道頓堀に記されたのだった。

ようやった、徳蔵。ようやった、ようやった。

それにしてもえろう長かったな、徳蔵。

平三郎がその文字に声をかける。

うれしいなあ、徳蔵。

わしはほんまにうれしいで。

しかし、そのあと、平三郎は首を傾《かし》げてしまう。

そこには作者の名より、うんと大きな字で外題が書いてある。

もふもふ《もうもう》よかろ丑御執達《うしのたまもの》。

ううむ、と平三郎は唸る。

なんや、これは。

もふもふよかろ丑御執達。

これが外題かいな。

これが一年で一番大事な、顔見世の外題かいな。

そら、次の年は丑年やけども、や。丑に引っ掛けてめでたい外題にしたかったんやろけども、や。

そら、わかるけども。

そやけど、これは、中の芝居の、大歌舞伎やで。

顔見世なんやで。

こんでええんか。

こないに、わけのわからん外題でええんか。

平三郎は明和八年、あの日の、道頓堀を思い出す。

だが、まあ、しかし、わしはあんとき、妹背山婦女庭訓を、なんや、けったいな外題やな、て思うてたんやしな。ところが、十年経ったら、もうそないに思わへんのやしな。外題なんて、あんがい、そないなもんかもしれへんな。

平三郎はまた道頓堀を歩き出した。

もふもふよかろ丑御執達、か。

そんでも、ようも、こないにけったいな外題、つけたもんやないか。え。誰がつけたんや。奈河亀輔か、徳蔵か。たとえ奈河亀輔だったとしてもや、あかんやろ、これは。これはないで。なあ徳蔵、ちゃあんと、奈河亀輔に、そない、いうてきかせたらな、あかんやろ。

平三郎は笑う。

そやけど、わしかて、〝絵本水や空〟、やしな。

人に文句はいわれへんな。

平三郎の独り言には、手前勝手な義太夫の節回しがついている。手にしているのは、このところ通い詰めている、義太夫節の稽古屋の稽古札だ。

チャリ名人を目指して精進、精進。

賑わう人の隙間を縫って歩く、平三郎の足取りはいつになく軽い。

種

一

徳蔵《とくぞう》のまわりにはいつも女がいた。

いつもいつも女がいた。

というより、いつもいつも女だらけだった。

小さい頃から女たちに、徳ぼん、徳ぼんとかわいがられ、徳ぼん、徳ぼんとかまわれ、時に犬ころのように扱われた。

婆《ばば》もいたが、若く、きれいな女もいた。やかましい女もいたが、やさしい女もいた。性根の悪い女もいたし、病持ちの女もいた。いろんな女がいて、すっかり懐いているとふいに誰かがいなくなり、もしかしたら死んでしまったのかもしれないが、けれどもまたすぐに代わりの女がどこからともなく湧いてでて、徳ぼん、徳ぼん、とかわいがってくれるのだった。

紅を引いた唇で、徳ぼん、徳ぼんと呼ばれていると、もうだれがだれやら、わからなくなった。大きな家で、たくさんの部屋があって、母親には上にいったらあかんで、奥へいったらあかんで、と止められてはいたものの、徳蔵はあまり守らなかった。犬ころはどこへなといくものなのだ。

女らはよい匂いがしたし、抱きつけば柔らかかったし、纏《まと》う着物は色鮮やかだったし、ときにはお菓子なんぞくれたりもして、なんとはなしに惹きつけられてしまうのだった。

大枡屋《おおますや》は道頓堀坂町《どうとんぼりさかまち》で娼家《しょうか》を営んでいた。

徳蔵の父、徳右衛門《とくえもん》がこの家の主人で、先代から継いだこの店を坂町で一、二を争う店にした遣《や》り手《て》だった。

坂町の娼家のなかでも、大枡屋は老舗《しにせ》というほど古くはなく、格もそう上でなかったのに、徳右衛門が継いでからというもの評判がすこぶるよくなり、客がずんと増えた。新町《しんまち》の廓中にいるような上品《じょうぼん》の太夫《たゆう》はいないが、引けを取らない天神《てんじん》や売れっ子の鹿子位《かこい》を抱え、芸達者な芸子も多くいた。この芸子らが大枡屋の身代を大きくしてくれたといっても過言ではない。

坂町は道頓堀の芝居小屋界隈のすぐ南、芸事の好きな男の集まる所柄、だからこそ、芸子の芸にごまかしはきかないと徳右衛門は疾《と》うから気づき、大枡屋の芸子らに芸を磨かせたのだった。

徳蔵は、子供の頃から、熱心に稽古する芸子らの三味線やら唄やらをきいて育ち、通りひとつ隔ててすぐそこに建ち並ぶ芝居小屋界隈が遊び場だった。

おお、大枡屋のぼんか、ええで、お入り、と顔見知りの木戸番《きどばん》がいつでも芝居小屋に潜《もぐ》り込ませてくれた。寺子屋へいくより、芝居小屋の方がよほど面白い。操浄瑠璃《あやつりじょうるり》も歌舞伎芝居もからくり芝居もなんでもみた。道頓堀にはそんな子らがけっこういる。いっしょに見物し、気に入れば、なんべんでもみた。

寺子屋にはあまり行かなかった。といって、勉学を疎《おろそ》かにしていたわけではない。徳蔵には、寺子屋代わりに、いやそれ以上に学ばせてくれる人がそばにいたのである。

母方の祖父、小野紹廉《おのしょうれん》。

一炊庵《いっすいあん》という名で世に知られていた俳諧師《はいかいし》で、顔の広い粋人《すいじん》だったが、年老いて庵を引き払い、娘の嫁ぎ先である大枡屋の離れに、この頃、ほとんど居ついていた。

徳蔵はその離れで読み書きを習い、算術を習い、浮世《うきよ》草子《ぞうし》を与えられた。

徳蔵が数えで十一の年に紹廉が亡くなるまで、それはつづいた。

ええか、小っさいうちによう学んどかなあかんのやで、そやないと、大きゅうなってから、どないもこないもならへんで、というのが紹廉の口癖だった。ふんふん、と徳蔵はきく。学問はだいじやで。わかるか、この店がこないに大きゅうなったんも、お前の父《とと》さんがよう学んだ賢いお人やったからや。そやなかったら、かわいい娘を嫁になんぞやるかいな。

祖父がいうには、徳蔵の母は、若い時分、引く手数多《あまた》の、それはそれは別嬪《べっぴん》だったのだそうだ。鴻池《こうのいけ》、とまではさすがにわしもいわんけどやな、相応の嫁ぎ先はいっくらでもあったんやで。

しかし、娘の嫁ぎ先をこの大枡屋に決めたのも、祖父なのだった。

先代の徳右衛門殿がくれ、いわはるしな。やれへん、いうてんのに、倅《せがれ》がどないしてもほしい、いうてんのや、頼む、てしつこいしな、まあそこまでいうんやったら、て、うっかり、やる、いうてしもたんやな。

先代の徳右衛門はそれからすぐに亡くなってしまったものの、約束は果たされた。

えらい約束してもたけども、そんでもまあ、店もこないに大きゅうなったんやし、嫁ぎ先としてはよかったんちゃうか、若い時分はほんまに別嬪やったけど、なんやら、もうようわからんよう、なってるしな、と笑いながらいう。徳蔵の母親は、今でも別嬪で通っていて、本人もまだまだその気でいるのに、だれかにきかれたらどないすんのやろ、と徳蔵はひやひやするが、祖父は意に介さない。いつでも言いたい放題、しかし母との仲はなぜか悪くならないのだった。それどころか、祖父が亡くなるまで、母は祖父を離れから追い出さなかった。別嬪なだけでなく孝行娘だったのである。

徳蔵もまた母に似て、なかなかええ男や、と皆にいわれていた。

徳ぼん、あんた、ほんまに、ええ男やな、大きゅうなったら、もっと、ええ男なるで、な、そしたら、あてをもろてくれへんか、という女もいた。徳ぼん、あてがいいことしたげる、と誘う女もいた。そんなことが年を経るごとに多くなり、あからさまになっていった。徳蔵が子供から大人へと変わっていったからだろう。徳蔵に媚《こ》びる女も増えた。いずれ大枡屋を継ぐと皆、知っているからだ。ならば徳蔵に嫌われるより好かれている方が得なのである。

大枡屋の外でも、徳蔵はやけに女に好かれた。女慣れしていると、とっつきやすいのかもしれない。茶屋でよく声をかけられたし、親しい女もあちこちにいたし、遊び相手には事欠かなかった。とはいえ、懇《ねん》ろ《ご》になるには、大枡屋の近くではまずい。なるたけ遠く、よその遊里にまで足を延ばした。そうして馴染みになったとしても深入りせず、たいして銭も遣わず、ほどほどのところで切り上げる。その頃合いもうまかった。まだ青二才のくせして、女のことは、だいたいわかった気になっていた。女の扱いは、わかりすぎるほどよくわかる。なんせ、大枡屋の商いを継ぐにあたって、それこそがもっとも肝心なことだからだ。徳蔵は知らず識《し》らず、そのあたりのこつを叩き込まれていたのだろう。

徳蔵に野心はなかった。

大枡屋を継いで、このまま、繁盛させていけばよい。

なんの不都合もない。

徳蔵には姉と弟がいたがどちらも幼い頃に亡くなり、その後、妹しかうまれなかったので、徳蔵が大枡屋を継ぐしかない。

徳蔵もその気でいた。そのつもりで徳右衛門の仕事を手伝い、後継としての心構えを少しずつ、学んでいった。

いったいどこで道を間違えてしまったのだろう。

二

近松半二《ちかまつはんじ》の門人になろうと思ったのがいつだったか、徳蔵はもうよくおぼえていない。じわりじわり、その気になり、ある日、ぽんと踏み切った。

青い空に白い雲がくっきりした、夏の終わり、いや、秋の初めだった。

きっかけがなんだったのか、徳蔵本人にもよくわかっていない。とくにきっかけなんぞ、なかった気もする。ごくあたり前に、朝起きて、飯を食い、だいぶ涼しなったなあ、と思ったあと、もうええか、大枡屋は、とふいに思ったのだった。飯を食い終わって表へ出て、そのままぶらりと歩きだし、近松半二の門を叩いた。ようするに、心のうちでは家出みたいなものだったのだが、家は出ていかなかった。いざとなったら家を出るのもやぶさかではなかったのに、どういうわけだか、徳蔵の真意が徳右衛門にきちっと伝わらなかったようで、近松半二の門人になったと伝えても、とくに叱責されることもなく、芸事のひとつや、ふたつ、身につけとくのもわるないで、といわれ、あっさり許されてしまったのだった。近松半二いうたら、あれやろ、妹背山婦女庭訓《いもせやまおんなていきん》の、あの近松半二やろ、会《お》うたことはないけども、たいしたお人や、てきいてるで、ようお前、門人にさしてもらえたな、なかなか、ええこっちゃ。

まさか倅の徳蔵が本気で、そう、きっかけこそはっきりしなかったが、徳蔵はじつは本気で浄瑠璃作者を志していたのだったが、徳右衛門にしてみたら、まさかそこまでとは思っておらず、大枡屋にとって、近松半二という人との繋がりがもてるなら損ではない、くらいの気安さで、いや、それよりも、ややもすれば遊び人になりかけている倅が、なんぞ、まともなことをする気になったんならええこっちゃ、と喜びさえしていたのだった。

徳蔵としても、家を追い出されずにすんで、ほっとしていた。近松半二の門人になったところで、半二は狭い家に住む貧乏暮し、徳蔵が転がり込める隙はない。半二の門人は皆、それぞれに住処《すみか》をもち、食い扶持も己で工夫している。芝居小屋界隈で稼げぬときには、力仕事で日銭を稼いで凌いでいる者もいる。

いったいそれほどの苦労をして浄瑠璃作者を目指したところで、はたして操浄瑠璃で食べていけるのか心許《こころもと》ないが、それでも、皆、食べていけるようになると信じて半二のもとで腕を磨いている。

徳蔵もその一人となった。

下っ端なので、半二を手伝うことはおろか、浄瑠璃のいろはを学ぶ、なんてこともまったくさせてはもらえなかったが、末席で半二の語る、大法螺《おおぼら》、といっていいような話をきいているだけで、楽しくてしかたなかった。居合わせた者が丁々発止《ちょうちょうはっし》、大法螺に大法螺をかけあわせ、いっそう話を面白おかしく膨らませていくさまをみているだけで胸が躍った。

半二の話はいつでも面白かった。ささいな思い出話ひとつでさえ、つい引き込まれてしまう。その大きな声も、語り口も、身振り手振りも、いつでも演《だ》し物になりそうだった。

ふーん、こないして、浄瑠璃演目ができていくんやなあ、と思うと感慨もひとしおだ。

半二の書き散らかした詞章《ししょう》を、徳蔵は惚れ惚れと眺めた。

ふーん、これがいずれ舞台にかかるんか。

徳蔵は、なによりもまず、芝居小屋でかかる芝居の向こう側をのぞいてみたかったのだった。芝居の向こう、というのがなんなのか、よくわからないが、徳蔵にはそこになにかしら、たしかなものがあるような気がしてならない。

いつ頃からか、徳蔵は、大枡屋の中にいると、そこが芝居の中のように思えてならなくなっていた。

女がいて、男がいて、惚れたり惚れられたりして、ややこしい揉め事が絶えず起こり、ああでもないこうでもないと、がちゃがちゃ、がちゃがちゃ、飽きずにやっている。落ち着きなく、次から次へと、おかしなことばかりが起こる。

誰もが真剣で、しかし、まちがいなく嘘臭かった。

それはそうだ、大枡屋は、嘘だらけの世界。嘘のうえに商いが成り立っている。

女は嘘をつき、男も嘘をつく。

女の嘘を誰も咎《とが》めないし、それどころか、この商いはその嘘を煽《あお》ってもいる。男の気を引くためなら嘘もけっこう。なにからなにまで嘘で塗り固めた女すらいる。男もそれは承知のうえ。

それでも男は夢を見る。いや、夢を見たい。

嘘を暴きあうのはたいがい女らが争うときだった。誰に頼まれたって仲裁なんぞするものではない。嘘に嘘が重なり、どれが嘘か、誰が嘘つきか、しまいにはわからなくなってしまう。もしかしたら当人らにもわからなくなっているのかもしれない。

女に群がる男らにしてみても、似たようなものだった。嘘の衣を着て、しゃあしゃあと大枡屋で楽しんでいく。ただし、男らの嘘には金品がついてまわる。銭の力が左右する。

騙し騙され。

偽り偽られ。

男と女が大枡屋を舞台に駆け引きを繰り広げている。

ときに毟《むし》りとられた男が物騒なことを仕出かして、徳右衛門に叩き出されたりもしているが、いちいち気にしてはいられない。そんな話にも尾ひれがついて、じき、笑い話になっていく。

稀《まれ》に本気で惚れあう男と女がいないわけではなかったが、成就することなど滅多になく、ましてや、思いつめて心中に至ることなんぞ皆無だった。

そんなことさせてたまるかいな、死なしてしもたら元も子もないやないか、と徳右衛門は常々いっている。ええか、心中で得するんは、浄瑠璃作者くらいなもんやで、うっとこは大損や。

たしかにそやなあ、と徳蔵も思う。

真心から仕出かしたことだとしても、心中の後始末がどれほど難儀なことか。お上《かみ》も動くし、ときにこっちまで取り調べられたり、引っ立てられたりもする。店の者は動揺するし、泣くし、また相手方の縁者からは罵《ののし》られたり、嫌がらせを受けたりもする。心中がきっかけで傾いた店さえあるほどだった。

うんざりするほど下世話な事柄に塗《まみ》れるのだから、心中しそうな気配を察知しようものなら、徳右衛門はどんな手を使ってでも叩き潰していく。そのせいで、ひょっとしたらいずれ成就したかもしれない男と女も、容赦なく引き裂かれる。恋も情けもあったものではない。

ところが、舞台のうえでの心中は、それはそれはうつくしいのだった。悲しみの色に彩られ、なにやら澄んだきれいな水を飲んでいるかのごとき心地にさせられていく。みているだけで胸を衝かれた。

なんでや、と徳蔵はふしぎでならない。

うつくしいだけではない。大枡屋で見聞きしているような阿呆みたいな話も、舞台にかかると途端に滑稽でおもしろくなる。腹を抱えて笑う。

徳蔵はそれに夢中になった。

子供の頃とはまたべつの楽しみに目覚めたのだった。

芝居小屋こそ、嘘臭いはずなのに、大枡屋のほうが嘘臭いと思うのはなんでやろ。

そのうちに、徳蔵は、芝居小屋にいくと、なぜだか心が落ち着くようになっていた。どこにもないかもしれない、もしくはあったとしてもじきに雲散霧消《うんさんむしょう》してしまう真心の在り処がここにあるような気がしてならなくなったのだった。

おんなし嘘なら、わしはこっちの嘘のほうがええ。

大きな嘘であればあるほど、徳蔵には居心地がいい。

だから妹背山婦女庭訓はじつによかった。

大きな世界に遊んで、生き返った心地さえしたほどだった。

ああ、ええなあ。これはええ。

みっしり見物客で詰まった芝居小屋だというのに、心が広々する。

そうや。これこそが、ほんまもんや。

徳蔵は、大枡屋での嘘のやりとりにくたびれていたのかもしれない。あるいは女らとの戯れの駆け引きが虚しくなっていたのかもしれない。

一息つかんとやってられへん。

こうして芝居小屋は、徳蔵にとって、たんなる遊び場ではなくなっていった。なくてはならぬ、切実な場所。

その後、竹本座《たけもとざ》は次第にぱっとしなくなっていったが、それでも徳蔵は竹本座への憧れを失わなかった。妹背山婦女庭訓を書いた近松半二のようになりたいと思う気持ちだけが膨れ上がっていった。

浄瑠璃作者にほんとうになれるとまでは信じきれない徳蔵だったが、それでも、その志を止めることはできなかったのだった。

三

それにしても、もう少し早く生まれたかったと徳蔵は思う。

操浄瑠璃の客が減り、竹本座は芝居小屋を失い、したがって作者部屋と呼ばれるものがなくなってしまっていた。

これでは徳蔵のような者らが屯《たむろ》するところがない。

だからこそ、半二も気軽に門人にしてくれたのかもしれないが、とはいえ、これでは浄瑠璃を学ぶ手立てがない。

すでにある程度力をつけている兄弟子らは、竹本座の連中の誰かが興行を打つときには呼ばれもするし、半二のそばで手伝いをさせてもらえたりもするのだが、徳蔵にはまだそれさえも許されない。半二のそばで仕事ぶりをみているだけでも、たとえば話をきいているだけでも、得るものは大きいはずなのに、徳蔵にはそれすらままならない。

そうこうするうち、半二は、豊竹座《とよたけざ》で菅専助《すがせんすけ》と書くようになってしまった。

いよいよ、徳蔵の手の届かないところへいってしまったのだった。

そんな阿呆な……。

半二の家へいっても、半二はいない。菅専助と、どこかに籠もって書いているらしいが、それがどこかもわからない。たとえ、わかったとして押しかけていくわけにもいかない。

仕方ないので、半二の女房の煮売り商いを手伝ったり、半二の娘の相手をしたりする。

こんなことをしたくて近松半二の門人になったんとちゃうんやけどなあ、とは思うものの、致し方ない。

半二の娘、おきみを相手に徳蔵は愚痴をこぼす。

「わしも半二はんの手伝いがしたいんやけども、お呼びが、かからへんのや。な、おきみちゃん、父《とと》さん、なんぞ、わしのこと、いうてなかったか」

「いうてない」

「豊竹座が仕切ってるから、わしらを呼びにくいんやろか」

「呼ばれてはる人もいてるみたいやで」

「え、いてるんや。誰や」

「誰や、いわれても、その時々でいろいろやし」

「ひょっとして、呼ばれてへんの、わしだけか。え、そうなんか」

「どやろ」

「なんでや。なんでわしだけ」

「あんな、徳蔵はん。徳蔵はん、うっとこの父さんと話すとき、いっつも、ふんふん、てきいてはるだけやろ。あれがあかんのやないかなあ」

まだ数えで十五やそこらのくせして、おきみはこまっしゃくれたことをいう。

「なんでもええから、徳蔵はん、思ったこと、もっとはっきりいわはったらええんとちゃう。うっとこの父さん、それ、待ってはんのやで」

こまっしゃくれてはいるが、なかなか的《まと》を射《い》ていると、徳蔵も思う。

「あうう」

と徳蔵は呻《うめ》く。

「うっとこの父さん、話すの好きやろ。あれな、ただ話したはるだけと、ちゃうねんで。ああやって、話しながら頭んなか、ごそごそ、さがしてはんのやで。父さんにはな、あれ、大事なんや。せやさかい、徳蔵はんが、ええ話し相手になる、てわかったら、じき呼ばれるよう、なると思う」

「ううう。そら、そうかもしれへんけども、あのな、わし、あかんのや。おきみちゃんとならいっくらでも話せるんやけども、半二はんとはうまいこと話せへんのや」

そう、徳蔵は女子供とならいくらでも話せるのに、尊敬する人が相手だと途端に口が重くなる。

「なんで」

「なんでやろ。半二はんの話が、あんまり、面白いさかい、ついつい、聞き惚れてしまうんやろな。うっかりしてると、相槌《あいづち》さえ忘れてる。きっと、でくのぼうや、物足りひんやっちゃ、て思われてんのやろなあ」

悄気《しょげ》ながら、一回りも年下の娘に、ついつい真面目に悩みを打ち明けてしまう。

「そいや、徳蔵はん、一緒に芝居見物してても、口、きかへんもんな」

「え、そうか」

「たいがい、だまーってはる。うるさい松へとはおおちがいや」

松へ、こと、松屋平三郎《まつやへいざぶろう》。

平三郎は徳蔵やおきみの芝居見物仲間で、なんだかんだと、よく、道頓堀界隈であうし、連れ立って芝居見物することもままあった。

「松へ、か。あいつは、たいしたもんや。すぐに詞章をおぼえて、節つけて語りよるもんな。よう、あないなことがでけるもんや。半二はんも感心してはる。ああいうことがわしにはでけへんのやな。あいつは耳がええんや」

「絵もうまい」

「そや。絵もうまい。口も達者や」

「芝居のあとも、絵描きながら、一人でしゃべってはるもんな。やかましい、ていいたなることもあるけど、徳蔵はん、そういう時かて、ふんふん、て、ただきいたはるだけやろ」

「そないいわれると、たしかに、そやな」

徳蔵はもともと寡黙ではないし、口下手でもないのだが、こと芝居に関しては、つい無口になってしまう。芝居をみると心が持っていかれ、言葉を失ってしまうのだ。だからといって、平三郎のように、みたものをさらさらと絵に描けるわけでなし、義太夫節《ぎだゆうぶし》を真似れるでなし、ただ、芝居をみたあとのぽかぽかと暖かい心地に浸っているだけなのだった。

これではあかん、と思っても、徳蔵には何を話せばいいのかがわからない。芝居仲間や門人同士で細かいことを話しだしても、ついていけない。

子供の頃から、たくさんの操浄瑠璃、たくさんの歌舞伎芝居をみてきたわりに、きちんとおぼえていないし、作者が誰で、どういう演目とどういう演目が繋がっているか、などといった知識がない。それに気づいたのも半二の門人になってからだった。何もかも遅い。焦って今更のように必死で学んではいるものの、そうすぐ身につくものではない。

半二や兄弟子らが、新しい思いつきを勢いよくしゃべっていても、徳蔵には口を挟めなかった。徳蔵の頭の中にはそういうものが、まるで湧いてこないのだ。あの演目はよかった、あれは楽しかった、で、おしまい、それ以上の広がりがない。芝居を見始めたばかりの子供と変わらない。

おきみがいっているのもそのことなのではないかと思い当たって、背中がひやっとした。ひょっとして、わしは浄瑠璃作者に向いてへんのやないやろか。浄瑠璃の詞章なんぞ、一生かけても書けへんのやないやろか。

そう思いたくはないが、そんな思いがうっすら頭を擡《もた》げる。

「な、おきみちゃん、わしに稽古つけてくれへんか」

「稽古。なんの」

「しゃべりの」

おきみが怪訝《けげん》な顔をする。

「しゃべってはるやないの」

「ちゃう。これやない。いっしょに芝居見物して、わしにもいろいろしゃべれるよう、稽古つけてほしいんや」

「わからへん」

「あんな、おきみちゃんは昔の演目のこと、よう知ってるやろ。父さんが拵《こしら》えた浄瑠璃のことやら、よう、いうてるやないか、あの演目は、前にやったときとあこがちごてる、ここがちごてる。人物のあれはあれとまじりおうてる」

「いうてるかなあ」

「松へともようしゃべってるで。あの段の詞章がまるであかん。これは切《きり》の趣向がええ」

「あんなん、好きにいうてるだけやで」

「きいてると、なるほどな、とわしも思うんや。そやさかい、わしかて、なんもわかってないわけやないと思うんや。ただし、誰かにいわれんとそれがわからへんのやな。そこが弱い。わしも、しゃべりたい。いや、しゃべれるよう、ならなあかん。そやないと、いつまで経っても半二はんに呼ばれへん」

おきみがぼんやりと徳蔵をみる。

「そんなん、稽古するもんやろか」

「稽古は大事やろ」

「それはそやけど」

おきみが首をかしげる。

「わしもいっぱしの門人になりたいんや」

徳蔵がいよいよ、熱心に言い募る。

「もうなってはるやないの」

「なってへん。頼む」

大の大人の徳蔵がうんと年下の小娘に頭を下げる。おきみが困り果てた顔で、ええけど、とつぶやいた。

「そやけど、母《かか》さんの手伝いかて、せなあかんしな、芝居見物ばっかり、してられへんで」

「わかってる。手伝いならわしもいっしょにする。なんぼでも手伝う。木戸銭はわしが出す。飯も奢《おご》る。お佐久《さく》さんには、わしから頼む。そんならええやろ、な」

根っから芝居好きのおきみが断れるはずもない。

おきみがうなずく。

そうして、徳蔵は、驚くこととなった。

おきみの芝居をみる目の確かさに。おきみの語る言葉の面白さに。

徳蔵は感心する。

この娘にしゃべりを教えてくれと頼んだけども、こないになんでもかんでもすらすら言葉にできるもんやとは思わなんだ。

芝居をみたあとのおきみの心が、そのまま言葉になって吐き出される。

おきみちゃん、あそこで笑ったんはなんでや、と徳蔵がたずねれば、ああそれはな、とすぐにこたえがかえってくる。

あの三味線の節にききおぼえがあるのはなんでやろ、と問えば、あの節はあれとおんなしや、あれはええと、と思い出して、教えてくれる。あの太夫て誰やった、この演目は門左衛門《もんざえもん》も書いてたかな。気になることは、おきみにきいてみる。たいていのことは知っているから驚きだ。

おきみの知識は豊富だった。

さすが、半二の父、穂積以貫《ほづみいかん》に幼い頃から芝居小屋に連れていかれ、仕込まれただけのことはある。お前はな、母さんのお腹にいてるときから浄瑠璃きいてんのや、きっと芝居に縁のある一生を送るはずやで、せやから、わしのいうこと、なんでもようおぼえとき、そういって穂積以貫は幼い孫を相手にあれこれ語りつづけたのだという。

ちっさかったから、みんな忘れてしもたけどな、とおきみはいうが、たとえ忘れてしまったとしても、心の奥底でおきみの養分になっているにちがいない。徳蔵にしてみたら羨ましい限りだ。おまけに、おきみは祖父亡き後、父親である近松半二と芝居小屋通いをつづけたというのだから、羨ましいを通り越して腹が立ってくる。半二もまた、芝居のあとは娘相手に芝居の話をたっぷりしたのだそうだ。そんな贅沢な子供がどこにいるだろう。

この娘から、今度はわしが養分を吸い取る番や。

徳蔵は宝を見つけた気分だった。

おきみといっしょにいたら、浄瑠璃作者への道がひらけるのではないか。遅れを取り戻せるのではないか。

徳蔵は成る丈《たけ》、おきみと一緒にいるようにした。貪欲に、学ぼうとした。もはや、近松半二の門人というよりも、おきみの門人だった。おきみに付き従い、教えを乞う。どこの芝居小屋にいって何をみるかもおきみにまかせた。おきみはこれぞ、というものをはずさない。その勘の良さにも舌を巻いた。

他人からは、おきみの下男のように見えるらしく、大枡屋の倅、えらい情けないことになってるで、なんや、あれ、と笑われた。大店《おおだな》の倅が、ええ歳して小娘の言いなりになってるで、と好奇の目を向けられ、ときには意見もされた。徳蔵に気のある女たちからもねちねちと揶揄《からか》われ、嫌味をいわれ、悪評をたてられ、やがてそっぽを向かれた。

ついに親からも小言をいわれだした。といっても、徳蔵は大枡屋の跡取りにはちがいないので、家業を手伝ってさえいれば、そう責められはしない。すべてを振り切り、この道を進んでいくしかない、と覚悟を決めた。幸い、大枡屋の商売は、夜忙しいので、昼間はわりあい好きにしていられる。馬耳東風《ばじとうふう》。

徳蔵に迷いはなかった。

四

「な、松へのとこ、寄って行こか」

おきみがいう。

近頃、評判の松へ、松屋平三郎が耳鳥斎《にちょうさい》の名で売りだした扇絵をみてみたいのだそうだ。

北新地《きたしんち》の西《にし》の芝居で幕を開ける半二の新作の手伝いに朝から駆り出されていた徳蔵だったが、お佐久に頼まれて半二の着替えを持ってやってきたおきみのお供をして道頓堀へいったん帰ることになった。裏方の棟梁《とうりょう》に、嬢《いと》はん送ってったり、といわれたからだった。

この二年近くのうちに、おきみの世話は徳蔵の役目、と皆、思うようになっていた。徳蔵もごく当たり前のようにそれを受け入れている。

半二はいない。

芝居小屋近くで間借りした部屋に籠って詞章の細かい手直しをしている。

「父さんに会うていかんでもええんか」

「どうせ、書いてるときは、気もそぞろやし、会わんかてええ。帰る」

そんなら行こか、と歩きだしたところで、近くに住む松へのことを思い出したようだった。

松屋なら、そう遠回りせずとも行ける。徳蔵に異存はない。だいぶ暖かくなってきているし、天気もよい。

「大入りになるとええなあ」

ぶらぶら歩を進めながら徳蔵がいうと、

「そやなあ」

とおきみが返す。

「半二はん、熱、入ってるで」

「知ってる」

「まだ直す、いうてはる」

「竹本座で書くの、久しぶりやし、うれしいんやろなあ」

それは徳蔵も感じていた。半二が晴れやかな顔で、指図する姿を見ていると、小屋じゅうに活気が漲《みなぎ》る。

「みんな、張り切ってはるで。文三郎《ぶんざぶろう》はん、まさかの二役や、大役や。今こそ先代を超えたと、認めさせたくて、目の色、ちごてきてる。床《ゆか》の政太夫《まさたゆう》はんや染太夫《そめたゆう》はんらも、そらぁ、気張ってはるし」

「仲良うやってはるんならええこっちゃ」

「切磋琢磨や。力が落ちた、いわれるけど、こないして集まってみると、そうでもないで。文《ぶん》蔵《ぞう》さんの三味線、いつきいても、さすがやし。ききほれる」

「そやろな」

「大入りまちがいなしや」

「そうか？」

「そらそや。半二はんの書かはった心中天《しんじゆうてん》の網島《あみじま》や。人気演目や、大入りまちがいなしや」

「そやけど、門左《もんざ》の網島とはだいぶちごてるやないの」

「ん。ちごてる。けど、そこがええんやな。近松門左衛門の心中天の網島より、ずっとようなってる」

「どこが」

「そやなあ、半二はんが浮瀬《うかむせ》の段を書かはったことで、追い詰められた紙屋治兵衛《かみやじへえ》の身の上が、ようわかるよう、なった。長町《ながまち》の段が増えたことで、小春《こはる》のこともよう見えてきた。小春も哀れや。そうして、すっと二人の気持ちに入り込めるんやな」

「それはそやな」

おきみに鍛えられ、徳蔵もだいぶしゃべれるようになった。徳蔵がおきみにたずねるばかりでなく、おきみに不意打ちのようになにかきかれてもちゃんとこたえられる。もぐもぐと言葉を濁してごまかしていた頃とはおおちがいだ。丁々発止とまではいかないが、それでもだんだんと自信がつき、半二といても臆することなく、口がきけるようになってきていた。おかげで、近頃では少しずつ、半二の相手をさせてもらっている。

「さっき、なに読んでたん」

「ん」

「さっき、なにか読んではったやろ」

「ああ、一服してたときか」

「あれ、なに」

徳蔵が懐から本を取り出してみせる。

「雨月物語《うげつものがたり》や。おきみちゃん、読んだか」

「評判はきくけど、まだ読んでへん」

「貸そか」

おきみの方にやったら、押し返してきた。

「徳蔵はんが、読み終わってからでええ」

「そうか。そんなら」

徳蔵が懐にしまう。

「てことは、面白いんやな」

おきみが笑う。

「え」

「つづきがはよ、読みたいんやろ」

「ご明察。あともうちょいや」

作者の上田《うえだ》秋成《あきなり》は、よく祖父のところへ来ていた俳諧仲間、というか弟子の一人で、徳蔵も幼い頃、なんどか会ったことがあった。祖父の信頼も篤《あつ》く、大枡屋の離れに転がり込んで以降、空き家になった一炊庵と名付けられた庵を引き継いでくれた人でもあった。

上田秋成という名におぼえがなかったので気づかなかったが、一昨年、評判になった雨月物語を書いたのがその人であると、徳蔵はつい先日、知ったばかりなのだった。

雨月物語の上田秋成って、あれ、漁焉《ぎょえん》さんのことやで、と母が教えてくれたのだった。漁焉さん、あんたもよう知ってるやろ、あの漁焉さんや、あのお人、何年か前にお医者はんにならはった、思うたら、本まで書かはったんやて、たいしたお人やなぁ。母にいわれて驚いた。へー、あの人、そないなってんのかいな。

徳蔵がおぼえている漁焉は、まだ紙やら油やらを商う堂島《どうじま》の嶋屋《しまや》の若旦那だった。幼い日に患った疱瘡《ほうそう》のせいで、顔にあばたがあって、指も動かしにくいらしく物を書くときやや難儀していたが、いたって気のいい兄さんで、祖父の部屋にいると、徳ぼん、徳ぼん、と可愛がってくれた。

祖父が亡くなった後、浮世草子をいくつか書いたというのはきいていたが、読本《よみほん》まで書くようになっていたとは知らなかった。浮世草子はたしか和訳太郎《わやくたろう》という名で出ていたし、上田秋成なんて名は聞いたこともない。そういうと、母が、なにいうてんの、そんなん、みんな知ってるやないの、と呆れた。あんた、浄瑠璃作者になりたいんやったら、世間の噂もようきいてんと、なれへんで。たしかに、いわれてみれば、雨月物語が出たちょうどそのあたりから、徳蔵はおきみにつきっきりで、世間の噂にも疎くなっていたのだった。どうやらこれには母の嫌味も含まれているらしい。

さっそく雨月物語を手に入れた。

すぐに夢中になった。

ここしばらく、徳蔵が読むものといったら丸本《まるほん》の浄瑠璃ばかりだったので、読み心地がずいぶん異なる。丸本を読むときには頭を離れなかった、芝居小屋の床でどのように語られるか、人形はどう動くか、そんなことを考えずに没頭できるのもよい。

それにまるで知らぬ話というわけでもなかった。んん、なんや、きいたことあるな、という話も混じっていて、どうやら、うまいこと唐《から》の白話《はくわ》を使っているようなのだった。なるほど、そういう趣向か、と徳蔵は思い、といって、それはべつだん目新しくもないのだが、上田秋成となった漁焉の書く巧みな文に翻弄されてしまう。展開が読みきれない。そのうちに、ふと、これを浄瑠璃にしたらどないやろ、と思い立った。この名文を浄瑠璃に仕立てたらおもろないやろか、と閃《ひらめ》いたのだった。いつもいつも浄瑠璃のことばかりに頭がいっているので、なんでもかんでも浄瑠璃と結びつけてしまうのが、近頃の徳蔵の悪い癖。だが、それはそれでなかなか良い思いつきのように思えてならなかった。そういう目線で雨月物語を読むとますます面白い。ひょっとして、ほんまにうまいこといってしまうん、ちゃうやろか。この際、いっぺん書いてみよか、とまで思う。まだ誰も、これは、やってへんはずやで。

どないしたらこれが、浄瑠璃の詞章になるんやろ、と読んだばかりのところを頭の中で転がしてみる。ころころころ、ころころころ。頭の中だけでなら、いくらでもうまくいくような気がしてきた。少し読んでは転がし、少し読んでは転がし、そんなことばかりくりかえしていたので、なにやら疲れてきたほどだった。そろそろ初日の幕が開くのでこんなことばかりしていられない。いっそおきみに貸してしまえば、この妄念から離れられる。もう一度貸すといってみようかと、懐の雨月物語に手を持っていったところでおきみがいった。

「徳蔵はん、えらい機嫌よさそやな」

「え、そうか?」

「笑ってはる」

横目でちらりと徳蔵をみる。

「笑うてたか」

「松へに会うの、そない楽しみなんか」

「え、松へ」

徳蔵がきょとんとした顔でおきみをみると、

「松屋いくんとちゃうの」

おきみが立ち止まった。

「え。あ、そや。そやで、松屋や、松屋。そやけど、松へ、やないで、耳鳥斎や。耳鳥斎先生や」

ごまかしついでに懐から手をはなし、腕を伸ばした。

「あれや」

軒先に暖簾《のれん》がはためいている。

「あれが松屋？」

「そや」

おきみがじっと店先をみる。

「ええ店やないの」

「間口も広いし、普請もええ。もともとは酒、作って売ってた老舗や。松への代になってからの寂物屋《さびものや》や。しかし、まさか己の絵まで店の売り物にするとは思わなんだな」

「そやけど、大評判やないの。松へ、ええこと、思いつかはったわ」

おきみが褒める。

徳蔵はむらむらした。わしかて、ええこと、思いついてんのやで。あっと驚く浄瑠璃や。徳蔵の手がまた懐の雨月物語に伸びる。これを使った浄瑠璃や。

でも黙っている。

頭の中だけのことで大きな口を叩いたらおきみに笑われる。おきみは男を立てて、おだててくれたりしない。くわしく話せばきっと、みせて、というだろう。

だから、まず書かねばならない。形にせねばならない。

それも、練りに練った詞章で、きっちり書く。

この娘が目をらんらんと輝かせてわしの書いた浄瑠璃を読む姿をみてみたい、と徳蔵は思う。

おきみに認めてもらえたら、いよいよ半二に読んでもらおう。

徳蔵もぼやぼやしていたらじきに三十路。

はよ、なにか一つ、ものにせんと、と思わずにいられない。

こないなこと、いつまでもしてられへん。

扇絵で名を挙げた耳鳥斎先生、松屋平三郎に徳蔵もつづきたかった。

わしも、わしも、と心が急《せ》く。

「どないしたん、はいらへんの」

先に歩き出したおきみが店先で振り返った。

徳蔵を待たずに入っていく。

あわてて追いかけた。

店の中から平三郎の声がする。

「お、なんや、おきみちゃんやないか」

よく通るいい声だ。

さすが義太夫節で鍛えただけのことはある。

「おきみちゃん、どないした。なにかあったんか」

声が通るだけではなく、どことなく芝居がかって聞こえるのも、義太夫節を髣髴《ほうふつ》とさせた。

「なにいうてはんの。松への扇絵、買いにきたんやないの」

おきみが返す。おきみの声はいつも通りだ。というか、もうすでに店に置かれた品々に気を取られているのだろう。そんな、少しうわの空の声。そんなことまで手に取るようにわかるようになってしまった、と徳蔵は思い、

「わしもやで、松へ。わしも買《こ》うて帰るで、近頃評判の、松への、いやいや、耳鳥斎先生の扇絵」

と平三郎に声をかけながら暖簾をくぐった。


しかし、徳蔵が平三郎と膝を突き合わせてゆっくり話ができたのは、北新地、西の芝居での興行が無事千穐楽《せんしゅうらく》を迎えたあとだった。

芝居小屋の後片付けの手伝いの帰りに、ふたたび、松屋を訪れたのだった。

平三郎は店の奥の板の間で絵を描いていた。

なんや、徳蔵か、お前ひとりやったら、こっちゃでいっぱいやってかへんか、と招き入れら

れる。

断る理由もないので、上がりこむ。

平三郎はすでにいっぱいひっかけているようだった。

丁稚《でっち》は心得たもので、徳蔵のために酒と肴《さかな》を用意し、運んでくる。

いわれるままに、座布団にすわり、猪口《ちょこ》に口をつけた。

なかなかいい酒だった。

「うまいやろ」

「ん。うまい」

「昔取った杵柄《きねづか》で、ええのんが手に入るんや。千穐楽、おめでとうさん。これは祝い酒や」

そういわれるとますますうまい。一気に飲み干し、またついでもらう。小皿に盛られた塩昆布もうまい。

「心中紙屋治兵衛。お見物、ようけ詰めかけてたな」

「おかげさんで」

ついと目をやると、絵具に画筆、梅皿や鉢などの道具が辺りに散らばり、書き損じた下絵やら、仕上げたばかりの扇やらも広げたままになっている。この板の間は商いとは無縁の、まるで平三郎の遊び場だった。

「なんべんか、みにいかしてもろたわ」

「どやった」

きくと、平三郎が、よかった、といった。半二はんの書かはる詞章は語りたなるな、と付け加えた。節もよかったし、政太夫師匠のようにわしも語ってみたいもんや、と目をやる先には三味線が立てかけてある。その脇には丸本も積んであった。

「ここでも稽古してんのや」

「店、閉めたあとにな」

「熱心やな」

「ま、所詮、素人やけどもな」

にそっと口元を緩める。

「お前は太夫やのうて、絵描きになってしもたんやもんな」

「そっちかて素人と変わらへんがな」

「ようゆうで。耳鳥斎先生の扇絵、大評判やないか」

うん、と平三郎がうなずいた。思いがけず、ようけ売れていきよるんや、といい、な、と平三郎が店に向かって大きな声をかけた。

店番の丁稚が、ひょいと店から顔をのぞかせ、へい、とこたえる。

「さっきも一本、売れました」

「なんの絵や」

「道行《みちゆき》です」

「ふーん、まだ売れるんや。あのな、扇にな、紙屋治兵衛と小春の道行、描いたったんや。半二はんの網島には道行の橋尽くしがなかったやろ。せやから、あえて道行や。そしたら、まあ、よう売れる。千穐楽迎えたけど、いつまで売れるんやろ。まだ拵えてもええやろか」

平三郎が下絵をひらりとこちらに渡した。

男と女が寄り添って歩く絵柄だが、小春と紙治の道行といわれてもよくわからなかった。正直にそういうと、平三郎が、網島の大長寺《だいちょうじ》への道行や思うてみたらそない見えるやろ、という。唸《うな》っていると、ま、そんならそんでかまへん、と調子よくいった。

お前はもうええで、と手で追い払われた丁稚がお辞儀をして顔を引っ込める。

「芝居が当たると扇も売れるいうことがわかったしな。またなんぞ芝居の絵、描いてみよかて思うてんのや」

「ったく、抜け目のないやっちゃな」

「そら、わしかて、ちいっとは稼がんと、家の者がうるさいよってな」

下絵を返すと、平三郎が畳んで隅に重ねおき、ついでに立ち上がってそこいらに広げたままになっていた扇などもまとめて片付けだした。

「そいや、子がうまれるんやてな」

尻に向かって声をかけると、

「じきな」

と振り返った。

「それやのに、ええご身分やな。丁稚に店やらして、肝心の旦那は、酒飲んで、絵描いて、道楽三昧か」

「いっつも飲んでるわけやないのやで」

そういいつつ、すわり直して、くいっと酒を呷《あお》る。

「ほんのたまにや。酒で気を晴らした方がうまいことといくことがあるよってな。絵のためや。声もようでるよう、なるし。声に艶がでる、いうんかな」

かかか、と笑う。

「酒は大事やで」

「のんきやなあ」

「ほんま、羨ましいかぎりや」

「なにぬかす。お前かて、大枡屋の若旦那やないか。え、繁盛してんのやろ」

「相変わらずや」

「うっとことは比べものにならん大店《おおだな》や。よう儲かるやろ。そいや、妹御、祝言あげたんやてな。聟《むこ》殿は従兄弟やて？　まるきり紙屋治兵衛とおさんやないか」

「紙治とちごて、しっかり者の聟殿やけどな、おかげで大枡屋は安泰や」

「えっ、ほんなら、その妹御の聟殿が大枡屋を継ぐんか」

従兄弟の新兵衛《しんべえ》は入聟というわけではないが、身内ということもあって、徳右衛門に請われ、すでに大枡屋で働きだしていた。

「いや、まだ決まったわけではないけどもな。せやけど、ひょっとしたら、そない、なるかもしれへんな」

「ええっ、おいおい、ええんか。お前、今のうちに、どないかせんと、やがて店、取られるで。追い出されたらどないすんのや」

黙って酒を飲む。

徳右衛門にしてみたら、それをちらつかせて、徳蔵にそろそろ本腰を入れて大枡屋の仕事をしたらどうだと、仕掛けてきているのだろう。

互いに気づかぬふりをして平静を装っているが、いつまで経っても腰のすわらぬ倅に徳右衛門が業を煮やしているのは、徳蔵にも察せられた。

とはいえ、そうなったらそうなったとき。

大枡屋よりも浄瑠璃、そう決めて進んできた己の道なのだから、従兄弟の新兵衛が店を継ぐことになったとしても徳蔵に悔いはない。

ただ、そこまでして賭けた道でありながら、いまだに浄瑠璃作者として立てない己が嘆かわしいのだった。もどかしいのだった。情けないのだった。

「むつかしいもんやな」

「なにがや」

「浄瑠璃」

「へ」

「やすやす書けるもんやない」

そういうと平三郎が笑った。

「そんなん当たり前やないか。やすやす書けてたまるかい」

「お前はやすやす絵を描いてるやないか」

「やすやすでもないで」

平三郎が、すらすら絵を描くところをなんべんもみてきた徳蔵には、いつでも、やすやす描いているようにしかみえなかった。それなのに、謙遜なのか同情なのか、こんなしらじらしい嘘をつく平三郎が忌々しい。

「どないした、徳蔵。しんみりして。お前、近々、妹背山婦女庭訓もびっくりのたいした浄瑠璃書くんやなかったんか。この前、ここへきたとき、そないいうてたやろ」

いわれて、徳蔵は、はっとする。

まさしく大言壮語、うっかりそんなことを口走ってしまったと思い出す。

「楽しみにしてんのやで」

雨月物語。

徳蔵にとっての妹背山婦女庭訓となるはずだった、上田秋成の読本。

あのときは、いい思いつきだと浮かれていたのに、いざ、書こうとしてみたらまるきりだめなのだった。頭の中に燦然《さんぜん》と輝いていたはずのものが、ふさわしい詞章となって頭の中から出てこない。読本に書かれた文章を、物語を、どうしたら浄瑠璃の詞章に直せるのか、徳蔵には皆目わからなかった。

ため息まじりにつぶやく。

「うまいこといかへんのや」

「妹背山婦女庭訓もびっくりの浄瑠璃か」

「書きとうても書かれへん」

「なんや、もう諦めてんのかいな。はやすぎやで」

「どないしたら、あないすごいもん、書けるんやろ。半二はんに近づけば近づくほど、わしはわからんようなった。百年かかってもわしには無理や。半二はんとわしとでは、所詮、備わっとる力がちがいすぎるんや」

平三郎が困った顔で、ぽりぽりと首筋をかく。

「そらそやで。備わっとる力は人それぞれや」

平三郎が、徳蔵の猪口にたっぷりと酒をつぐ。

「そんなん比べたかて阿呆らしいで。それより己に備わった力をどないして活かすかや」

徳蔵には慰めにならない。

活かそうにも己に備わった力がなんなのか、徳蔵には皆目わからないのだった。いや、そんなものがあるかどうかさえ定かでない。浄瑠璃を書く力だけではない。平三郎のように絵の力も、義太夫の力もない。どこにもなにもないのだった。

むっつりと酒を飲む。

心が沈んでいくばかりだった。

恨みがましい目をして空いた器を眺めていたら、

「そんなら徳蔵、すっぱり浄瑠璃から足洗うか」

酒を注いでくれながら、平三郎が明るくいった。

「足洗って、大枡屋、継ぐか。まだ間に合うで。従兄弟の聟殿に店取られる前に、我こそが正統な後継や！　と堂々と名乗りをあげい」

芝居掛かった声でいうのをきいて、いよいよ平三郎が憎らしくなる。

「そしてな、徳蔵、嫁御をもらえ。身を固めるんや。本気で店を継ぐと皆にわからしめるんや。

ええか、文句のつけようのない、ええとこの嬢《いと》はんをもらうんやで。そや、わしが世話しよか」

「そやな」

投げやりにいう。

「どないな女《おなご》がええ」

「どやろな」

「お前、半二はんとこの門人になってすっかりむさくるしゅうなってしもたけど、そこは真似せんかてええのやで。ようみると、まあまあ男前やし、髭剃って、こざっぱりして貫禄つけたら、ええとこの嬢はん、きてくれるやろ。そしたら大枡屋はお前のもんや」

「ええとこの嬢はんか」

そんな女と所帯をもって、あの店を継ぐのか。

徳蔵の父親と母親がこれまでやってきたように、今度は徳蔵と、徳蔵の嫁とで店と奥とを切り盛りして、子を生《な》し、育てていくのか。

げんなりした。

たとえ、どんな別嬪だろうと、どんなええとこの嬢はんだろうと、共にあの店を切り盛りしていけるとは到底思えない。誰と夫婦になっても、うまくいくような気がしなかった。どんな女なら、徳蔵を助けて、支えてくれるのか。どんな女となら夫婦となって、添い遂げられるのか。女のまことの心を信じられるのか。信じてくれるのか。そういえば、どんな女にも心が惹かれなくなって久しい、と徳蔵は思う。生まれてこのかた、あれほど女に囲まれて育ってきたのに、いつの間にやら、女と戯《たわむ》れることも深い仲になることも、とんとなくなってしまった。

近くにいる女といったら母親と……、
ふと、おきみの顔を思い浮かべる。

そういえば、おきみも女だった。

子供だ子供だと思っていたが、もはや年頃の娘といっていい年齢だ。あまり年頃の娘らしくはないが、どこぞへ嫁にいってもおかしくない歳ではあった。

あの娘と所帯を持ったらどないなるんやろ、と徳蔵は思い、すぐにぶるぶると打ち消した。あかんあかん、あの娘は半二はんのだいじな嬢はんやないか。それにわしとは年がえらい離れてる。って、いや、そやけど、あれやで、紙屋治兵衛と小春かて似たようなもんやで、というか、んん、ほとんどわしらといっしょやないか。そやな。あっ、そうか、紙治と小春か。て、そんなん、いっくらでもあるわい。帯屋長右衛門《おびやちょうえもん》とお半《はん》なんざ、もっと年が離れてるやないか。妹背山の、おぼこ娘のお三輪《みわ》と求馬《もとめ》かてそんなもんやろ。むしろ、浄瑠璃にはようある男と女の年恰好や。あー、なんや、わしらて、そうか。て、いやいやいや、なに考えてんのや、あかんあかんあかん。こないなこと思うてるてしれたら、半二はんにどやされる。いや、破門や、破門。なんでこない、けったいなこと、思うてしもたんやろ。そもそもわしはおきみちゃんに惚れてへんし。惚れるかいな。あの娘はただの娘とちがうんや。あの娘は宝や。わしを導いてくれる浄瑠璃の神さんなんや。そないな娘に惚れるかいな。

「松へ」

「ん」

「わしはまだ浄瑠璃、諦めへんで。わしには神さんがついとるさかいな。浄瑠璃の神さんがな」

「ほお、そうか」

「せやから、まだ嫁御はいらん、わしは嫁御より浄瑠璃や」

「おいおい、そない頑《かたく》なにならんかてええやないか。女はええで。ここらで嫁御もろとくのもわるないで。ほんでな、大枡屋は手放したらあかん。いずれちゃあんと跡を継ぐつもりでおらなあかん。お前みたいなやつ、あすこ追い出されたらどないして暮らしてくんや。食うに困るんはいややろ。先立つ物は銭やで」

「そやから、わしは浄瑠璃で食うてくつもりや」

「それがむつかしい、いうてんのや」

「食えへんかったら、死ぬ。浄瑠璃と心中や」

「え、心中」

「野垂《のた》れ死にや」

「心中か。浄瑠璃と」

平三郎がすっと息を吸う。

静かに息を吐く。

「なるほどな。お前にはそれができるんやな」

「ん」

「心中」

「できる」

「そのくらいの気構えでないと、人様の度胆《どぎも》を抜く演目なんぞ拵えられへんのやろな。しかしお前はえらいな。わしの知るかぎり、お前はずっと浄瑠璃一筋や。なにしろ一途や。そこはすごい。つくづくそない思う。わしはお前にかなわん」

「やめてくれ」

気恥ずかしくなって徳蔵はぐうっと酒を飲み干した。胸のあたりが熱くなる。

「なあ、徳蔵。それがお前に備わっとる力やないか」

「え」

「それなあ、たいした力やで。お前、じつは、たいした男なんやで」

平三郎の声がすっと徳蔵の心の奥に入りこんでくる。

ええ声やな、と徳蔵は思う。

まっすぐで純な声だ。どことなく色気もある。だから、つい、その気にさせられる。

「そうか?」

「そうや」

つい乗せられてしまう。

萎《しぼ》みかけた心に力がみなぎる。

勇んで道を進んでいく気になる。

とはいうものの、やはり、浄瑠璃作者への道は厳しいのだった。

あがけばあがくほど険しいのだった。

五

徳蔵の書いた浄瑠璃は、おきみにいわせれば、なんやもうひとつやな、という出来で、くわしくきけば、浄瑠璃の体裁をなしていないとこがある、話がようわからんようなってる、詞章の流れがあかん、節をつけにくい気ぃする、と次から次へと欠点をあげつらわれ、それでもおきみはこういうきつい性分やしな、と気を取り直し、半二にも少しだけみてもらった。

「どないでっしゃろ」

控えめに、差し出してみた。

ふうん、と半二はそれを受け取ってすぐに読み、思いつきはええなあ、おもろいで、といってくれた。

だが、それだけだった。

ぜんぶみしてみ、ともいわれず、ここを直せとか、ここをこうしろとか、細かい指南もまったくされず、ということは、浄瑠璃演目としてまだまだ、箸にも棒にもかからない、ということなのだろうと思うしかなかった。悔しいような悲しいような、腐っていたら、半二が慰めてくれた。

「徳蔵、お前、ようよう頭が使えるよう、なってきたな」

「え。は、はあ」

「頭ん中が忙しゅうなってきたんやろ。こっからやで」

褒められているのか、けなされているのかわからないが、半二の顔はうれしそうだ。

「雨月物語はわしも読んだ。せやさかい、お前がなにをやろうとしたんかは、わからんでもない。ただな、これは、まだ実を結ぶとこまできてへんのや。時が満ちてへん」

徳蔵が、首を傾《かし》げていると、半二が、これはまだ種や、といって紙の束を戻した。

「種」

「そや。まあ、わりかし、ええ種や、とは思うで。いつかきっと芽が吹いて花が咲くのやろ。せやけど、種のうちから、花は咲かん。そやろ」

「はあ」

「その種を、だいじに育てたり。ええか、捨てたらあかんで。ほったらかしにして枯らしたってもあかん。というて、世話しすぎてもあかんのやな。これがむつかしい。うまいこと、土、かぶせて寝かせとくんや。たまに水やりしてな。するとしらんまに育ってくる。そしたら書ける。時がくるまで辛抱や、へたにいじくりまわすのはご法度やで。だいじにせえ」

「はあ」

徳蔵にはさっぱりわからない。

わからないが、半二がなにかだいじなことを徳蔵に伝えてくれようとしているのだという気はした。ありがたいやら嬉しいやら、なにかもっともらしい返答をせねばと気は逸《はや》るのだが、言葉が出てこない。焦っていると、ほな、わしはちぃと出かけてくるさかい、と半二が徳蔵の脇をすり抜けて長屋から出ていってしまう。

あっ待ってください、と思うが遅かりし。追いかけてみても半二は足早に道を横切りもう見えない。

相変わらず、気忙《きぜわ》しい人である。

心中紙屋治兵衛のあと、三月《みつき》後の夏には道中亀山噺《どうちゅうかめやまばなし》、秋には往古曾根崎村噂《むかしむかしそねざきむらのうわさ》と立てつづけに北新地で新作を興行し、まずまずの成功を収めた半二だったが、手応えを得たのか、道頓堀でふたたび、竹本座の幟《のぼり》を掲げようと、ひそかに金策に走り出しているらしかった。

北新地でそこそこやっていけたらそれでええんとちゃうか、ここで手堅くやっていこうや、という皆の胸のうちと反していたから、竹本座に関わりのある面々が一丸となって、というより、むしろ、半二ひとりが、先走る形で動き出したといってよい。皆を説得するために、いくらかでも方策を立てようと陰で動き回っているというのが実情のようだった。

おきみからそうきかされていた。

しかし、そうまでして道頓堀に戻らねばならない半二の胸のうちこそ、徳蔵にはよくわからないのだった。竹本座といえば道頓堀。それはわかるが、といって、今更戻ったところで、かつての竹本座の芝居小屋は歌舞伎芝居にすでに取られてしまっている。となれば、銭次第。銀主《ぎんしゅ》が集まればいいが、北新地でやるのでさえ、四苦八苦したのだから、道頓堀ではもっと惨めな芝居小屋でやらねばならなくなるだろう。それでいいのだろうか。

おまけに北新地とちがって道頓堀での争いは熾烈《しれつ》だ。

北新地のようにのんきにかまえていたら、竹本座目当ての客ですら、他の芝居小屋に奪われかねない。

角《かど》の芝居の大看板を眺めているうち、みるつもりもないのに、うっかりしていると、つい木戸銭を払ってしまうことが徳蔵ですら、ままあった。それぞれの一座が知恵を絞り、手練手管《てれんてくだ》で人を吸い寄せようとしているのだから宜《むべ》なるかな。この界隈で生まれ育った徳蔵だからこそ、歌舞伎芝居の勢いがよくわかる。

もはや、操浄瑠璃がここで勝負するのは難しいのではないかと徳蔵は思う。道頓堀から操浄瑠璃の竹本座、豊竹座が撤退して幾年か経ち、近頃では操浄瑠璃をみたことがない者も増えたときく。北新地まで足を延ばしてくれたのはすでに操浄瑠璃をよく知る者らが大半だ。

かつて道頓堀で一世を風靡《ふうび》した近松半二も、すでに五十も半ば、歌舞伎芝居とやりあうには、年をとりすぎている。

あるいは、だからこそ、北新地では終われない意地があるのだろうか。

もしかしたら、半二は、まだ歌舞伎芝居の客を操浄瑠璃に取り戻せると思っているのかもしれなかった。

今こそ道頓堀で勝負しなければ、先細りになるだけだと思っているのだろうか。

目標が定まったせいか、このところ、半二は、やけに機嫌が良く、なにやら若返ったかのようにも見える。

そんな師匠の助けになるならば、と不肖の弟子、徳蔵も大枡屋から目と鼻の先の芝居小屋界隈をぶらついて、久しぶりに顔なじみの仲間らと集うようになった。大物になりすぎてしまった半二の耳に入らぬことも、蛇《じゃ》の道は蛇《へび》、彼らと交われば道頓堀での流行《はや》り廃《すた》りから、芝居小屋の裏の裏まで知ることができる。どこそこの役者がどこそこに引き抜かれた、商いで大儲けしたお大尽《だいじん》が、どこそこの銀主になった、あの銀主は口先だけでじつは吝嗇《けち》だ阿漕《あこぎ》だ、木戸番が上がりを盗んで逃げた、誰と誰が懇ろだ、なにからなにまで筒抜けだ。

そのうちに、一人の男と知り合った。

奈河亀輔《ながわかめすけ》。

この男と知り合ったことで、徳蔵は歌舞伎芝居に足を踏み入れることとなるのだが、つくづく思う。

まったく道頓堀とは、奇ッ怪なところだ。

望むと望まざるとにかかわらず、渦巻く縁《えにし》に搦《から》めとられていく。


奈河亀輔の門人に、道頓堀の茶屋、福新《ふくしん》の倅、金次郎《きんじろう》がいた。徳蔵より三つ年下で、幼い頃から芝居小屋界隈で共に楽しく遊んだ仲間の一人。

この金次郎、歌舞伎芝居にどっぷり浸かりきったまま、徳蔵が半二の門人になるより先に、奈河亀輔の門を叩いていた。

目端《めはし》は利くがお調子者の金次郎が、まさか芝居の道に進むとは思っていなかったので、当時、皆、驚いたものだったが、存外真面目に修業に励んだらしく、一昨年、ついに二枚目作者、奈河七五三助《しめすけ》として名を挙げた。その後、亀輔について京へ上っていたりもしていたのだが、つい先日大坂に戻ってきて、立作者《たてさくしゃ》を目指して、独り立ちしたのだという。いつまで経っても二枚目作者じゃ、格好がつかんさかいな、と円満に師の下を離れたらしい金次郎に、たいしたもんやな、めでたいのう、と声をかけると、おお徳蔵はんやないか、久しぶりやのう、そうや、ちとうちの亀輔師匠に会うてみいひんか、と強引に引き合わされたのだった。

ふうん、おまいさんが徳蔵か、近松半二んとこにおるんやてな、と不躾《ぶしつけ》にじろじろ徳蔵をみていた亀輔がふっと笑い、なかなかええ男やないか、役者にでもなった方がよかったんちゃうか、といきなり軽口を叩き、そのまま飯だの酒だのに連れまわされた。

亀輔は一回りほど年上だし、すでに歌舞伎芝居では名うての立作者でもあるし、豪放な性質の反面、気難しいところがあるときかされていたのに、この日は終始機嫌よく、問わず語りにあれこれ話しているうちに、歌舞伎芝居を手伝わないか、と誘われたのだった。

どうやら金次郎が抜けた穴を埋めるために、人を探しているらしい。

いや、わしは歌舞伎芝居やのうて、操浄瑠璃がやりたいんですわ、と返事をしたが、まあ、なんでもええからいっぺん顔出してみぃ、とあしらわれた。

帰り道、あからさまにうきうきしている金次郎に、なんでわしがお前の穴埋め、させられるんや、歌舞伎芝居のスケなんぞできるかい、と文句を垂れると、いやほんでも、誰連れてっても、あかん、いうてはったのに、徳蔵はんで、ぴっと決まりや、たいしたもんや、と肩をたたく。痛いやないか、と手を払い退け、わしは浄瑠璃の修業してんのやで、断る、と言い返すと、そないなこといわんと、わしの顔、立てると思て、ちと手伝《てつど》うてくれへんか。頼むわ、と拝み倒す。

あの人、あれで、よう人、みてはりまっせ。なんぞ、見所があるからこそ、徳蔵はんに声かけたんやと思いますで。な、徳蔵はん、操浄瑠璃とはちゃうからこそ、いずれ役に立つんやないやろか、やってみたらどないやろ、などと口説く。あ、そやそや、あの天下の並木《なみき》正三《しょうざ》もそやったんやてな、操浄瑠璃のええとこを歌舞伎芝居に取り込まはったんやて。亀輔師匠、ようそないいうてはりますで。徳蔵はんは、その逆をやったらええんやないやろか。

並木正三。

死んでなお、名声轟《とどろ》かす、大作者。

その並木正三の門人だったのが奈河亀輔なのだった。

徳蔵は半二から、並木正三の話を幾度もきかされていた。

半二が懐かしげに、そして愛《いと》おしげに逸話を語るその人物に、かねがね興味があった。

それでまあ、断りつつも、ちょいちょい亀輔のところへ顔を出すようになり、酒を飲んだり、話をするようになり、成り行きから歌舞伎芝居の裏側をのぞくようになっていったのだった。

手伝いというには浅いものではあったものの、亀輔について作者部屋に入り込み、やがて少しずつ稽古にもつきあうようになっていった。

おい、これどない思う、と亀輔にきかれれば、気負わずすらすらとこたえられた。これとこれどっちがええかな、と問われれば、即答できた。どうして、それができるのか、徳蔵にもよくわからなかったが、そうやって気楽にかかわっていくうちに、歌舞伎芝居で求められているものが操浄瑠璃とはまるでちがうことに、いやでも気づかされる。役者である生身の人間にはやれることとやれないことがはっきりしていて、その枠組みの中でどう見せるか、どう動かすかの手腕がまず問われた。語られる詞章の美しさ、節の良さよりも、言葉はそれを発する役者次第で良くも悪くもなる。声の出し方、手や足、からだそのものの使い方、動きの良さ、口跡《こうせき》の良さ、間の取り方、役者なりの持ち味、それらをどう活かすか。多少でたらめでも丁々発止と勢いよくやらせてしまえば、どうにかなってしまう。精緻さよりも抜けの良さ。人を動かす面白さがだんだんわかってきた。

台帳、手伝うてくれへんか、といよいよ亀輔が真剣に頼んできたとき、徳蔵はもう、断れなくなっていた。なにより、やってみたいという欲が徳蔵の中で渦巻いている。歌舞伎芝居の演目をいずれ己の力で拵えてみたい。

だが、だからこそ、大いに悩んだ。

欲に負けて引き受けてしまったら、きっとそのままここに居ついてしまうだろう。操浄瑠璃に戻ってこられなくなる。

そんな気がしてならない。

どうしていいのかわからない。

徳蔵には返事ができない。

「なあ、おきみちゃん、どない思う。おきみちゃんなら引き受けるか」

「さあ」

「断るか」

「さあ」

「半二はん、次の演目は一人で書くいうてはんのやろ。そしたら、わしら、出る幕なしやな」

「そやなあ」

「ほんでも、なにかやらしてくれるやろか」

「そんなん、しらんわ」

徳蔵を引き止めてくれるのはおきみしかいないと思い、しつこく食い下がるのだが、おきみは引き止めてくれない。

「わし、困り果ててんのや」

「ふうん」

浄瑠璃の神さん、なんとかいうてくれ、頼む。

徳蔵の心のうちが叫んでいるのを知ってか知らずか、おきみは気のない素振りで黙りこくっている。

「おきみちゃんは、わしの味方やなかったんか」

思わず愚痴る。

「わしは、おきみちゃんは味方やて、ずっと思うてきたんやで。それ、まちがいやったんか」

「味方やで」

とおきみがいった。

「そんなら、なんで」

浄瑠璃の神さん、わしの神さん。

お告げをくれ。

「わしはおきみちゃんのいうとおりにする。なんかいうてくれ」

「そんなん、わからんわ」

「なんでや」

浄瑠璃の神さん、わしが操浄瑠璃、捨てることになってもええんか、えッ、わしを引き止めんでもええんか、えッ、と詰め寄りたくなる、いや、詰め寄ろうとした。だがそのとき、遠くから聞こえる三味線の音色におきみが気を取られているのがわかってしまって、ふと力が抜けていった。

「神さんなんて、そんなもんか」

「なんて？」

徳蔵が薄く笑う。

「神さんなんて冷たいもんやな。神頼みなんて気休めや。わしのことなんざ、どうでもええんや」

「なにいうてんの」

「おきみちゃんはわしを止めてくれへんのやな」

徳蔵はそれが寂しいのだ。

それこそが寂しいのだ、と思い知る。

おきみがいう。はっきりいう。

「止めへん」

「そうか。歌舞伎芝居にいけ、いうことか」

「そんなんいうてへん」

「そんなら、どっちや」

「どっちでもない」

徳蔵が深いため息をつく。

「どっちでもない、て、そらなんや！　だいじなことやさかい、きいてんのや。え、それを、ええかげんな。止めるんか。止めへんのんか。どっちゃ」

　おきみは黙っている。ぼんやりとした顔で、ほんのかすかに首が揺れる。三味線の節に合わせて、知らぬ間にからだが動いているのだとわかる。嘆かわしい、と徳蔵は思う。わしのことより三味線か。耳が塞げんのか。

「おきみちゃんはようわからん」

　徳蔵がこぼした。

　おきみがやっと徳蔵をちゃんと見た。

　うっすらとくちびるが開いている。だがそれは、なにかいおうとして開いているのではなく、ただ開いているだけなのだ、と徳蔵はよく知っている。おきみのくちびるはときどきこんなふうにうっすら開いていて、徳蔵はそこにいつも目を惹きつけられてきたのだった。

「おきみちゃん、あんたは、ほんまにようわからん。わしにはついていかれへん。そやな。半二はんに、きいてみるか。藤川座《ふじかわざ》の奈河亀輔に誘われてるけど、どないやろて」

　おきみがうなずく。

　そのあっさりした様子に無性に腹が立ち、徳蔵はぐっとおきみに近づいた。おきみを叩きのめしたい。なぜかそんな思いにとらわれる。荒れ狂う心のうちを持て余し、代わりに睨む。睨みつける。恐ろしい形相になっているだろうとわかるが止められない。この娘を傷つけないように堪《こら》えるだけで精一杯だった。それなのにおきみは、涼しい顔で見返してくる。不遜な、といってもいいような、あるいは珍しいものを見て喜んでいる子供のような、なにやら生き生きとした目の輝きだ。並の男よりもよほど、胆力《たんりょく》がある、と徳蔵は思う。むろん、徳蔵よりもずっと。

わしには勝てん。

この娘には勝てん。

徳蔵は小さくかぶりを振った。

近頃、徳蔵は、半二に似てきたといわれることがよくあった。うれしくて気を良くしていたが、半二に似ているというのならやはりこの娘だろうと徳蔵は思う。おなごやさかい皆、気づかぬだけなのだ、この娘は近松半二の頭も心も受け継いでいる。

わしは知ってる。

この娘は宝や。

なんたって、わしの神さんやったんや。

わしの、だいじなだいじな浄瑠璃の神さんやったんや。

こないなおなご、どこにもおらへん。

どこさがしたってどこにもおらへん。

誰にも渡したくない、と徳蔵は思う。

誰にも渡したくないし、浄瑠璃から離れたくない。

だが。

「ほな」

と徳蔵はいう。もう徳蔵にはそれしか言葉がない。

おきみが、うん、という。

わしはひょっとして、この娘に惚れとったんかな、と徳蔵は思う。

きっとそうなんやろう、と思えてくる。

なんでそない大事なこと、今までわからへんかったんやろ、と不思議に思うが、惚れるということ、それ自体、もしかしたら徳蔵は知らなかったのかもしれない。

阿呆やな。

わしは、なんちゅう阿呆やったんや。

じわじわと、徳蔵は確信していく。そうか、わしはこの娘に惚れとったんか。

しばし呆然となったあと、徳蔵は、さて、どうすべきか、と思案し、すぐに、どないもならへん、と観念した。

これほどまでに中途半端なままで、いったい何ができるというのか。

なにひとつ成し遂げられないこの腰抜けが、おきみと一緒になりたいなどといえるものか。

そんなことをしたら恥をかくだけだ。

おきみにも、半二にも、決して悟られてはならない。

ここですっぱり断ち切ろう。

なかったことにしよう。

徳蔵はうなだれる。

不甲斐ないにもほどがある。

諦めるしかない。おきみをか。いや、浄瑠璃をか。もうそれもよくわからなくなっている。

重苦しい荷物を背負ったまま、徳蔵は半二と話しあい、藤川座の奈河亀輔の下へいくことになったのだった。

ならば、せめて立作者になろう。

思いはそれだけだった。

操浄瑠璃ではついになれなかった立作者に、歌舞伎芝居ではきっとなる。なにがなんでも、ならねばならぬ、と徳蔵は誓う。

六

藤川座に移って、霜月《しもつき》の頃には、早くも二枚目作者になった。

たいした働きをしたわけでもないのに、奈河亀輔の右腕として忙しくしていたら、ありがたいことに二枚目として名を加えてもらえたのだった。看板に名前が載って、徳蔵は、ほっとした。看板に己の名が載るのは生まれて初めてで、とはいえ、台帳作りの大半を任される立作者への道はまだまだ遠いことはよくわかっているので、そう感慨もない。

看板を見た松へ、こと松屋平三郎がわざわざ芝居小屋の裏まで祝いをいいにきてくれても、正直、どう接していいのかわからなかった。淡々と相手をする徳蔵よりも、平三郎の方が、よっぽど浮かれて、はしゃいでいる。

「松へ、やめてくれ。人がみてる。ここでそない騒がんといてくれ。たかだか二枚目に名を連ねただけや」

「ええやないか。お前の名を大看板にみつけて、わしゃ、どんだけうれしかったか。ほんまに、うれしゅうて、うれしゅうて。涙が出るで」

「もうやめてくれて」

若い時分ならいざ知らず、この歳でたかが二枚目に名を連ねたくらいでそこまで喜ばれては逆に格好がつかない。

その平三郎はといえば、耳鳥斎として、松屋名物の扇絵どころか、近頃出したばかりの役者絵の本が大評判になっていた。本を出すなどと、いつのまにそんなことになっていたのか、徳蔵はまったく知らなかったが、耳鳥斎先生といえば、今や道頓堀で知らぬ者はない。ますます水をあけられたのは、確かだった。

しかしもう、徳蔵に焦りはない。

むしろ誇らしく思う。耳鳥斎の出した〝絵本水や空〟を見たとき、そう思った。こいつ、すごいやろ、これ、わしの仲間やで、誰彼かまわず、そういってまわりたくなるほど、やたらうれしかったのだ。

「お前、なんや、顔、変わったな」

と平三郎にいわれた。

「そうか？」

「なんぞあったんか」

「いや」

徳蔵がこたえると、平三郎が、ぎゅっと徳蔵の顎をもち、顔の向きを変えた。なにすんのや、やめい、と振り解くと、平三郎が、お前て、こないな顔しとったかな、とつぶやいた。首を傾げ、しばし眺めたあと、またいう。お前はもっとつるっと描きやすい顔しとったはずやけどな。

「久方ぶりやからやろ」

と邪険にするが、まだ唸っている。

「ああもう、わかったわかった。そんなら歌舞伎芝居に移ったからやな。ああ、そうや。わしは浄瑠璃一筋にはいかへんかったんや。哀れなもんや。操浄瑠璃と心中できひんかった」

「ええやないか」

平三郎に屈託はない。

「生き残ったんやろ。そんならそんでええやないか。かまへんかまへん。そんなん、わずかなちがいやで。な、そやろ。芝居で飯食う、いう道にはちがいないのやさかい、大きい顔しとったらええんや。ようやったで、徳蔵。よう踏ん張った。お前はやっぱりたいした男や。ええ顔んなったで。作者らしゅうなってきた、いうんかな。なんとのう、深みが出たんやな」

「お前は相変わらず、口が達者やのう」

そのうちいっぺん飯でも食おう、ゆっくり、うまい酒を飲もう、祝い酒じゃ祝い酒じゃとますます大きな声で騒ぐので、とっとと約束して別れた。

小屋の中から亀輔に呼ばれたので、徳蔵は走り出す。

歌舞伎芝居は忙しい。

幕が開いても次から次へ、やることが山積みだ。次の興行の段取りもすでに始まっている。この忙しさが徳蔵にはありがたい。そして、この忙しさに救われてもいた。

亀輔にせっつかれ、次から次へと知恵を絞り、あらたな演目作りの手伝いに励む。働いて働いて、動いて動いて、身体を使い、頭を使う。

身を粉にして裏で走り回っていると、まだまだやることはたくさんある、とよくわかる。やればやるほどそれがよくわかる。それをやらねば、歌舞伎芝居の立作者にはなれないのだから忙しさなどまったく苦にならない。

徳蔵の頭の中にはまだ〝種〟がある。

いつか芽吹くその日まで、土をかぶせて寝かせてある。

浄瑠璃地獄

一

近松半二《ちかまつはんじ》が死んだ、という。

あの半二が。

そんな阿呆な、と専助《せんすけ》は思う。調子よう、やってる、てきいてたけど、ちごたんか。死んだて。いきなり、死んだて。なんでや。なんで死んだ。

二年半前、大坂を去ると決めた菅《すが》専助に、達者でな、といってくれた、半二の声。

辺りに響き渡る、あの明るい声が、耳に蘇《よみがえ》る。

あの日、半二は上機嫌だった。

そら、そや。

大入りやったもんな。

あの日。

道頓堀《どうとんぼり》や。

新版歌祭文《しんぱんうたざいもん》や。

お染久松《そめひさまつ》や。

懐かしいなあ。

専助はあれをみて、清々しく、道頓堀と半二に別れを告げられたのだった。

あない、たいしたもん、すらっと書きおってからに。

もう思い残すことはない、とあのとき専助は思ったのだった。これで、ここと、きっぱり、おさらばや。

ありありとあの日の光景が目に浮かぶ。

道頓堀に久方ぶりにはためく竹本座《たけもとざ》の幟《のぼり》。

青い空の下。

なんや、わしまで誇らしかったなあ。

浄瑠璃腹《じょうるりばら》がくちくなっとったのに、あの日は、久方ぶりに、浄瑠璃はええなあ、楽しいなあ、て思うたんやった。新版歌祭文、わしは心底、楽しませてもろたんやで。幕開けから終いまで、ほんまに、ずうっと楽しかったんやで。わしを楽しますために書いてくれたらしいとこもあったしな。まったく、悔しがらせたり、驚かしたり、あれはあんたの、わしへの別れの挨拶やったんやな。あれは餞別《せんべつ》や。わしはそない思うた。そやな。そない洒落《しゃれ》たこと、できるやつ、他におるか。おらん。どこにもおらん。おってたまるか。天下広しといえど、近松半二だけや。

「なんや夏頃からずうっと具合がようなかったらしいな。だんだんと衰えていかはって、寒なってから、がくっときて、あとは下る一方やったそうや」

甚三郎《じんざぶろう》がいった。松屋《まつや》耳鳥斎《にちょうさい》からきいたのだという。甚三郎が西村定雅《にしむらていが》という名で出したばかりの洒落本に絵をつけているのが耳鳥斎なのだった。松へという太夫《たゆう》号でそこそこ知られた素人太夫だった耳鳥斎を、専助は大坂にいたころから知ってはいたが、親しく交わるようになったのは京へ移り住んでからだった。というくらい、耳鳥斎はちょくちょくここら界隈へ顔をだしていた。

甚三郎の力作、徒然睟《つれづれすい》か川《かわ》。

一之巻、二之巻、三之巻、四之巻、五之巻。

ぜひとも読んでくれ、と風呂敷に包んでもってきたそれを、専助はみるともなしに手にとってみる。あとでゆっくり読むにしても、耳鳥斎の絵だけはいやでも目に飛び込んでくる。本人をどことなく髣髴《ほうふつ》とさせる、のんきでおかしな絵だった。半二死す、ときいて沈んでいたのに、ふと心がなごむ。

「気ぃつけんと、冬場はあかんな」

専助の手元の絵をのぞきこむように甚三郎がいう。

「ん、そやな。あすこの家は、また、えろう、さぶそうやったしな」

病身にはこたえたろうと専助は思う。専助の庵とて、たいした造りではないけれども、近松半二の家はいかにも貧乏くさかった。もうちっと、ええとこへ越したらどないや、あんたなら、そのくらいの才覚あるやろ、と、いつだったか、つい、そう口をすべらせたら、半二に憤然と言い返された。なにぬかす、うっとこは、わりあい、しっかりしてんのやで。見た目より、ずっと上等や。広うはないが三人で住むにはちょうどええしな、お佐久《さく》の商《あきな》いにも具合がええ。前に住んどったとこなんざ、ひどいもんやった。狭いし汚いし、鼠が走り回っとった。せやから、下と比べてどないすんのや、下と、上をみぃ、上を、専助が呆れていうと、半二が笑った。家なんざ、どこでもええんや、飯が食えて雨露をしのげたらそれでええ。

欲のない男やったな、と専助は思い、家同様、身なりもろくにかまわぬ、もっさりとした半二の姿を思い浮かべ、しんみりした。

こないに早う逝《い》ってしまうとわかっておったら、もういっぺん道頓堀まで会いにいったったのに。見舞いにも行きたかった、いや、ちゃうな。そやない。いっぺんでもにへんでも、半二の新作を、大坂まで、みにいっといたったらよかったんや、と思い直す。みにきてほしかったやろな。そのうえで、なんぞいうてほしかったやろな。酒の一杯でも二杯でも酌《く》み交わしてな。ああ、なんでわし、それをせなんだんや、と悔やまれる。

「最後の芝居はなんやったかな」

専助がきく。「ここんとこ、たしか、道頓堀やのうて、また北新地《きたしんち》でやってる、てきいてたけども」

「北新地でもやってはったけど、次は道頓堀らしいで。竹本座、渾身《こんしん》の興行やそうや」

「え、次？　次てなんや」

「来月、道頓堀で、近松半二の新作がかかんのやて」

「新作。半二は死んだんやろ」

「そや、先月のはじめにな。ところが、幕は、開くらしい。死ぬ前から決まってたんや」

「ほんまか」

「染太夫《そめたゆう》はんや住太夫《すみたゆう》はんらが久方ぶりに一堂に集まらはっての興行や。去年から派手に触れ回ってはるで。まさか近松半二が亡《の》うなるとは思うてへんかったやろけども、書き残さはったとこだけでも、供養がてらやらはんのかな。こうなると、いよいよ大入りにせな、かっこつかんやろ。わしは大坂についでもあるし、みにいかしてもらおか、て思うてる。どや、いっしょにいくか」

「いく。外題《げだい》はなんや。近松半二は最後になに書いた」

「伊賀越道中双六《いがごえどうちゆうすごろく》、いうてたかな」

「伊賀越道中双六」

「んー。たしかそんなんやったで」

「双六。伊賀越道中双六。ほーん、なるほどな、双六ときたか。双六の上がりで半二はあの世へいったんか。この世を双六に見立てて。いや、そら、なんぼなんでも、できすぎか」

双六の駒《こま》を進めてそのまま天に駆けて行く半二の姿を思い描き、しかしあんがい似合うてる、と専助は思ったのだった。

趣向を凝らすのが好きな近松半二はいつもどこか遠くから、大きな枠で芝居を捉えているところがあった。この世を眺めるなら、あの世から。己の一生を双六の盤にして。さしずめそんなところか、と思い定めてにんまりした。いかにも、半二らしいやないか。

ん。きっとそや。

半二が死んだと、専助は、俄《にわ》かには受け入れられないのだった。

竹本座と豊竹座《とよたけざ》、属した一座は違っていても、専助にとって、半二はかけがえのない人物だった。半二が豊竹座で共に書いてくれたいくつかの浄瑠璃演目は、専助にとってまさに転機となった。誰にも気づかれていないようだが、その後の専助の作劇に多大な影響を与えている。

それがよかったのか、わるかったのか。

書くことへの悩みを大きくしたのもまた、明らかだった。次第に膨らんでいくその悩みと、専助はついに向き合うこととなり、出した結論が、引退そして京への隠居なのだった。

といって、すんなりやめる決意ができたのも、また、半二のおかげだった。わしがいなくなっても半二がいる。そう思えたからこそ、つまり、近松半二が操《あやつり》浄瑠璃の屋台骨を支えつづけてくれるであろうと信じられたからこそ、思い切れたのだった。

大きくいえば、専助は、操浄瑠璃の行く末を近松半二に託したのである。

あのときは、近松半二が専助より先に死ぬなどと、毫《すこし》も思っていなかった。歳は半二が上だが、専助よりよほど若々しく、まだまだ気力に満ち満ちていた。この先、いくらでも書きつづけるだろうと思わせる勢いがあった。それに比べて専助ときたら、すっかり搾《しぼ》りかすのようになっていた。早晩、力尽きて死ぬだろうと思いだしていた。そのわりに今も生きているのだが、それくらい専助はくたびれ果てていたのだった。それならば、もうくよくよ思い悩まず、書くことから解放されて、静かに死んでいきたい。書きつづけていく近松半二を遠くから眺めて、ようやってる、ようやってる、さすが半二、あいつがいてたらじゅうぶんや、そう思って気楽に死んでいきたい。そう願ったのだった。あれだけいろいろ書いた半二なのに、頭の中にはまだまだ書きたいものが、いくらでも詰まっているようだった。半二はいつでも、あの大きな声でそれをしゃべっていた。破裂しそうなほどたくさんのものを頭の中に抱えて、半二は生きていたのである。そんな男がこうもあっさり死んでしまうなんて。

「伊賀越いうたら、そいや、伊賀越乗掛合羽《のりかけがっぱ》、いうのが、あったな。ひょっとして、あれ使うたんかな」

ふと閃《ひらめ》く。

伊賀越乗掛合羽。

奈河亀輔《ながわかめすけ》が書いた嵐座《あらしざ》、二の替わり。

大当たりした歌舞伎芝居を、専助は半二といっしょに道頓堀の、中《なか》の芝居でみたのだった。その時にはすでに半二との合作は終わっていたが、まだ、仕事仲間としての余韻が残っていて、ちょくちょく、行動を共にしていた。とくに大当たりの歌舞伎芝居ともなれば、みたうえで、あれやこれやいいたくなる。

なんでこない雑な演し物《だしもん》が大入りなんや、ったく、癪《しゃく》に障《さわ》るな、と半二は辛辣《しんらつ》だった。それほどのもんか、これ。

そやな、練《ね》れてないな。役者頼りや。

専助がいうと、頷いた。そや、練れてない。あんたの、こないだの、桂川連理柵《かつらがわれんりのしがらみ》、あれの方がよほどええ。あれはあんたらしい、ええ浄瑠璃やった。照れる専助の前で半二は桂川連理柵をしきりに褒め称え、それに引き換え、とまたしても苦々しい口調に変えて、ああでもないこうでもない、と伊賀越乗掛合羽への文句を述べつづけたのだった。そうこうするうち、この演目、操浄瑠璃にしたらどないやろ、とどちらからともなくいいだして、こないしたらもっとようなる、あないしたらええ、ほんならいっそあすこ省いたらどや、などとごちゃごちゃ話し、もうそこまでみえとんのやったら、あんたがちゃっちゃと書け、書いてしまえ、いや、あんたが書いた方がええ、などと押し付け合い、いつしか、竹本座の現状、豊竹座の現状へと話が飛び、やるならどっちや、ということにまでいってしまった。

半二といると、話が弾んで、誰と話すより、楽しかったし、実りもあった。

伊賀越乗掛合羽はじきに豊竹座で操浄瑠璃として上演された。

書いたのは近松東南《ちかまつとうなん》。半二ではなかった。

話が転がっていくうちに、竹本座ではなく豊竹座ですぐさまやることになり、半二でも専助でもなく、そのとき手の空いていた、半二の門人である東南が引き受けたのだった。

あれ、何年前や……。

もう五、六年も前になるんか……。

「おい、いつ、いく。いついくんや」

半二の遺作を今すぐにでもみたいと気が昂《たか》ぶってきて、専助は甚三郎をせっついた。

「いつ、て。そない、いわれても、まだ、なんにも決めてまへんがな。このところ、わし、大坂へいくたんび、耳鳥斎はんの世話になってるさかいな、まずは向こうさんの都合、きかなあきまへん。ちと待っててくれるか。って、え、そないいうたかて、まだ竹本座の幕、あいてまへんで。来月やで。かなんなあ」

さもおかしそうに甚三郎が笑う。

その呑気な顔に、なぜだか専助は不機嫌になる。

腹立ち紛《まぎ》れに、洒落本の表紙を拳固で叩いた。

甚三郎はそれをみて、

「ああ、それな、今までとは、ちいと毛色がちごてますよってな、どないやったか、また、いろいろきかしてくれまへんか。大坂いくまでには、読んどいてほしいなあ。耳鳥斎はんかて、ききたいやろし。あ、そや。向こうで一席設けまひょか。なんぞ、うまいもんでも、食うて。うん、それも頼んどきまひょ。楽しみやなあ」

いっそうのんびりといい、専助をますます不機嫌にさせたのだった。

二

宴席は、甚三郎の知己《ちき》ら、十人近く。耳鳥斎が懇意にしている料理屋の座敷だった。徒然畔か川の評判が良いこともあって、さながら祝いの席、といったところか。

専助はもっぱら食うことに専念していた。

頭の中にはつい先ほど甚三郎らとみたばかりの伊賀越道中双六のことばかりがしきりに浮かんでくるが、じっくり向き合おうにも、京でのひとり暮らしに慣れきってしまって、人がいるとどうにも気が散る。

住太夫、染太夫。

文蔵《ぶんぞう》。

才治《さいじ》、冠蔵《かんぞう》。

太夫、三味線、人形。

一つ一つ思い出して嚙み締めたいが、それができない。

屛風の前では、興《きょう》の乗った耳鳥斎が芸子の三味線でひとしきり義太夫節を語っていた。

すでに酔いのまわった人々はちっともきいていないが、耳鳥斎はそれを気にするでもなく、ほろ酔い気分で、機嫌よく大きな声で語りつづけている。よその座敷への遠慮もなく、けれども店の者らもそんな耳鳥斎に慣れているのか、誰も止めない。女中に話しかけられたり酒を注がれたりして、おちおちきいていられないが、どうやら、ききおぼえのない詞章《ししょう》のようだった。専助が京へ引っ込んだ後で作られた浄瑠璃なのだろうか。あるいは、耳鳥斎が適当に拵《こしら》えて語っているのか。

それにしたって、わしが昔、豊竹座の太夫やった、てこいつ、知らへんのかな、と煮魚をつつきながら専助は思う。ほんまもんの太夫を前に、ええ度胸やないか。

だがすぐに、それが十年ではきかぬほど、遠い昔の話であったと気づいて苦笑せざるをえない。むう、と専助はうめく。年を取るとあかんな、昔のことでもついこないだのように思えてしまう。そもそも、わしは鳴かず飛ばずの太夫やったんや、だあれも知らへんがな、と自嘲気味に思い、酒を呷《あお》った。

耳鳥斎は伸びやかな声で、じつに軽快に、楽しげに語っていた。大きな口が開いたり閉じたりするのをみていると惚れ惚れする。つられて専助も語ってみたくなる。

早々にやめてしまったとはいえ、専助もまた、義太夫節を語ることが好きだった。だからこそ、若かりし頃、太夫を志したのだったし、それなりの修業も積んだのだったが、近頃はとんと語っていない。

隠居したら思う存分語ったろ、て思うてたのに、なんでやろ、と首をひねる。なんでこの楽しさを忘れとったんやろ。無心に語る耳鳥斎がなにやら羨ましくなる。

こいつ、ええ声してるやないか、と専助は思う。

太すぎず細すぎず、まろやかで濁《にご》りがない。

声が良すぎてむしろ損しとるとこが、あるくらいやな。

耳を傾けているうち、専助はだんだん愉快になってくる。

蒟蒻《こんにゃく》の煮付けを食い、青菜のおひたしを食う。

そやな、こやつの語りは、引っ掛かりがなさすぎて、時代物やら、おなごのくどきやらには、向いてへんかもしれへんな。そやけど、きいてるもんをこう、浮き浮きさせる、おもろい味がある。こういう座敷で披露する芸としてなら立派にやっていけるんとちゃうやろか。

そんなことを思っているうちに、ようやくきがすんだのか、耳鳥斎は語りを終え、芸子の三味線が止まった。

長かった。

やっと耳鳥斎と話ができる、と箸を置いてそばにいきかけたとき、待ち構えていた客の一人が先を越した。

その客に所望されたのか、女中に硯《すずり》やら墨やら持ってこさせた耳鳥斎が、その場で扇に絵を描きだした。

一枚終わるとまた一枚。

芸子が覗き込んで、きゃあきゃあ騒いでいる。芸子までもが扇を差し出し、絵を描いてもらっている。堂々とした筆運びで、じつに様になっている。

最前まで太夫やったのに、こいつ、あっという間にいっぱしの絵師《えし》に早替わりしてしもた、と専助は面食らう。

太夫のときには太夫らしく、筆を手にすれば絵師らしく。

こない器用な男もおるんやなあ、と専助は感心する。専助には到底できない芸当である。豊竹座の太夫として大成せず、すすめられるまま成り行き任せに浄瑠璃を書くようになり、そちらも力尽きて、とっととやめて京に引っ込んでしまった腰の据わらぬ我が身と比べて、この男ときたらどうだろう。なにひとつ手放していない。絵はすでに大成しつつあるし、義太夫節でも、ひょっとしたら大成するかもしれない秘めたる力がある。まさか竹本座や豊竹座の舞台には上がれないまでも、この先、素人太夫として名を馳せていくのではないだろうか。そういえば、昔、近松半二もいっていた。近頃は素人太夫の方がよほどいい語りをする、と。あれはひょっとして、この男のことだったのだろうか。はっきりきいたわけではないけれども、昔からの知り合いだというのだから、この男のことが念頭にあったとしてもおかしくはない。おまけにこの耳鳥斎、京町堀《きょうまちぼり》の寂物屋《さびものや》、松屋の主人でもある。そっちの商いも万事順調だそうだが、いったい幾つの顔を持っているのやら。

酒にも強いらしく、杯を重ねても、そう酔ったふうにはみえなかった。すいすい呑んでいく。遊び方も心得ている。

座敷のどこにいても、耳鳥斎の声は、よく通った。話題も豊富で、つい耳をそばだててしまう。語り口もおもしろいので、周囲に人が絶えない。

ようやく話ができたのは、宴も終わりかけた頃だった。

専助にはどうしてもききたいことがあったのだった。

膝詰めで、いきなりきく。

「さっきみた、伊賀越道中双六やけどな」

とろんとしていた耳鳥斎の目がぱっと開く。

「おお、伊賀越道中双六！　よかったですやろ。よかったですなあ」

「うん、よかった。久方ぶりやったんで、なんや、揺さぶられてしもた。操浄瑠璃は、やはりええもんやな」

「そうですやろ。大坂までみにきた甲斐、ありましたな。半二はんも、専助はんがみにきてくれはって喜んでんのとちゃいますか」

「そやろか。それやったらええけども。ところで、ちと、ききたいことがあってな」

「へえ。なんですやろ」

「近松加作《かさく》て誰や」

「え」

「甚三郎はんらにもたんねてみたんやけど、あの人らもよう知らん、いわはるのや。耳鳥斎はんにきいてみなはれ、あの人なら知ってはるやろ、て」

「ええと、わし、ですか」

「わしも、ここを離れてだいぶ長なったさかい、知らんことが多なってな。伊賀越道中双六、近松半二だけやのうて近松加作、いう名があったけども、あれ、誰や。はじめてきく名や。わしのしってるやつか。誰ぞ名を変えたんか。みんな気に留めてへんようやけども、わしはそれが気になってしようがない」

「はあ」

「最後んとこ書いたの、そいつやろ。あれは半二の手やない。そいつが、最後の敵討《あだう》ちの段、書いたんやろ」

「まあ、そのう、急に亡くならはったんで、門人総出で手伝うた、いうことやないんですか。近松加作いう、一つの名になってますけども」

「そんなたわごと、まじめにいうとんのか」

「え」

「わしには通用せえへんで」

「あうう」

「そやろ。それやったら、その人らの名をすべて出したったらええやないか。近松半二の遺作ともなれば、名を連ねるのは誇らしいはずやで」

「んー、まあ、たしかに、そう、かも、わかりまへん、な」

「そうかも、やのうて、そうや！　で、誰のことや」

「誰、いわれたかて、わし、ようしらんし」

「嘘やな」

「え」

「ごまかす、いうことは、しってる、いうことや」

耳鳥斎の目がうろうろと泳ぐ。

「おい、なんで隠す。名も知らぬ小物が書いたようにはみえへんで。そやろ。あの近松半二が死力を尽くして書いた浄瑠璃や。しかもええ出来や。どこまで書いて死んだんかしらんけども、さぞかし無念やったろうと思う。ところがどうや、伊賀越道中双六、きっちり十段、しまいまである。うまいこと、繋いで直して、書き足したもんがおるからや。なあ、これはすごいことやで。へたしたら台無しになるところや」

「そないなことまでわかりますのんか」

「そら、わかる。わしは昔、共に書いたことがあるさかいな。いてへんよう、なっても、いてるがごとくやり遂げる、いうんが、どんだけきついか、わかってるつもりや。よほどの力のあるやつやで。そいつ、どこから湧いて出た。名をあげる機会やのに、正体がわからん、いうのが、どうも解せん」

「さすが菅専助」

耳鳥斎が小声でつぶやく。

「なんや。さすがて。きこえてるで。わしはまだ耳は遠ないで。あんたの義太夫もようきこえてたしな」

ふふふと耳鳥斎が笑う。

「近松加作はあんたのしりあいか」

耳鳥斎の口がひん曲がり、そっぽを向く。

「しりあいやな」

「んー、もう、どうでもええやないですか。近松加作のことなんざ、だあれも気にしてまへんで。伊賀越道中双六は近松半二の遺作、それでええやないですか。あきまへんか」

「あかん。わしはな、気になって気になって、わざわざ確かめたんや。誰の手が入ってんのやろて。そんで、看板のあのちっさい名をみつけて、おぼえてきたんや。しらんままで京へ帰れるかい」

「わし、ほんまに知らんのです」
「あくまで白《しら》を切るつもりか。ぬらりくらりと、たいがいにせえよ」
「そう、責めんといたってください。専助はんは、すでに隠居の身やないですか。それやったら波風《なみかぜ》立てんといてくださいい。ほんま、頼んます」

軽い調子のわりに、有無をいわせぬ迫力があった。
「波風。ってことは、つまり、わけありか」

どういうことなのだろうと専助は頭をめぐらす。

近松加作。誰や。

波風立てたくなければ、名を出さねばよい。出しておきながら、耳目《じもく》を集めるのを避けるというのがわからない。あるいは豊竹座に縁のある者だろうか。豊竹座の手を借りたと思われたくないという意向か。いや、それならば、近松とは名乗るまい。では、うんと下っ端の若造か。最後の最後にそいつにしてやられ、門人どもが泡を食っている、そんなところか。
「妬《ねた》み嫉《そね》みか。てことは、あんたはそいつを守ってやりたいのやな。そやさかい、いつまでもごにょごにょいうてんのか」

頭の中に浮かんだままを専助は口にする。

耳鳥斎は無言。
「中《あた》らずと雖《いえど》も遠からず、か。近松加作、ちゃんと名が出てる。つまり、妬み嫉みでそいつを潰すことはでけへんかった、いうことやな。そこまで下っ端のやつやない。ほんなら、なんぞ、やらかした男か。追放の憂き目にでも遭うてんのか。こいつの正体をしってるもん、多いんやろ。そんでもしらんふりしてんのやな。人の口には戸が立てられんはずやのに、あえて黙って、無き者にしようとしてんのや。や、そんなら、あんたは守ろうとしとんのやない。潰そうとしてんのか」

「んなことしますかいな。するわけない！」

耳鳥斎が気色《けしき》ばんだ。

「ほんなら、なんでや」

耳鳥斎の目が瞬いた。

迷いが見える。ここぞとばかりに専助は攻め込む。

「誰や」

「頼んます。専助はん、そっとしといたってください」

「なんでや。こいつ、ええ腕してんのやで。認めてやらんでどないする。書けるで、こいつ」

「どんだけ書けても、どないもならんのですわ。そんならそっとしといたったほうがええ」

「なんでや。何やらかしたんかしらんけど、どないもならん、て決めつけたったらあかんで。おかしいやろ。こんだけの腕や、どないしてでもやってけるやろ。というより、こいつかて、やりたいやろ。あんたかて、義太夫やら絵やら、好きにやってるやないか。浄瑠璃かて、いっしょやで。書きたいもんに書かせたらなあかん。ええもん書ける男がおるんやったら、事情はしらんが、そこはあえて目ぇつぶって、今こそ、育てていかんでどないする。近松半二がおらんようなった今やからこそ、操浄瑠璃に人をよべる作者がいる。道頓堀におられへんのやったら、京へ寄こすか。なんならわしが面倒見たってもええで」

耳鳥斎の目がじんわりと潤《うる》む。

「な、わしは、しがない隠居の身やけど、浄瑠璃の心得はある。教えられるし、鍛えられる。わけありの男やっても、わしはかまわん。道頓堀から離れたら、人の目、欺けるやろ。こいつをどないかしてやらんか。な、わしに預けてみいひんか。操浄瑠璃に尽くして死んでった近松半二もそれ、願うてんのとちゃうやろか。あんた、知り合いやったら、そいつに、ちと、きいてみてくれへんか」

耳鳥斎の目から涙がこぼれた。げ、こいつ、泣き上戸やったんか、と専助はおののく。おおきに、おおきに、とつぶやいているようだが、なんと返していいのかもわからない。

「そこまでいうてもらえて、ほんま、これ、近松加作にきかしたりたいですわ」

耳鳥斎が声を詰まらせながらいった。

「なんちゅうたかて、菅専助や。そこらのおっさんがいうてんのとはわけがちがう。大作者、菅専助はんがいうてくれてはんのや。さぞかし、びっくりするやろなあ」

「大袈裟やなあ、まあええわ、ほんなら、わしんとこへ来い、て伝えといてくれるか」

目尻の涙を指でぬぐいながら、

「いや、それは、やめときますわ」

という。

「寝た子を起こしたかて、先がない。近松加作いう、あの名はもう捨てる、て本人がいうてますのや。もう書かへん、て。周りのもんもそれがええ、いうてますしな。半二はんもいてへんようなったら、到底つづけられしまへん。そんでも、最後に専助はんにここまでいうてもらえてよかった。たいそう褒めてくれてはった、て、ちゃんと伝えます。それがあのこの花道や」

「あのこ?」

やさしげな目で耳鳥斎がうなずく。

「あのこ、ですわ」

ふいに専助に閃くものがあった。

ひょっとして。

いや、まさか。

しかし。

ありえなくはない。

そう、ありえなくはない。

専助が目で問うと、耳鳥斎がうなずいた。

「あのこは、半二はんの、掌中《しょうちゅう》の珠《たま》ですわ」

ああ!

やはりそうか。そういうことか。

娘か。

半二の。

あの娘が書いたんか。

「なんちゅう名前やったかな」

「きみですわ、おきみ」

「ああ、そやった。おきみちゃんや」

専助の頭に、その姿が思い浮かぶ。

ずいぶん昔ではあるが専助も会ったことがあった。まだ幼い顔つきながら利発そうな娘で、半二に連れられて豊竹座にも幾度かやってきていた。道頓堀の芝居小屋で出くわしたこともあったし、あの界隈でよく見かけたように思う。芝居好きだというのは半二からもきかされていたし、幼い頃から母親の煮売《にう》り商《あきな》いを手伝っていたのもよく知っている。

あの娘が近松加作だったのか。

そないに大きゅうなってたんか。

近松加作。

正体がわかってみれば、なんとはなしにその名が似合っている気がしてくるから不思議だった。

「なるほどなあ、あの娘《こ》やったんか。父《とと》さん亡くしてそれどころやなかったろうに、よう書いたもんやなあ。いや、よう書けたな。なんで書けた。あの娘、父さんに書き方、習うてたんか。しかし、たとえ習うてたとしても、あすこまで、いきなり、やれるこっちゃないで。まさに蛙《かえる》の子は蛙やな」

「合点がいきましたやろ」

「いった。しかし惜しいなあ。つくづく惜しい」

これだけの力がありながら、みすみすその道を断念させねばならぬとは――。

育てられるものならこの手で育ててやりたい。

しかし――。

竹本座にも豊竹座にも、女の浄瑠璃作者なぞいない。これまでもいなかったし、これから先もいないだろう。

近松加作が女ではどうにもならない。

近松半二の娘であろうと、女には進めぬ道なのだ。

ならば余計な口を出すまでもない。

浄瑠璃のことなど、このまま、すっぱり忘れさせるのがむしろ本人のためだろう。

「ええとこへ嫁《とつ》がせたり」

専助がいうと、

「心得とります」

と耳鳥斎がこたえた。

顔が広い耳鳥斎のことだ、きっと、ふさわしい良縁を見つけてくるにちがいない。

近松半二がいったいどういうつもりで娘に浄瑠璃なんぞ教えていたのか定かでないが、倅《せがれ》ではなく娘の行く末ということであれば、泉下《せんか》の半二とて、それをこそ願うはずだ。

うまく育てば、近松半二亡き後の、操浄瑠璃を背負って立つ作者になれたかもしれないのに、不憫《ふびん》やなあ、と専助は思う。

近松加作という名も、じき忘れ去られてしまうだろう。

力ある者が現れては消え、現れては消えていく。名を残せる者などごくわずか。

それが道頓堀だ。

そんでもな、と専助は近松加作に心で声をかけた。

わしはあんたのこと、忘れへんで。ずっとおぼえてるで。

せやさかい、近松加作、無念やろうが、成仏せえよ。

三

近松加作ならぬ、半二の娘、おきみとその母、お佐久が京へ移り住んだのは、それから半年ほど経った、秋の終わりだった。

噂はすぐに伝わってきた。

なんといっても二人が移り住んだ先が、四条《しじょう》の芝居茶屋へ出入りする煮売り商いのまるのやだったため、専助の耳にも入りやすかったのである。

え、あの母娘《おやこ》、京へきたんかい、と専助は驚く。

なんでや。

聞けば、お佐久の具合がどうもよくないらしい。

父親を亡くし、母親までもが病を得て、縁戚関係にある、まるのやを頼って、住み慣れた大坂を離れたようだった。

お佐久は療養に専念し、おきみがまるのやで働いているのだという。

専助は腹を立てた。

近松半二が亡くなった途端、そんな目にあっているとはあんまりではないか。今の竹本座に二人の面倒をみるだけの力がないにせよ、誰か助けてやれるものはいなかったのか。

耳鳥斎はなにしてんのや、耳鳥斎は。

怒りの矛先が耳鳥斎に向かう。

耳鳥斎のやつ、あの娘をええとこへ嫁がせたる、ていうてたやないか。

約束通り嫁がせていたら、こないな苦労をせずともすんだろうに。

良い嫁ぎ先なら、母親のことくらいどないにでもなったろうに。

耳鳥斎め、耳鳥斎め、と憤懣やるかたない。

憤《いきどお》りをそのまま耳鳥斎にぶつけたいところだが、大坂の宴席以来、そういえば一度もあっていないと気づいた。そろそろ姿を現しそうなものだが、待っているときにかぎって、影も形もない。

でしゃばりたくはないが、居ても立ってもおられなくなって、専助はまるのやへ出かけていった。

店先におきみがいた。

柱に寄りかかりなにか食べていた。

「あ」

とおきみがいう。

「おお」

と専助がいう。

あわてて椀《わん》と箸《はし》を置き、口元を拭う。

「うまそやな」

「残り物で」

店の奥で、丁稚《でっち》も同じように食べている。

「今、食べとかんと、また忙しなるんで」

とおきみが言い訳した。

丁稚《でっち》も困ったような顔で笑ってこちらをみている。おきみも照れ臭そうな笑みを浮かべている。

店のもんは皆、お届けにいって、留守なんです、とおきみがいう。

お内儀《かみ》さんも用足しにいっているらしい。

「なんぞ御用でしたら、きいときますけど」

おきみが丁稚に、お内儀さん、じき戻ってくる、いうてはったなあ、ときくと、丁稚が奥から、へえ、そないいうたはりました、とこたえる。

「どないしはりますか。待ってはるんやったら、お茶でも。お菓子もありますよってここで一服していかはったら」

あんがい呑気そうな様子に専助はやや拍子抜けした。

「わしのことわかるか」

専助がいうと、

「へえ。菅専助はんですやろ」

おきみが返す。

「昔、会うたことあったな」

「なんべんも」

「そやな。わしな、あんたに、会いにきたんや」

「え」

「詫びをいうときたかったんや。半二はんのお悔《く》やみにもいかんままになってしもて、えらい、すまんかった」

「え、そんなん。伊賀越道中双六、わざわざ道頓堀まで、みにきてくれはったやないですか。そんでじゅうぶんです。よかった、いうてくれはったて、松へ、いや、あの、耳鳥斎先生からも」

「ん。ほんまによかったで。わしゃ、感心した。しまいまで、よう書けてた。耳鳥斎はん、そのこと、ちゃあんと近松加作はんにも伝えてくれはったかな」

「はい」

「そうか。そんで、あんたはん、母《かか》さんと、こっちへ越してきはったんやて」

おきみが、うなずく。

「ひと月ほど前に」

「母さんの具合はどないや」

「おかげさんで、だいぶ、ようなりました。あのまま向こうで寝付いてしもたら、ほんまに危なかった、てお医者はんが」

「なんや、お佐久はん、そないに、悪かったんか。ほんでようなってきたんか。そんならまあ、よかった。わしもこっちにいてるさかい、いつでも頼ってきてや」

「へえ、おおきに」

母親が持ち直したせいか、おきみは明るい顔をしていた。京へくるにあたって耳鳥斎ら、旧知の者らがずいぶん手を貸してくれたのだという。

父親亡き後、気丈に振る舞っていた母親が、伊賀越道中双六の千穐楽《せんしゆうらく》を迎えた途端、病に倒れ、それも日に日に悪くなる一方で、途方に暮れていたのだと専助ははじめて知った。金銭的にも行き詰まり、そんな中、いっそ京へきたらどうか、とまるのやの主人からのありがたい申し出があったのだそうだ。まるのやの主人は、お佐久の従兄弟にあたり、幼い頃に、お佐久に子守をしてもらっていたこともあって、いまだにだいじに思ってくれているらしい。

幸い、まるのやの商いはうまくいっていて、先代の頃よりも手を広げて繁盛しているし、別宅もあるので、店には空いている部屋もある。おまけに懇意《こんい》にしている腕利《うでき》きの医者も近くにいるという。

うまいことといくかどうかわからしまへんかったけど、そんならそうしよか、てすぐに決めましたんや、とおきみはいった。

急いで大坂での暮らしの後始末をし、病身の母親をつれて京へ上る段取りをつけた。

しかしあんた、よう思い切ったなあ、道頓堀、離れるのいややなかったんか、と専助がきくと、おきみは少し迷って、どうですやろ、とこたえた。

「そんなん、いうてられへんかった。はよう、どないかせんと、て気が急《せ》いて。ほんでも、ほんまのことというと、九月の、中の芝居の、伊賀越道中双六だけはみたかったんやけど」

「ああ、伊賀越な。さっそく歌舞伎芝居でかかったんやてな。どこの一座や」

「嵐座です。奈河亀輔はんの下におる者らが台帳拵えはったそうで」

「九月やったら、あんた、まだ向こうにおったんとちゃうんか」

「おりましたけど、もう、それどころやのうなってて」

くっ、とおきみの顔が歪んだ。

悔しさがその顔ににじみでている。

それを隠そうともしない。

それはそうだろう。あの演目は近松半二だけのものではない。この娘のものでもある。専助はそれを知っているし、専助が知っていることをこの娘も知っている。あの浄瑠璃の詞章がどのように歌舞伎芝居に作り変えられたのか、おきみはその目で確かめたかったはずである。心残りがはっきりと顔に出ていて、それは、年頃の娘の顔、というより、やはり浄瑠璃作者の顔なのだった。

ひょっとして、まだ成仏できてへんのやろか。

ちらりと専助はそんなことを思う。

この娘のなかにまだ近松加作がおるのやろか。

といって、いつまでも、生かしとったら、それはそれで酷やけどな、とも思う。はよ忘れて、嫁にいくのがなによりや。

耳鳥斎のやつを、もういっぺんせっついたらなあかんな、と専助は思案する。お佐久はんの病やらなんやらで嫁入り先を世話しそこねてたんかもしれへんけど、のんびりしすぎて機を逸《のが》したら、ええ縁談がのうなってしまう。それでのうても、娘盛りはすぎてきてんのやし、こりゃ急がんと。

専助はどことなく、父親の気分になっていたのかもしれない。

専助には子がいなかったし、妻とも早くに死別していたので、隠居した今頃になって、少しばかり、肉親の情のようなものを注げる相手が現れてうれしくもあったのだった。

母娘がすぐ近くへ越してきたのもなにかの縁。

力になれることならなってやりたい。

それが半二への恩返しにもなると思えたし、昔馴染みのおきみに親しみもあった。

近松加作を殺す算段をしているつもりはなかった。ただおきみの幸せを願っていただけだ。というより、近松加作を生かす道があるなどと思ってもみなかった。

専助だけではない。耳鳥斎もそうだったろう。おきみ本人ですら、そう思っていたのではないだろうか。

近松加作がしぶとく生き延びるなどとは、おそらく、あのときは、誰ひとり、思っていなかったのだった。

四

専助のところへおきみがちょくちょくやってくるようになったのは、それからまもなくだった。

はじめは耳鳥斎が連れてきた。

やけにうまい菓子を土産にもってきて、これからおきみを案内して、馴染みの薬屋に母親のための薬をもらいにいくのだという。大坂にいる近松半二の門人らからも母娘の様子をきかれるようで、耳鳥斎は京へくるとなにくれとなく面倒を見ているらしい。

おきみは、まるのやの手伝いはしているものの、そう働きづめでもないらしく、内向きの家事手伝いや母親の世話をしつつ、つつましく暮らしているようだった。

以来、耳鳥斎が京にいないときでも、こちらの方面に用事があると、寄っていくようになった。

半刻ばかり気楽に話をして、専助のところにある古い丸本《まるほん》やら読本《よみほん》やらを持っていく。大坂をでるときに家にあった本は皆、売ってしまったそうで、あのときは一銭でもほしかったし、荷物も減らさなあかんかったし、売るしかなかったんやけど、ほんでも、なんぞないとさびしくて、とおきみはいい、あちこち物色していく。専助のところには雑多な読み物があるので、ちょうどよいのだろう。ふうん、あんたはん、そんでここへくんのやな、というと図星なのか笑っている。

耳鳥斎の絵が載っている徒然睟か川も借りていったし、雨月物語《うげつものがたり》を行李《こうり》の下からみつけだした時には、もういっぺん読みたかったんや、とたいそう喜んでいたし、専助の書いた浄瑠璃には興味津々といった様子でいろいろきいてきた。ひょっこり蓋壽永軍記《きぬがさじゆえいぐんき》の丸本が出てきたときには、きかれるより先に、専助が半二とともに書いた日々の思い出話を語ってやった。

えらい呑み込みの早い娘やなあ、というのがはじめの頃の印象で、とくに浄瑠璃の話は一から十まで語らずとも阿吽《あうん》の呼吸で理解していく。そのうちに、ひょっとしたら、この娘、そこいらの浄瑠璃作者よりものを知ってるんとちゃうやろか、と思えてきた。伊賀越道中双六をきっちりしまいまで書き継げたのは、たまたまではなく、やはり、しっかりとした素地《そじ》があったからこそなのだ。

この娘の頭ん中にはなにがあんのやろ、と思うこともしばしばだった。雑談をしていただけなのに、流れ流れて妙な場所へ連れていかれるような心地にさせられることがあった。話の持っていき方なのか、話の中身なのか、父親の半二の大法螺《おおぼら》もおもしろかったが、この娘にはこの娘なりのなにかがあるような気がして、本気で浄瑠璃を書かせてみたくなる。もしくは、なにか、読本あたりでもいいかもしれない。と、つい、うっかり勧めそうにもなるのだが、そんなことをしていては嫁にいけなくなる、と気づいて、ぐっと堪《こら》える。

といって、おきみの嫁ぎ先は、いっこうに決まらないのだった。

縁談がないわけではないらしいのだが、いつも中途でなにかしら邪魔が入って、立ち消えになってしまう。

それを耳鳥斎からきくこともあったし、おきみ本人からきくこともあった。おきみは他人事のように、向こうさんには向こうさんのお家の事情やらご意向やらがあって、こういうのんは、なかなかむつかしいもんらしいですな、とかいっている。あんたのことやで、と文句のひとつもいいたくなるが、それもまたおきみらしいとだんだんわかってきたので専助は黙っている。黙って焦っている。

ところが、よくよく話をきいてみると、焦っているのはどうやら専助だけなのだった。母親のお佐久もまだ床に伏せったままであるとはいえ、おきみを急いで嫁にやりたいと思っているようではないし、まるのやの主人らも、好きにしたらええ、といっているらしい。ここの家の者らは、世間の目がそれほど気にならない質《たち》なのだろうか。

まるのやは近松半二と縁戚関係にあるというのを利用して芝居茶屋への仕出しの商いを広げてきたという長年の恩義があるので、二人を追い立てる気はさらさらなく、むしろ、下手なところへ嫁にやって苦労させせては申し訳が立たないとでも思っているようなのだった。

それは耳鳥斎からきいた。当の耳鳥斎とて、半年もすると、縁談への熱意を失ったらしく、あまりその話をしなくなった。絵を描くために京まで芝居をみにくるが、そして、そのたびに専助のところへもいちおう顔を出すのだが、縁談についての報告はない。

耳鳥斎という男はなんでもかんでもすらすらやってのけるわりに、すらすらやれないものにたいして執着がない。諦めが早い。そのくせやけに安楽に、まあきっとそのうちうまいこといきますやろ、などといっている。

義太夫節に絵に、松屋の商いにと、ただでさえ忙しいはずなのに、どこにそんな暇があるのかというくらい、京と大坂を行ったり来たりし、そのうえ、よく遊んでいる。

専助も誘われて、いつのまにやら、いっしょに芝居へいくようになった。もともと人付き合いがあまりうまくなく、隠居の身ということもあって家にこもりがちの専助なのに、耳鳥斎に誘われるとのこのこ出かけてしまう。

たいていおきみもいっしょだった。

三人とも好きな道なので、連れ立ってみにいけば話も弾む。

浄瑠璃腹がくちくなっていたはずなのに、いまさら、どうしたことだろうと専助は首を傾《かし》げる。

「昔はよう三人できたもんやったな」

小屋に入るなり耳鳥斎がいう。

えっ、と驚くと、

「いや、専助はんやおまへんで。徳蔵《とくぞう》はんとや」

という。

「徳蔵て。近松徳蔵か」

耳鳥斎がうなずく。

「徳蔵はんとわしとおきみちゃんとでようみにきたもんやった。そのうちに、わし抜きになってしもたんやけどな」

おきみが笑う。

「そやったな。徳蔵はんと二人でよういったわ。あれ、稽古やったんやで」

「稽古」

「芝居見物してなんでもかんでもしゃべる、いう稽古や。へんやろ。うちもへんやな、て思うてたんやけど、徳蔵はん、大真面目やったし、やめられへんかった」

今度は耳鳥斎が笑う。

「なんや、それ。ほんまの話か。おかしな稽古もあったもんやな。あいつらしいといえばあいつらしいが。あいつ、へんなとこで真面目やろ。そのくせ、え、ここは真面目にせな、あかんやろ、いうとこがずんべらぼんやったりする。大枡屋《おおますや》の商いなんぞ、みてみ、ほったらかしや。あれでやってるつもりなんやから、かなんで」

「跡継《あとつ》ぐのかいな」

専助がきくと、耳鳥斎が、そやろな、といった。

「まだ追い出されてへんとこみると、やはり倅に継がせたいんやろう。大枡屋は大甘や」

大枡屋というのは道頓堀の南、坂町《さかまち》の娼家《しょうか》で、徳蔵はそこの跡取り息子だった。人気の天神《てんじん》や鹿子位《かこい》を幾人か抱え、そのうえ芸子の数でも坂町辺りでは抜きん出ている。なかなか繁盛している大店《おおだな》なのである。

ところが、この徳蔵、芝居町《しばいまち》に生まれ育った子にありがちな落とし穴にみごとにはまり、芝居道楽となって家業を放り出し、浄瑠璃作者を志して近松半二の門人となってしまった。大枡屋が娼家として界隈に名の知れた店だっただけに、この跡取り息子の行状が、一頃、人々の噂の種になっていたのを専助もよくおぼえていた。

「嵐座の伊賀越道中双六は、どやったん。徳蔵はんもやってはったんやろ」

おきみがきく。

「おお、やってたで。丸本、しっかり読みこんで勘所《かんどころ》を押さえてた。まああうまいことといってたな。奈河亀輔は、徳蔵の使い道が、ようわかってる。ああ、そうか、おきみちゃん、あれ、みにいかれへんかったんやな。残念やったな。わしも、気ぃつかんですまんかった」

「そんなん。母さんのほうが大事やもん。誘ってもろてもいかれへんかったわ」

「そやな」

専助は持ってきた塗り薬を首の後ろにつけた。耳鳥斎は絵を描くために、役者の顔がよく見えるかぶりつきに近いところにすわりたがるのだが、それにつきあっているといつも首がたいそう痛くなる。そうこぼしたら耳鳥斎が薬をくれたのだった。つんとした匂いがした。

耳鳥斎は、専助がその薬をつかっているのを満足げに眺めながら、そいや、徳蔵のやつ、名前変えたんやで、しってるか、とおきみに問いかけた。しらん、とおきみがこたえる。

「徳蔵の蔵の字を三番叟《さんばそう》の叟の字に変えたらしい」

「なんで」

おきみがきく。

「なんでやろな。半二はんが亡うなって、ここらで、けじめをつけたかったんやないか」

「けじめ」

「操浄瑠璃を捨てて、いよいよ歌舞伎芝居に根を下ろすつもりやろ」

「浄瑠璃書かへんの」

「竹本座も風前の灯火《ともしび》やし、先がないしな。歌舞伎芝居やったら、そのうち立作者《たてさくしゃ》や。おきみちゃん、どや、あいつが立作者になったら、嫁にいったり」

なぬ、と専助が聞き耳をたてる。

「気心しれてるし、あんがいええ相手とちゃうか」

などとぬかしている。

おきみはぼんやりと舞台のほうを眺めている。

わずかに口元が開いているのでなにかいうのかと思ったがなにもいわない。

曲がりなりにも大枡屋の後継《あとつぎ》ともなれば、そうやすやすと縁談はすすむまい、とは思うものの、専助としては、どこぞへ早く嫁がせてやりたい一心で、ほんなら立作者になるまで待ってることないやないか、今すぐにでもその話、進めたったらどないや、といいかける。が。

阿呆らし、とおきみがいった。

あかんか、と耳鳥斎がきく。

あかんわ、とおきみがいう。

専助には口を挟む余地がない。

本気でいいあっているのか、ふざけているのかもわからない。耳鳥斎はぞんがい真顔にみえるが、おきみの顔からはなにも読みとれない。だいじな話なのに専助は置いてけぼりだ。

近松徳蔵。

名はしっているし、噂もきいているし、おそらくどこかで一度や二度、あったことはあっただろうがよくおぼえていない。道頓堀に絶え間なく湧いて出る有象無象《うぞうむぞう》の一人、くらいにしか思っていなかったのだったが、いったいどんな男なのだろう。

この男について、もう少し知りたいと思ったけれども、ちょうど幕が開いて、それきり、うやむやになってしまった。二人は、芝居の合間も、終わったあとも、もうその話はしなかったし、専助もそのまま忘れていってしまった。

専助がその名を思い出すのはだいぶ先のことだった。

五

近松徳蔵あらため、近松徳叟が立作者になったのは、それから三年後の秋。

京まで届いたその噂に、専助は、ああ、あのときの、あの男か、とようやく思い出したのだった。

この年は、物騒な打ちこわしの噂がたびたびきこえてきて、大坂だけでなく京の景気もひどく悪く、芝居小屋界隈でも大当たりは少なかった。江戸からやってきた歌舞伎役者、中村仲蔵《なかむらなかぞう》が道頓堀で気を吐いているらしいときいてもわざわざみにいこうとは思わなかった。仲蔵は京にもきたが、専助は耳鳥斎が描いた役者絵をみせてもらって、それですっかり中村仲蔵をみた気になっている。

安上がりどすなあ、と京ことばでおきみに揶揄《からか》われても痛くも痒くもない。

おきみは相変わらず、そろそろ齢《よわい》二十も半ばを過ぎるかというのに嫁にもいかず、呑気にまるのやで暮らしている。母親のお佐久は、だいぶ加減がよくなり、ようやく床上げして、ゆるゆる動きだしている。まるのやに寄ると、茶を飲みながら三人で話すこともあった。

お佐久は、いずれ山科《やましな》の生家近くに戻っていきたいと専助に打ち明けていた。いつまでもこの家の世話になってるのもあれやし、そろそろ向こうで暮らす算段つけよか、て思うてますのや。白髪が増え、だいぶ痩せたが、顔色はよい。ここの家のもんも、それやったらちっさい店でも出したらどないや、いうてくれまして、暖簾《のれん》分け、いうほどでもないですけども、まるのやの名をつかわしてもらおか、て思うてます。と、病み上がりとはいえ、前向きなことをいう。

とうぜんおきみもついていくのだろう。

一抹《いちまつ》の寂しさはあったが、専助に口出しできることではない。

そうか、ほんなら越してく前に、うちにある本、みんな持ってき、餞別《せんべつ》や、というとおきみが、目を輝かせた。

ええんですか、ときくので、ええで、とこたえる。

老い先短い年寄りが持ってても持ち腐れやしな、あんたのように先のあるもんが持っとったほうがええ。山科の人らに貸したったら喜ばれるで。

はい、という顔も生き生きしている。

いつでも取りにきたらええで。ようけあるさかい、なんべんかに分けてもっていかんとあかんやろな。いや、いっそ送り荷にしたほうがええんかな。

そんなふうに話しているとおきみがすぐにでもいなくなってしまいそうでいやだったが、こうして一つ一つ、この世に別れを告げていくものなのだろうという気もしていた。人と別れ、物と別れ。ほんのりとした悲しみはたしかにあったものの、じつに穏やかな悲しみで、この延長に己の死があるのだと思えば、死すら、静かに受け入れられそうだった。

死していく専助の代わりに、専助の蔵書がこの世に生き永らえるのなら何よりだ。

まさかそれらの書物がじきに、すべて灰燼《かいじん》に帰《き》すなどと思いもしない。

年が明けてひと月ほどした、正月三十日、早朝。

小さな火事は、あれよあれよという間に燃え広がっていった。

なるほど、この世は専助の思い通りになど進んでいかないものなのだ。

穏やかな別れ、静かな死などというものは、所詮、頭の中で思い描いただけの夢にすぎない。

京は阿鼻叫喚《あびきようかん》の地獄絵図《じごくえず》と化した。

のちに天明《てんめい》の大火とよばれる未曾有《みぞう》の災厄が専助の身に降りかかったのだった。

天を衝くような大火に嘗《な》め尽くされ、専助の庵も、まるのやも、皆、焼けた。こんな、恐ろしい大火、専助はみたことがなかった。二日に亘って燃えつづけ、その火は御所《ごしよ》までをも呑み込んだという。死んだ者も大勢いたが、火傷を負ったもの、怪我をしたものも大勢いた。命が助かっただけでも御《おん》の字《じ》といえた。

着《き》の身着《みき》のまま、命からがら逃げ出した専助は、なにがなにやら、わけのわからぬまま、どちらへ逃げたらいいのかすら判然とせず、はじめは、ただおろおろするばかりだった。身も心も混乱を極め、逃げているつもりが、火に向かって突き進んでいたことも二度三度。焼け付くような熱さの風を浴び、火に崩れ落ちる家を避け、人々の泣き叫ぶ声、助けを求める声を聞き、逃げ惑う人の群れに知らぬ間に巻き込まれ、西へ引きずられ、北へ引きずられ、やがてどこにいるのかさえわからぬようになっていく。火の粉が降りかかり、髪や着物がちりちりと焦げ、喉が渇き、そこかしこが痛む。誰が無事で、助かった者がどこにいるのかも、皆目わからなかった。行き交う者も煤《すす》やら泥やらで黒く汚れて、まるで見分けがつかない。

時が経っても火の勢いは収まるどころか、増すばかりだった。どこまでも燃え広がり、いつ終わりになるのか見当もつかない。

一息つこうにも、安堵できそうな境内や空き地はすでに人で埋まり、水ひとつ飲めなかった。

そこにもじき、火が迫り来る。どうしていいのかわからぬまま、専助は、ただうろうろと逃げつづけた。日も傾《かたむ》きだした頃、ともかく休みたい一心で、いったん、宇治《うじ》の知己のもとに身を寄せようと決めた。

知己というのは豊竹座にいた頃の贔屓筋《ひいきすじ》、材木商の旦那で、逃げている最中にふと、あっちゃの方《ほう》にあのお方《かた》がいてはったな、と思い出したのだった。あそこなら火の心配はない。近場にいては、火に飲み込まれる。専助は必死だった。逃げても逃げても後ろから火が追いかけてきそうで恐ろしくてたまらない。宇治の善次郎《ぜんじろう》とはごくたまに文のやり取りはしていたものの、一度として訪ねていったことはない。屋敷がどこにあるかもあやふやだったが、それでも痛めた足をだましだまし、日が落ちて、夜の闇に包まれてしまった道をとぼとぼと歩き詰めに歩いてどうにかたどり着いた。おおっ専助はんやないか、あんた、よう助からはったな、えらい目に遭うて、泥だらけや、怪我はないか、よう来た、よう来た、と善次郎が喜んで迎え入れてくれた。

そのまま転がり込んで、くたびれ果てた身体を癒《い》やしつつ、専助はえらいことになった、えらいことになった、と頭を抱えていた。財産はすべて失った。老いさらばえた今頃になって、なんでこんな目に遭わねばならぬのか、と悔しさに胸が掻《か》き毟《むし》られる。畜生め、畜生め、この世には神も仏もいてへんのか。役立たずの神め、仏め、わしら衆生を救うどころか地獄に突き落としやがって、と恨みつらみばかりが口をつく。すると、すでに楽隠居の身である善次郎が、あんたはんには筆があるやないか、それは火事でものうなってしまへんのやで、と諭《さと》すようにいうのだった。芸は身を助《たす》く、いいますやろ、専助はん、あんたはんは、また浄瑠璃、書いたらよろしおす、そしたら、わたしらも、また、みにいかしてもらいます。

「そない易《やす》う、書けるもんやないっ」

やさしい言葉をかけられても、我が身の不幸がつらすぎて怒りっぽくなり、声を荒げてしまう。

怒鳴り散らすと、なぜか急に涙が出てきて、専助はおいおいと声をあげて泣きだしてしまった。とめどなく涙が出てきて息苦しいほどだ。

まあまあまあまあ、と善次郎に背中をさすられ、専助はん、あんたはん、わしより若いんやさかい、まだまだやれますえ、といわれる。火事で足、ちょこっと怪我しただけどすやろ、なにより自力でここまで逃げてこられたやないですか、たいしたもんや、専助はん、ちっとも老いさらばえてまへんで、と慰める。還暦《かんれき》の爺いをつかまえて、なにいうとんのじゃ、とまたいっそう涙にくれる。

励まされれば励まされるほど絶望し、泣けてくる。

ああもうわしは、これでしまいや、これからどないしよ、どないして生きていこ、そんなことばかりが頭の中をぐるぐる回り、おちおち眠ることすらできない。そんな日を幾日も過ごした。やがて足の怪我も治り、客分として飯ばかり食ってもおれず、そろそろ先のことを考えねばならなくなってきても、さて、このような有様で、どこからどう手をつけていいのやら、さっぱりわからなかった。

いくら善次郎が善人とて、いつまでもやっかいになっているわけにもいかない、と頭でわかっていても、洛中《らくちゅう》は焼け野原、と噂にきくと、みにいくだけでも恐ろしい。近寄る気にはまったくなれなかった。あの火を思い出すだけで背筋が寒くなる。

うちとこはかましまへんえ、困ったときはお互い様どす、気にせんと、どうぞいつまでもここにいとおくれやす、というお内儀の言葉に甘えて、つい居座りつづけてしまう。

ぽかんと空《うつ》けたような日々を送った。

春が過ぎていった。

夏が盛りを迎えようとしていた。

蟬《せみ》の声をきき、青空を眺める。

道頓堀。

そんなある日、専助にとって、もっとも親しい町の姿が思い浮かんだ。

ずらりと並んだ芝居小屋。

三味線の音。義太夫節の声。

気ぜわしく行き交う人々。

ああ、そうや。京に戻れぬとなれば、専助がいけるところといったら、あすこしかないやないか、とやっと思い出せた。

そやな。

とりあえず、道頓堀にでもいこか。

宇治の田舎にいてはなにひとつやれることはないが、あすこでなら、なんぞやれることもあるだろう。芝居小屋界隈でなら、稼ぎ方もわかっているし、頼れる知り合いも多い。今さら浄瑠璃が書けるとも思えないが、昔取った杵柄《きねづか》で、少しばかりの助太刀《すけだち》くらいならできるはずだ。

専助は、しみじみと来《こ》し方を思う。

豊竹座の太夫として、それから浄瑠璃作者として過ごした幾星霜《いくせいそう》。

その歳月がこの身に残してくれた、芸の力。

こうなったら、善次郎がいうとおり、それを恃《たの》みに、なんとしてでもやっていくしかないではないか。

善次郎にそれを伝えると、さっそく大坂へ使いを出してくれた。安い住処《すみか》を探して、すぐにでも暮らせるよう整えてくれるという。善次郎は豊竹座にいた者らともまだ繋がりが途絶えておらず、ついでに専助が大坂に戻る旨も、伝えてくれたらしい。豊竹座の太夫であり、中心人物でもある豊竹此太夫《このたゆう》から、ぜひ、また力を貸してほしいという文が届けられた。

懐かしいやら、うれしいやら。

戻りたいと思ったことなどいちどもなかったのに、いざ誘われれば喜びが勝る。

人の一生とはわからぬものだ。

望むと望まざるとにかかわらず、定めのように流れていく。

よもや、また芝居の世界に舞い戻る日が来ようとは思わなかったが、秋風の吹く大坂に辿り着いてみれば気も緩み、専助は心底、ほっとしたのだった。とろけるような安堵に包まれて、その日はぐっすり眠った。

ただそれだけのことがひどくうれしかった。

六

水を得た魚、とまではいいすぎだが、十年近く離れていたというのに、大坂での暮らしに戸惑いはなかった。

住まいは道頓堀の北の三津寺《みつてら》近く、昔、半二が暮らしていたあたりの五軒長屋《ごけんながや》の端《はし》である。豊竹此太夫は意気軒昂《いきけんこう》で、年が明けたらぜひとも道頓堀で興行したいと準備をすすめている最中だった。

今や重鎮となった若竹笛躬《わかたけふえみ》が、二代目並木千柳《なみきせんりゆう》と組んで新作を書き進めていて、ちょっと面白い風体《ふうてい》の若い作家も出入りしている。豊竹座はとうに芝居小屋を手放し、一座の勢いは衰えていたけれども、此太夫の借りた家に集まっている作者連中はまずまず活気があった。たいした手伝いができるわけではないものの、ちょくちょく覗きにいって、まずは勘を取り戻すことにした。

昔とちがって、若い者らには遠慮がない。どちらかといえば、若いのが年寄り連中を引っ張っていて、というか、あれをいれこもう、これをいれこもう、とてんこ盛りにしていくのを、待て待て待て、それでは収まりがつかんようになる、と笛躬らが苦い顔で止めに走っていた。若いのが強気で、年寄りが気弱、と昔とは様子があべこべだった。

「おもろいやろ」

此太夫がいう。

「むちゃくちゃやな。どないなってるねん」

専助がいうと、

「たんなる太閤記《たいこうき》ものでおさまりきらん傑作にしてもらいたいんでな」

此太夫がにっと不敵に笑う。

その皺くちゃな顔をみていると、豊竹座はまだまだいけるのではないかという気がしてくる。此太夫と語り合っているだけで、操浄瑠璃の演し物を拵える勘が少しずつ戻ってくるかのようだった。

そうこうするうち、そろそろ書いてみいひんか、とすすめられた。約束してくれたら前金出すで。

困窮している専助への恩情だろう。

そんならやってみるか、と引き受けた。

この界隈で息をしているというだけで、また浄瑠璃が書けそうな気がしてくるのだから不思議だった。

浄瑠璃の詞章なんぞ、金輪際《こんりんざい》書かぬ、もう書けぬと隠居したはずなのに、もぞもぞと、なにかが頭の中で蠢《うごめ》きだしていた。

なにやら得体の知れぬ生き物が息を吹き返したようで、これはこれで薄気味悪いもんやな、とぼやいていたら、若い作者、余七《よしち》に、専助はんは業《ごう》が深いんやな、浄瑠璃から逃げられしまへんのや、とからかわれた。若いくせに生意気なやっちゃな、お前は何者じゃ、と詳しくきくと、こいつはこいつで武家奉公《ぶけぼうこう》をぶった切って浪人に身をやつし、道頓堀に流れ込んできたという、専助よりなお、業の深いやつなのだった。ああ、もう、ほんまに、ここにおんのはこんなんばっかやな、と呆れるが、だからこそ、身一つになって戻ってきた専助にも居心地がいいのかもしれない。

耳鳥斎も訪ねてきてくれた。

おきみやお佐久、まるのやの者らの消息をきかせてくれる。

皆、火事を逃れ、どうにか無事で山科で暮らしているとのことだった。

まるのやは、再び店を開けるために奔走していて、おきみもそれを助けているらしい。

ただし、お佐久だけは、心労がたたって、またしても寝付いてしまったのだという。

そりゃ心配やなあ、というと、ほんでもまあ、生きてるだけましやしな、と耳鳥斎が火事で亡くなった者らの話をする。専助はまた身震いする。あの大火であの家の年寄りが死んだ、この店の手代が死んだ、あそこの赤子も、そこの娘も、ときいていくうちに、あれも死んだでと、専助のことを噂されているような気がして、ふと、わしも死んだんか、とおかしな気になり、目をつぶる。南無阿弥陀仏《なむあみだぶつ》、南無阿弥陀仏。わしは生きとんのか、死んどんのか。紙一重で生き残ったものは皆、そんな気持ちになるのだろうか。

わしのようなもんが、生き残ってよかったんやろか。

専助は申し訳ないような思いに苛《さいな》まれる。

わしかて赤子の一人くらい助けられたはずやのに、恐ろしゅうて恐ろしゅうて、我が身可愛さで逃げてしもた。なんもでけへんかった。

専助はまだ、あの大火に呑み込まれたままなのかもしれなかった。

身体こそ逃げおおせたが、心が引きずられて、抜け出せないでもがいている。それゆえ、ほんの些細《ささい》なきっかけで気が塞《ふさ》いでしまう。

救ってくれたのは浄瑠璃だった。

浄瑠璃を書くことで、専助の心が少しずつ軽くなった。

ざらざらと試し書きをしているだけで、気が楽になり、一息つける。

傑作など書けなくてよい。

此太夫とてそこまで求めてはいまい。

ただ無心に言葉と戯《たわむ》れたかった。趣向《しゅこう》した世界に遊びたかった。

このような境地で紙と向かい合うのはおそらく初めてのことだった。そうか、こんな書き方があったのかと専助は驚く。浄瑠璃とは己の力を吸い取っていく魔物のように思っていたが、やさしく包んでくれる豊かな海でもあったのだ。

此太夫のところへはいかず、長屋で一人、書きつづけた。

余七が手伝おうかといってくれたが、余七の方こそ忙しい。断ると、代わりに茶屋の倅の魚眼《ぎょがん》というのを寄越してくれた。余七も暇をみつけては遊びにくる。その仲間も顔を出すようになった。どいつもこいつも、ろくでなしといえばろくでなしだが、芝居好きにはかわりなく、専助からしてみたら、子のようにも孫のようにも思われて、かわいいものだった。いい気晴らしになった。

こやつらが、菅専助という過去の浄瑠璃作者のことを知っているのも意外だった。忘れ去られたものとばかり思っていたがそうでもないらしい。

乞われて半二の話もした。

ひと昔前の浄瑠璃作者のあれこれをききたがるのは、操浄瑠璃がまだどうにか歌舞伎芝居と渡り合っていた輝かしい時代だからだろう。

そういえば、余七は近松余七と名乗っていた。誰に許しを得たわけでも、近松姓の誰かの門人というわけでもないのに、勝手にそう決めたらしい。

「徳叟はんに、いちおう、おうかがいをたててみたら、べつにええやろ、いうてくれましたんで」

「徳叟。徳叟って、近松徳叟か」

それはどいつや、どんなやつやと興味にかられて、歌舞伎芝居をみがてら、顔を拝みにいった。

どっしりとした、佇《たたず》まいのいい男だった。

痩せているのに、まっとうな重みが感じられる。

思っていたよりずっと男前だ。

年はやや嵩《かさ》んでいるが、あの娘の婿にちょうどええやないかと内心、色めきたったが、なんのことはない、近松徳叟は立作者になったのを潮《しお》に、大枡屋徳右衛門《とくえもん》の名も継ぎ、つい先だって、嫁をもらったばかりなのだという。

鳶《とんび》に油揚げをさらわれたとはこのことか、と、あまりにも悔しくて耳鳥斎に、おいっ、なんであないええのがすぐそばにおったのに縁談を進めんかったんや、と詰め寄ると、きょとんとして、いうても徳蔵やしなあ、ええんだか悪いんだかわからしまへんで、と煙《けむ》に巻く。な、専助はん、考えてもみなはれ、あのおきみちゃんが大枡屋のお内儀としてやっていけると思わはりますか。あすこは商いが商いやし、あの娘にはむりや、といわれれば、ぐうの音も出ない。

ようするに縁がなかったと思うしかない。

しもたなあ。あんとき、わしゃ、なんでもっとくわしくきかなんだかなあ。あの四条の芝居小屋で、もうひと押ししとったら、うまいこと話が進んでいったかもしれへんのに。近松徳叟かて、あの娘といっしょになってたら大枡屋は継がへん、いうてたかもしれへんやないか。あーしもたー、惜しいことしたー。

悔やんでも後の祭り。

だったら、今、専助の家に屯《たむろ》する、この連中はどうだろうと見渡してみるが、これといってめぼしいやつはいない。すでに嫁や子のある者はべつにして、どいつもこいつも、おきみの婿候補としては願い下げである。この先、浄瑠璃書きとしてはおもしろくなっていきそうではあるけれども、今のところ、ろくな稼ぎはなさそうだし、浄瑠璃やら芝居やらの話はできても、この程度では、おきみには物足りなかろう。

最も骨があり、才能もありそうなのが余七かと思うが、しかし、最も怪しげである点も否めず、こんな煮ても焼いても食えない男におきみを嫁がせたら、のちのち苦労するのは目に見えている。

とはいうものの、この武家崩れの余七が、若竹笛躬らと拵えた大作は、なかなかしっかりした出来で、客の入りもよく、まずまずの成功を収めたのだった。

木下蔭狭間合戦《このしたかげはざまがっせん》。

此太夫のねらい通り、余七が太閤記に新たな面白さを加えたようだった。

おかげでさっそく豊竹座の銀主《ぎんしゅ》に名乗りをあげた御仁《ごじん》があったらしい。

道頓堀では無理やけども、北堀江《きたほりえ》ならなんとかいけそうなんや、銀主の気が変わらんうちに、幕あけてしまおか、と此太夫にいわれた。専助の書いた浄瑠璃演目をやろうというのだった。

北堀江か。

専助にとって、懐かしい場所である。

ひょっとして道頓堀より懐かしいかもしれない。

かつて専助の書いた浄瑠璃のほとんどが、この北堀江の芝居小屋で上演されたのだった。専助の名を世に知らしめた染模様妹背門松《そめもようもせのかどまつ》も、摂州合邦辻《せつしゅうがっぽうがつじ》も、半二にいたく褒められた桂川連理柵もすべて。

なので専助に異存はない。

博多織恋鏥《はかたおりこいのおもに》。

専助は、ほとんど仕上がっているこの浄瑠璃をすぐさま此太夫に渡した。

え、なんや、もうでけてんのかいな、と此太夫が目を剝く。復帰したばかりやいうのに、えらい手が早いな。

まあな、とこたえるだけに止めるが、じつは専助はすでに頼まれてもいない次の、新しい演目に取り掛かっていた。

なにやら、やけに勢いづいてしまったのは、魚眼というのが思っていた以上に使える男だったからでもあるのだが、その魚眼が、博多織恋鏥を書いている最中から、次は田沼意知《たぬまおきとも》刺殺事件を浄瑠璃にしようとしつこくねだっていたのだった。

そんな、おまえ、まだほんの数年前の、殿中《でんちゅう》で起きた事件なんぞ取り上げたらお上《かみ》に目ぇつけられるだけやで、あかんあかん、と反対したが、魚眼は、そやからこそ、やりがいもあるしきっと当たる、と言い張って、構想を語りつづける。そばできいていた余七もぜひやるべきだというし、仲間うちの柳太郎《りゅうたろう》というのも、おもしろそうだと騒ぎだすし、ようするに若いものらに乗せられた、というか、押し切られた格好だった。

ところが、しぶしぶ書き始めてみたら、あんがいうまくいきそうですっかり夢中になってしまったのだった。魚眼だけでなく、柳太郎らも手伝いにきてくれるし、この連中を相手になんだかんだ話していれば書きあぐねるということがない。遊び半分といってはなんだが、わいわいと騒がしく拵えていくのが楽しくてならなかった。世間知らずだし、知識不足で突飛なところもある者ばかりだが若い力というのはぞんがい役に立つものらしい。飯の支度をしてくれるのも、ありがたかった。いつしか酒の用意もされるようになって、そのうち夜《よ》な夜《よ》な酒盛りが開かれるようにもなった。いささか閉口したが、今さら拒むわけにもいかない。もはや、誰の家だかわからなくなってきている。

京では静かな隠居生活を送っていたのに日々が信じられないほど賑々《にぎにぎ》しくなった。もうあまり人と関わる気もなかったのに、次から次へと人が寄ってきてしまう。うんざりしつつも、だんだんそれに慣れていく。

どないなってんのや。

まるでちがう人生を生きているみたいだと専助は思った。

かつてないほどの騒々しさの中で、浄瑠璃の詞章をひねりだす。

気が塞いでいく暇もなかった。

人が去っていった夜半。

しんと静まりかえった家で、ひとり蒲団にくるまり、専助は暗闇に向かって、声をかける。

なあ、浄瑠璃いうんは、ほんまに恐ろしいもんやなあ。

専助の声は闇に吸い込まれる。

わしはいったいどこへ引きずり込まれていってんのやろ。ここはどこやろ。

暗闇に目を凝らしてもなにも見えない。

わしはやはり、あの大火で死んでしもたんかもわからんなあ。

目の奥に火が見える。

ごうごうと燃える音がする。

いきなり噴き出す炎。

舞い上がる火の粉。

崩れ落ちてくる屋根瓦。降ってくる火のついた木片。

轟音とともに柱や壁が、家ごと倒れてきて専助に襲いかかる。逃げ惑うが、どこに向かっても右往左往する大勢の人々が狭い道を埋め尽くしていて動きが取れない。そこにまた火が襲う。助けを求める声。

さけび声。泣きわめく声。

ふっとあのいやな匂いが鼻をかすめた。

死んだわしが辿りついた、ここはあの世なんかもしれへんなあ。

なにはともあれ、あのまま隠居しとったら味わえんかった境地やな、と専助は思い、蒲団の中で小さくうなずいたのだった。

七

お佐久が山科で亡くなり、おきみがまた、まるのやに戻って暮らしている、というのは耳鳥斎からきいていた。

まるのやの二階の小部屋を、京に滞在する作者連中がよく借りているというのもきいていた。

まるのやは再建するにあたって、貸し部屋を拵えたらしい。四条の芝居小屋にも近いし、借りたいという申し出は元からよくあったので、それならいっそ、あらかじめ作ってしまおう、となったようだった。

家族の住む別宅も再建し、商いも順調だそうだ。

そらまあよかったなあ、と専助は思う。

お佐久が亡くなったのは残念だが、いずれ戻りたいといっていた山科で最後の幾月かは暮らせたのだし、寝付いていたとはいえ、気分のよいときにはゆるゆる散策もしていたというのだから、不幸とばかりもいいきれまい。

専助のところに屯していた連中も、浄瑠璃が仕上がり、夏に上演されると、霧散していった。

有職鎌倉山《ゆうしよくかまくらやま》。

田沼事件を扱ったため、やはりお上から難癖がつき、上演にこぎつけるまでが一苦労だった。百戦錬磨《ひやくせんれんま》の此太夫が水面下で動き、専助も作者として前面に出て、なんなら責任はすべて取るという気構えで臨んだ。若い連中を傷つけてはならんという一心だったのと、血気《けつき》盛《さか》んな若いのが表に出てくると、まとまる話もまとまらなくなるという恐れもあって、専助と此太夫が動くしかなかったのだった。

どうにか結着がつき、ほんの少しばかりの手直しをして、二ヶ月遅れでようやく幕が開いた。稽古ばかりつづけて、うずうずしていた太夫や三味線らがいっそう細やかに作り上げた曲を鮮やかに演じ、人形もまた細工が増えて格段によくなっていた。大入り、というほどではないにせよ、そこそこの客は入り、だが初日が大幅に遅れたせいで小屋の都合もあって、すぐに幕を引かざるをえなかった。ところが終わってみたら、じわじわ評判が広がり、丸本もよく売れたため、翌年春にまたやることとなったのだった。

これはうれしかった。苦労した甲斐があったし、此太夫も喜んでいた。専助ら作者連中の面目も立った。なにより若い者らには自信になった。それぞれが感謝しつつ、次の仕事へと巣立っていった。

此太夫は調子づいて、北堀江だけでなく道頓堀でもさっそく興行を企てたので専助はそれを手伝いながら、ぼちぼち暮らしている。

しばらく姿をみなかった柳太郎が珍しく専助のところに顔をだしたのは、その再演も幕を閉じ、秋も深まりつつある夕暮れだった。

お、柳《やなぎ》やないか、久しぶりやなあ。破顔すると、柳太郎も満面の笑みを浮かべて頭を下げた。

「えらいご無沙汰で」

「京へいってたんやてな。どやった、あっちは。だいぶ、元通りになってきてんのやろ」

「へえ、そらもう。ようよう一息ついて、芝居がみたい、いう人がようけいてはりますよって、今は四条の芝居小屋はどこもかしこも、何かけても大入りですわ。おかげさんで次々仕事を頼まれて、断ろうにも断りきれずで、ほんの半月ばかりのつもりが十月《とつき》にもなってしもて」

なにやら自慢げにもきこえるが、仲間うちから柳、柳と呼ばれている、この柳太郎、歌舞伎芝居の作者、並木五瓶《ごへい》の門に入ったはずが、もともとは餝職人《かざりしよくにん》を抱えた餝金物屋のうまれで、職人としての腕があったため、いつしか作者修業そっちのけで道具方《どうぐかた》として細工《さいく》仕事などをするようになっていた。

豊竹座でも道具方として裏で働いていて、やがて余七らとつるむようになり専助の家にも出入りしていたのだったが、京で次々頼まれたという仕事も、大方、そちらの裏方仕事だろう。

「まあなんにせよ、稼ぎがあるのは、ええこっちゃ」

専助がいうと、

「へえ、まあ」

と柳太郎は頭を掻いた。そうして、おずおずと紙の束を差し出してきた。

「なんや、これ」

土産かと思ったがそうではない。

浄瑠璃だった。

「専助はん、読んでもらえまへんやろか」

と柳太郎がいう。

「ええけど」

けっこうな分量だった。

「あんたが書いたんか」

専助がきくと、柳太郎がうなずいた。

へええっ、と驚き、紙をめくった。

専助には、柳太郎がどうしていきなり、こんなものを持ってきたか、さっぱりわからない。

並木五瓶の門人といったところで、これといった働きもないし、専助のところへきていたとはいえ、余七らと違って、やっていたことといったら清書の手伝いやら使い走りやら、あとはもっぱら飯の支度、酒の支度。浄瑠璃作者になりたいなどときいたことはなかったし、教えてくれといわれたこともなかった。書いたものをみせてもらったことと一度もない。そんな男が、歌舞伎の台帳ならまだしも、いきなり操浄瑠璃の演目を拵えられるわけがない。

訝《いぶか》しみながら、読んでいく。

目を瞠《みは》った。

荒削りだが、そう出鱈目《でたらめ》でもない。詞章は練れてないし、飛ばし書きのところも多いし、すぐに舞台でやれるほどの出来ではないが、ろくに浄瑠璃を書いたこともないやつがはじめて書いたにしては見所はある。

そういうと、柳太郎は、

「ほんまですか」

目を輝かせた。

「ほんまや」

専助が読んでいるうちに手持ち無沙汰だったのか勝手知ったる竈《へっつい》をつかって、残りものの飯で茶粥を作ってくれていた。椀によそわれ、漬物と梅干しが添えてある。

こんなもんしかありまへんけど、といわれ、しってる、とこたえた。そろそろ飯時だったのでありがたい。

「添削《てんさく》してもらえまへんやろか」

柳太郎がいう。

「これをか」

専助がさっそく飯に箸をつけながら紙の束を眺める。

「そやけど、これ、だいぶ直さなあかんで。難儀やで。あんたも食べ」

柳太郎も食いだす。

「直したらどないかなりますやろか」

「んー、まあ、どないかなりそうではあるけども、どやろなあ。まあ、あんたはん次第やろなあ」

「どんだけでも直します。ほんなら、添削してくれますか」

「え、わしがか。いやいやいや、わしはどうも。誰か他の人に頼み」

「いや、専助はんに添削してもらえ、て」

「え、なんで」

「専助はんやったら、こんなんでも、どないかしてくれるやろ、て」

「やめてくれ。添削なんて、やりたないわ。骨が折れるだけや」

「や、ほんでも、そないせえ、いわれましたんや」

「だれに」

「京のまるのやの、おきみはんに」

「えッ」

「そんでお願いにあがったんです」

驚きすぎて言葉もない。箸も椀も置いて、後ろの柱にもたれかかった。

はあああ、と息を吐き出した。

おきみ。おきみ。

まるのやのおきみ！

柳太郎が飯を食い食い、わし、京におるうちに、ふと、浄瑠璃が書いてみたなったんですわ、という。ここで有職鎌倉山がでけてくのを間近でみてましたやろ、そしたら、なんや、わしにも、やれそな気になってきて。まるのやでそんなん話してたら、ほんならまずは書いてみ、ておきみはんにいわれまして。そんでも、いざやる、てなったら、どないして書いたらええかわからしまへん。困ってたら、おきみはんが、柳はなにをやりたいんや、てきくんです。そやなあ、石山合戦《いしやまかっせん》なんかどやろ、て、その場の思いつきでいうてしもたんですわ。そしたら、ふん、それだけか、いわれて、なんや、むかっとして、それだけやないで、そこに左甚五郎《ひだりじんごろう》を絡めるんや、ていうてしもたんです。そしたら、へー、おもしろそやないか、ておきみはん、急に張り切りだして、ほんならまず、全体を見通してみよか、人物どないする、舞台は、て、次から次、きいてきよるんですわ、さあ、どないしよ、頭んなか空っぽや、なんていうてられへん、紙に書いてみせてみ、ていわれるんで、きっちり考えなあかんようなって、まずはそこからですわ……、と柳太郎はしゃべりつづけているが専助の耳を素通りしていく。

「あんた、京で、まるのやにいてたんか」

「へえ。他のもんもいっしょに。まあ雑魚寝《ざこね》ですわ」

おきみにみてもらいながら、合間合間に少しずつ、形にしていったのだという。

「ふうん。そない片手間によう書いたな」

「中途でいっぺん投げ出しかけたんですけども、おきみはん、許してくれへんのですわ。そこまで書いたんやったら、最後まで書き、いうて。あんたここで投げてしもたら、もう二度と書けへんで、て、きついきつい。わしの方が一つ二つ年が上のはずやけど、あっちが十も上のような気ぃしますわ」

そら、そやろ、と専助は思う。伊賀越道中双六やで。近松加作やで。

「あんた、あの娘が近松半二の娘やて、しってんのかいな」

「そうですてな。ついこの前、きいてたまげましたわ。耳鳥斎先生が教えてくれはったんです。まるのやはんと近松半二はんが近しい間柄や、いうのはしってましたけど、まさか娘御とは思いもよらなんだ。どうりで変わった娘はんや。顔見れば浄瑠璃の話や。どこまで書いた、みしてみ、て二階までみにきよる。ほんまに、みにきよるんですわ。うるさいし怖いし。こら、えらいことになってしもた、あないなこと、いわんといたらよかった、て、どんだけ悔いたか。いっそ宿替《やどが》えしよかとも思うたんです。そやけど余分な銭もないし。あすこ、安いし、飯も食わしてくれるし、出ていくわけにもいかしまへん。もうやけくそや。寝る間も惜しんで書きました。くたびれたのなんの。ほんま、浄瑠璃地獄や。耳鳥斎先生にそないいうてぼやいたら、そら、おまえ、あの娘は、近松半二の娘やしな、おまえは、つまり近松半二に目ぇつけられたんやで、て。そんで、まあがんばれ、いうて、浄瑠璃地獄の絵、描いてくれはったんです。お守りやで、て」

思わず専助は上をみた。

上から半二がみているような気がしたのだった。

柳太郎が懐から、耳鳥斎が描いたという浄瑠璃地獄の絵を取り出して渡す。折りたたまれた紙を広げると、文机に向かう柳太郎が、おきみと半二に囲まれて、脂汗だか冷や汗だかを盛大にたらし、それを片手でぬぐいながら、筆を走らせていた。おきみと半二の後ろにもわらわらと人がいる。のぞきこんでいるというより、乗りかかるようにして、柳太郎を見守っている。こいつらの正体はよくわからないが、浄瑠璃に思いを残す者たちだろう。よくみると鬼も混じっていた。

浄瑠璃地獄、耳鳥斎、と添え書きがしてあるが、地獄といっても、とぼけた味わいの、いかにも耳鳥斎らしい絵だった。

描かれた半二は生前の半二によく似ていた。ぬぼっとしていて愛嬌がある。さらりと描いてあるだけなのに、あ、半二や、とすぐにわかる。なつかしいなあ、と専助は思う。地獄で半二に行き合ったらこんな気持ちになるのだろうか。絵をみているだけなのに、半二の声が耳元できこえてきそうだった。

おきみもよく似ていた。

顔が似ている、姿が似ているというよりも、なんといったらいいか、おきみの思い、とでもいったらいいか、そんなものが筒抜けだった。

近松加作。

とうに死んだはずの近松加作がそこにいる、と専助にはすぐにわかった。ここに描かれているのはおきみというより近松加作。耳鳥斎はそれを嗅ぎ取ってここに写し取ったのだ。

書きたかったんやなあ、近松加作。

あんた、死なれへんかったんやなあ。

専助の心になんともいえない、苦い思いが広がった。

「これはあんたが、たしかに書いたんやな」

専助が柳太郎に念を押す。

「へえ」

「正真正銘、あんたが書いたんやな」

「わしです。そら、ちょっとはおきみはんに手伝うてもろたけど、わしです、これは、わしが書きました」

「よし、わかった。ほんなら、添削しよ」

「え」

「覚悟はええか」

「え。は、はい」

「並々ならぬ苦労をせなならんで。わかってるか」

「わかってます」

「ようけ直さなあかんで」

「直します」

「こんなん、お前、まだまだ浄瑠璃の体裁になってへんのやで。そこ、肝《きも》に銘じといてや。これはまだ、それらしい塊《かたまり》でしかない。これを叩いて伸ばして、磨いて、細工して、手をかけて手をかけて、舞台にあげられる浄瑠璃にしていくんやで。ええか、わかったか」

「わし、そういうのん、得意ですわ。餝屋ですさかい」

「あ、そうか。そやったな。ほんなら、その餝屋の腕でしっかりやり。舞台にかけられるとこまでにするんやで。諦めたらあかんで」

「諦めまへん」

「よし。ほんなら、わしが此太夫に掛け合うたる。豊竹座の舞台にかけてもらえるようにしたる。その覚悟でやれ。ええな」

柳太郎がごくりと唾《つば》を呑み込んだ。

「舞台。舞台にかけてもらえるんですか」

「そや。おまえを信じて掛け合うんや。わしに恥かかすなよ。しっかりやれ」

柳太郎は、大きくうなずいた。が、すぐに首を傾げ、目を瞬かせている。なんともいえずへんな顔をしている。狐に化かされているとでも思っているのかもしれない。

それはそうだろう。

初めて書いた浄瑠璃を上演してもらえるなんて夢のまた夢。しかも、なんの恩も義理もない専助がわざわざ添削して、此太夫に掛け合って、その夢を叶えてやろうといっているのだ、半信半疑になるのも無理はない。

専助とて、こんな面倒を抱え込みたいわけではない。

だが、やらねばならぬ。

なにがなんでもやらねばならぬのだ。

これは柳太郎のためではない。

おきみのためだ。

いや、ちがう。

己のためだ。近松加作を殺しかけた愚かな己の償いのため。それから、近松加作のためだ。というか、あの娘に書かしてやりたい。

専助の思いはそれに尽きる。

あの娘がもし、まだ書きたいと思っているのなら、ぜひとも書かしてやりたい。

柳太郎でさえ、これだけのものを書いたのだ。それができたのも、おそらく、あの娘がそばについていたからだろう。ならば、あの娘にだって書ける。これ以上のものがきっと書ける。

それを書かしてやりたい。

道をつけてやりたい。

そのために、まず、この、柳太郎の書いてきた浄瑠璃を舞台にかけて此太夫に柳太郎の力を認めさせねばならなかった。

専助が後ろ盾になれば、まだ作者として知られていない柳太郎のような者でも、ここまでやれると、知らしめねばならない。

柳太郎がうまくゆけば、第二の柳太郎にも道が開ける。

第二の柳太郎。

そう、おきみだ。近松加作だ。

柳太郎につづいて、おきみの書いたものを世に出してやりたい。はじめは菅専助添削作品としてでいい。当面、おきみであると隠したまま、此太夫を説得して舞台にかけたらいい。専助の添削などじき、いらなくなるはずだ。おきみはすぐに評判の浄瑠璃作者、立作者になっていくだろう。その名声が揺るぎないものになったとき、正体を明かせばよい。次から次、大当たりをだしていれば、豊竹座だってみすみすおきみを手放すまい。というか手放せなくなっているはずだ。そこから先は豊竹座お抱え作者として、書きたいだけ書いていけばよい。

思い描くと胸が躍る。

その道筋を専助が作るのだ。

専助の頭の中にはその流れがすでにきっちり見えていた。

きっと、やり遂げられる。

いや、やり遂げねばならぬ。

なぜなら、わしはそのために、あの大火を生き延びたのだから。

そう。そんな気がしてならない。

おきみだってそうだろう。

あの大火を生き延びたのだ。

生き延びたからにはもう好きにしたらいい。近松加作として、いや、近松加作とともにおきみは生きたらいい。

阿呆やったなあ、わしは。

専助はつぶやく。

なんでそれができへんと信じ込んでたんやろう。

できる。

できるようにしたる。

それがわしの務めや。

そんくらいのこと、お茶の子ででけへんかったら、ここで長いこと、飯食ってきた甲斐、あらへんがな。わしがやらんで誰がやる。

専助は上を向く。

あんたがそこで筋書き拵えとんのか、と天にきく。

近松半二が天で筆を走らす姿がみえるようだった。

いくらなんでもあの大火はやりすぎやで、とは思うけれども、ここに至る流れはうまいことでけてる、と専助は笑いかけた。ようするにわしはあんたが書いた通りに動かされとんのやな。

いいや、そうやない。

わしかて、筋書き拵えとんのや。こっから先の筋書きはわしが拵えたんや。そやろ。

んー、どっちやろ。

専助は思いを巡らし、肩を揺すった。

ま、どっちゃでもええか。

わしと半二はんとでいっしょに拵えとんのやな。昔みたいにああしよか、こうしよか、いうて。

そう思うとなにやら温かな思いに満たされていく。

楽しかったなあ。あの頃、わし、ほんまに楽しかった。わしら二人で世界をつくっとったんやもんなあ。

専助はふわふわとした心地よさに包まれていた。この世のしまいにわしがやるべきことがみえてきたら、あー、なんやほっとしたわ。

混沌のなかにいると不安で仕方がないのに、道筋がひとつ見えただけでこれほど安堵するものなのかと専助は不思議に思う。人いうもんは、ただぼんやり生きとるだけやと恐いんかもしれへんな。なんかひとつ、欲しいんやろな。役割なり、筋書きなり。

それにつけても、わしはもう半分あの世に足を突っ込んどる、いうことなんやな、つまり、しまいの算段しとんのやな、とも専助は思う。

そんならそんでええ。

わしという人物がこの狂言でなにをするかや。

ともかく、わしは大事な役割を果たすことになる。

八

しかしながら、此太夫はそう甘くなかった。

筋書き通りに事を運ばせてくれない。

さすがに長年豊竹座を支えつづけてきた男だけあって、やすやすと情にほだされない。いくら専助が頼んでも、押しても引いても首を縦に振ってはくれなかった。

「あかん。そんなん銀主が納得せえへん。どこの馬の骨ともわからんやつの書いた浄瑠璃なんぞに、誰が銭、出す」

けんもほろろだ。

「そやから、わしが添削する、いうてるやないか」

専助も食い下がる。

此太夫が胡散《うさん》臭そうに専助をみる。

「添削、いうけどな、そもそも柳太郎なんて、あんなん素人やで。ここらあたりを長いこと、うろちょろしてるけども歌舞伎芝居の台帳かて拵えたことないんやで。そんなやつの書いたもん、添削したかて、どないなる。無駄や。しくじったら命取りや」

「その心配はわかる。わかるがしかし、しくじらへんのや。約束する。直したらきっとええもんになる」

「そんならまず、直す前の、それみしてみ、てさっきからいうてるやないか」

「いや、そやから、それはまだあかんのや。まだみせられへんのや」

こんな程度の浄瑠璃を此太夫にみせて、臍《へそ》を曲げられてはかなわない。

「みせられへんもん、お客はんにみせられるか」

「そやさかい、わしが添削する、いうてるやろ」

堂々巡りだが、それしか専助にいえることはない。どこまでも粘るつもりだった。

此太夫もいいかげんうんざりしてきている。

専助もついに、口での説得を諦め、頼む頼む、と頭を下げる攻勢に出た。みっともないがもう残された方策はこれしかない。頼む頼む、といって頭を下げつづける。ここまできたら、土下座しようと膝を折った、そのとき。

「ああ、もうわかった。そんなん、やめてくれ。ったく、情けない。もうええ。やる。やったる」

ついに此太夫がいった。

専助が顔をあげる。

「ほんまか」

「ああ、ほんまや。そやけど、立作者は菅専助。柳太郎は二枚目作者。これでいくで」

「あかんてー。それではあかんのやてー。あいつの名でやりたい。これはあいつの浄瑠璃なんや。そこんとこ、きちっとしときたい。わしは添削で頼む」

此太夫がため息をつく。

「添削て」

「菅専助添削、それでええやろ」

此太夫が、腕組みをして吼《ほ》えた。

「そんなんで客、よべるか！」

専助が身をすくめる。

此太夫が睨みつける。

「どうも解せん。おまはん、ひょっとして、なんぞあいつに弱みでも握られとんのか。正直にいうてみ。なんぞ、わけがあるんやろ」

「いや、ない。そういうんやない。老い先短い菅専助が若いもんのために一肌《ひとはだ》脱ぎたい。それだけや」

「あんたもほんまに、頑固やな。ほんならもうわかった、それでええ。菅専助添削。それでいく。が、しかし、その代わり、ひとつ、条件がある」

「条件」

「新しい演し物、拵えてくれるか」

「演し物。これとはべつにか」

「べつや、べつ。それと合わせて、銀主の銭、引っ張ってくる。そやないと、誰も納得せえへんさかいな。どや。書くか。書いてくれるか」

此太夫が出した条件を呑むしかなかった。

さっそく此太夫が金策に動きだす。

思いもかけず、専助は新作を書かねばならなくなってしまった。

添削だけでも一仕事なのに、そんな離れ業ができるだろうか。

最も多く書いていた頃でさえ、専助は二つ同時に拵えたことはない。しかもたいてい合作。といって、今回は柳太郎が始終入り浸りになるので、有職鎌倉山のときのように、魚眼や余七らをよんで一緒に作れない。一人でやりきるしかない。昔、半二と合作したあと、他の誰とも息が合わなくなって、しばらく一人でやったことはあったが、専助には向いていなかったとみえ、疲れ果てて、じき合作に戻ってしまった。よくよく思い返せば、あれが隠居を決めた遠因ともいえた。

一人で書ききる自信もなければ、そんな力もないとわかっているのに、やらねばならなくなってしまった。

厳しい条件だった。

こら、えらいことになった、と専助は頭を抱えるが、後戻りはできない。

気力も体力も知力も、持てる力のすべてを振り絞って、添削と新作、専助は二つの浄瑠璃に向き合った。

専助は必死だった。

来る日も来る日も書いた。

それなのに、思うように筆は進まない。

専助は苦しんだ。苦しみ抜いた。浄瑠璃を書くというのが苦しみをともなっていた、というのを思い出したが、よく知る、あの苦しみとはまたちがう苦しみのように思われた。頭にも身体にも、筆を動かす指の一本一本にも、薄い膜が覆っているかのように力が出ない。懸命に走っているのに、一つも進んでいかない、悪い夢でもみているかのようだった。ああ、そうか、これがわしの限界やったか、といやでもわかってくる。やればやるほど魂が削られていく。魂の宿る肉体の力も奪われていく。まさに命の限界だった。それを浄瑠璃を通して知らされるというのもまったく奇妙な話だった。

わしの一生は最後の最後まで浄瑠璃尽くしなんやな、と専助は思う。なんという皮肉だろう。浄瑠璃から逃げて京に隠れ住んだのに、道頓堀に連れ戻されて、楽しいことも苦しいことも、何から何まで専助はすべて浄瑠璃に紐《ひも》づけられている。けったいなこっちゃ、と笑う力もないのに笑えてくる。

それでも逃げ出すわけにはいかなかった。

なんとしても柳太郎を世に出す。

そしておきみに繋げる。

その一心だった。

専助の思いが通じたのか、柳太郎は真摯に浄瑠璃と向き合ってくれた。専助の助言をよくきき、丁寧に詞章を直していく。こいつは、あんがい、ええ作者になっていくんとちゃうやろか、と専助は思う。素直に伸びていく若木を思わせた。名は体を表す、というが柳のようなしなやかさで、専助の指導をふわりふわりと受け入れ、すべてを吸収していく。専助の命がそこへ静かに流れ込んでいくかのようだった。専助はうれしかった。

年を越し、柳太郎の浄瑠璃がどうにか目処が立ってきたところで専助は耳鳥斎をよんだ。これが豊竹座にかかったら、ぜひともおきみをつれてきてもらいたかったのだ。

耳鳥斎が快諾する。

「わしゃ、京のまるのやで、おきみちゃんに尻叩かれながら、柳がひいひいいうて書いとったんを、みてましたさかいな。豊竹座でそれがかかる、いう噂をきいたときから、そのつもりでおりましたんや」

そうして、ふいにまじめな顔になり、

「専助はん、おきみちゃんにみしてやりたくて、あの浄瑠璃、添削しはったんですやろ」

とたずねる。

専助はぽかんとする。

耳鳥斎はかまわず、つづける。

「菅専助添削の浄瑠璃が豊竹座でかかるてきいて、みんな、あれこれ噂してますで。なんで柳や、なんで専助はん、そないしてまであいつの面倒見てはんのや、て首、傾げてますわ。なんか裏があるにちがいない、もしや、血の繋がりでもあんのやないか、いうてるやつもいてまっせ」

専助は笑う。まったく、口さがない連中である。

「あるかいな」

「そやからわしは、専助はんは、おきみちゃんにみしたりたいからやろな、て思うてましたんや。おきみちゃん、父さん亡くして京へいって、いったらいったで火事に遭うて焼けだされて、母さん亡くして、ずっと苦労つづきや。あの浄瑠璃がかかったら、そら、うれしいんとちゃいますやろか」

「ん、そうか」

「そらそうですわ」

「んー、でもそれだけやないのやで」

「というと」

「あんた、近松加作はどないなった、て思うてる」

専助がきく。

「近松加作？」

耳鳥斎が怪訝な顔をする。

「近松加作て、伊賀越道中双六の」

「そや、伊賀越道中双六の、近松加作や」

「どないもこないも、近松加作は姿を消しましたがな。そら、そや。あれきり、おきみちゃん、書いてへんのやし」

「姿は消えた。そやけど死んでへんのやで」

「は」

「近松加作は死んでへん。近松加作はな、あの娘のなかにいてる。ちゃあんとまだ息してる。あの娘の芯は近松加作や」

耳鳥斎の目が大きく見開かれた。

「近松、加作」

「そや。わかるやろ。あんたにはわかってるはずやで」

専助がいうと耳鳥斎が大きくうなずいた。

がくがくと音が鳴るほどなんべんもなんべんもうなずく。

「なあ、耳鳥斎。わしはな、あの娘を、近松加作を、世に出したりたいんや」

「えええ」

「柳をうまいこと世に出したったら、その次に、正体隠して、新しい作者としてあの娘を世に出す。わしが添削しておんなしようにやったったら、正体隠せるやろ。一人で書いていくんやったら、女でもやっていける。ほんでもまだぐだぐだ抜かすやつがおるかもわからんから、正体顕《あらわ》すのは、押しも押されもせぬ立作者になってからや」

「専助はん、そない大それたこと、企ててはったんですか」

「そや。ええ筋書きやろ。そんでもまずはあの娘にたしかめなあかん。書きたいかどうか、ちゃんときかなあかん。そのために連れてきてほしいのや」

「幕が開くのは三月でしたか」

「そや。まだ、先やけど、都合つけといてほしいのや」

「まかしといてください。必ずや連れてきます。おきみちゃんがやる、いうたら、わし、なんぼでも手伝いますわ。そうか。そういうことやったんか。いわれてみたら、なるほど、そやったんかもしれませんな。おきみちゃん、まるのやで、柳にあれこれ知恵つけて、世話焼いてましたわ。楽しそやった。あの娘のあない楽しそうな顔、ひょっとしたら初めてみたかもわかりませんな」

専助はうなずく。

「そやろ。あの娘次第ではあるけれども、やるとなったら、あの娘はきっとええ浄瑠璃作者になるで」

「おきみちゃんの拵える操浄瑠璃、みたいですな」

「みたいやろ。わしもみたい。欲やけどな。わしの欲や。そやけど、あかん。わしはもうそこまでいかれへんようになってしもた」

「そらまた、なんで」

専助は耳鳥斎を凝視したまま、

「な、わしの顔色、悪いやろ」

ときく。

耳鳥斎はこたえない。

「食うても戻すしな、ここんとこ、ちょこっと食うただけで胸が焼けるんや。目方も減ったし、息がきれて、よう眠られへん。な、わしの顔に、死相、出てへんか」

耳鳥斎の目に戸惑いが浮かんだ。

やはりそうか、と専助は思う。うすうすそうではないかと思っていたが、絵描きの耳鳥斎の目にそれが見えているのなら、寿命が尽きるのもじきなのだろう。

無念やなあ、と専助は思う。長生きしたいと思ったことなどなかったのに、今になって、もう少し生きていたいと切に願う。

「なあ、耳鳥斎」

「なんです」

「浄瑠璃地獄、うまいこと描けてたな」

「浄瑠璃地獄。ああ。まるのやで柳に描いてやった、あれですか。うまいこと描けてましたか」

「描けてた。ほんま、その通りや。この世は地獄や。楽しい地獄や」

耳鳥斎が笑う。

「そうですやろ。わしもそない思いますわ」

「あすこに近松加作、おったな」

「おりましたか」

「おった。半二もおった」

「半二はん、よう似てましたやろ。わし、半二はん描くの、うまいんですわ。ところが、おきみちゃんは、むつかしゅうてむつかしゅうて、ずうっと描けへんかった。それが、なんでや、あんときにかぎって、すらすらっと描けてしまいましてな、なんでやろ、て思うてましたんや。そうか。あれ、おきみちゃんやのうて、近松加作やったんですな」

「そや。あれは近松加作や。わしは、あんたのあの絵にそれを教えてもろたんや」

「へえ」

「絵て、すごいな」

耳鳥斎がにやにやする。

「専助はんもいてましたやろ」

「え」

「あすこに専助はんもいてましたで。ちゃあんと描いときましたさかいな」

耳鳥斎が声をたてて笑う。

専助は呆然となる。

わしがいてた。

あの浄瑠璃地獄に。

鬼にまじって。

このわしが。

「浄瑠璃地獄に専助はんがいてへんかったら嘘やし」

耳鳥斎がいう。

専助はあの絵を頭に思い浮かべてみる。よく思い出せないが、ぼんやりと己の姿がそこにみえた気がした。

徐々にそれはくっきりとしてくる。

「いてましたやろ」

耳鳥斎が再度きく。

「いてたかもわからんな」

「いてましたで。あれが専助はんですわ」

そうか、あれがわしか、と専助は思う。そして感心する。なるほどな、たしかにあれがわしなのだろう。

「あんた、たいした絵描きやな」

思わずそう口にする。

「おおきに」

悪びれず耳鳥斎が返す。

「ほんならついでにいうとくけども、あんた、義太夫もなかなかたいしたもんやで」

「え、ほんまですか」

「いつぞや、料理屋できかしてもろたあれ、あんたはんが拵えはったんやてな。ききおぼえのない詞章やったんで、あとで甚三郎はんにたんねたんや。そしたら、あんた、ちょいちょい、あんなん拵えてはんのやてな。あれ、おもろかったで。あんたの声によう合うてた。もっとようけ拵えて、もっとようけやったらええ」

「拵えてます。ほんなら、またきいてもらえますか」

「ええで」

専助はしかし、ひとこと付け加える。

「生きてたらな」


専助はそれからしばらく生きた。

此太夫と約束した浄瑠璃をどうにか書き上げ、それでもまだ、思うような出来にはならず、手直しに取り掛かっている最中。

柳太郎こと、近松やなぎ作、菅専助添削の操浄瑠璃の幕が開いた。

雕刻左小刀《ちょうこくひだりこがたな》。

三月、初日。

朝から専助は見物にいく。

大入りといっていいほどに詰めかけた客の姿と、此太夫の熱演に、専助は、ほっと胸をなでおろす。此太夫は機嫌がいい。なによりそれが肝心だった。

曲も悪くなかったし、人形もなかなか派手に動いているし、客らの評判もよさそうだった。大傑作というほどではないにせよ、それなりに楽しめる演し物にはなっている。

よろよろと北堀江から帰途につき、まあまあうまいことといったようやな、と安堵して専助は床につく。

新しい浄瑠璃作者がうまれたんやな、と思うと喜びが胸の内に湧き上がる。

近松やなぎがこの先、どんな作者に育っていくのか、見届けられないのが残念だが、それはもう致し方ない。とはいえ、たかだか半年やそこらで、ここまでやり遂げた柳太郎だ。良い指南役さえいればこの先も心配ないだろう。

あとは、おきみ。

おきみの番だ。

明日には会えるだろうか。

明後日には会えるだろうか。

耳鳥斎はすでに京へ迎えに発ったはずだから、じきに会えるだろう。

おきみは雕刻左小刀をどうみるだろうか。

まずはそんな話をし、それから肝心の話をしよう。

あの娘はなんというだろう。

専助の企てをきいて驚くだろうか。

書くというか、あるいは、いわないか。あの娘の本心をたしかめねばならない。

なにはともあれ、楽しみだ、と蒲団に丸まり専助は微笑する。

つらつらとそんなあれこれを思っているうち、どこからともなく耳鳥斎の義太夫節がきこえてきた。

数日前、耳鳥斎に連れられていった日本橋《にっぽんばし》近くの料理屋の座敷できかされた耳鳥斎の拵えた浄瑠璃の、義太夫節だった。

夢かうつつか。

専助の耳に、はっきりとそれがきこえてくる。

どうやら、あの夜に舞い戻ってきたようだった。

馴染みの芸子に三味線をやらせ、耳鳥斎がおどけた浄瑠璃を弾むように語っている。

専助はそれを正面にすわってきいている。

ほんの少しばかり飲んだ酒が回ったものか、次第に専助は浮かれ気分になってくる。扇子で膝を叩いて拍子を取り、耳鳥斎の義太夫節に酔い、腹の底から笑う。笑っているうち、胸のつかえが取れていく。

ああ阿呆らし。

ほんま、阿呆や。

こない、おかしな浄瑠璃もあんのやなあ、と真っ赤な顔で語る耳鳥斎をまじまじとみる。ようもこない、けったいな浄瑠璃、拵えたもんやないか、と専助はつくづく感心する。といって、たしかにこれも浄瑠璃だし、義太夫節にはちがいないのだった。ふざけたおしているようで、じつはしっかり語っている。おもろいなあ、と専助は思い、こないなことができるんやなあ、と思い、それにしても、こいつ、この耳鳥斎てやつ、底知れんやっちゃな、とも思う。ふわふわふわふわしてるけども、こいつ、とてつもない男なのかもわからんで。

夢かうつつか。

うつつか夢か。

その境目が溶けていく。

ええ地獄やな、専助は思う。

ここはええ地獄や。

暗闇にきこえる浄瑠璃は明るい。

どこまでも明るい。

この浄瑠璃が、この義太夫節が、この世の闇を照らしていく。

楽しいなあと専助は思う。

楽しい、楽しい。

けれども、はっと思いだす。

あかんあかん、楽しいけども、楽しんでばかりもいられへん、花楓都模様《はなもみじみやこもよう》の手直し、まだ終わってへんやないか、はよやらんと此太夫に叱られる。

あー、どないしよ、あれ、うまいことといくやろか、わしに、やりきれるやろか、むつかしい浄瑠璃になってしもたからなあ、手に余るとこもあるしなあ、困ったなあ、困ったなあ、と盛大に気に病みかけたところで、なぜだかすぐに、まあ、ええか、と思い直す。

おおらかな耳鳥斎の義太夫節を耳にしていると、ぐふぐふと、身も心もくすぐられるような心地がして、いつまでも気に病んではいられないのだ。

とうとう専助は笑いだした。

まあ、ええか。まあ、ええわ。どなたはんか、きっと、どないかしてくれはりますやろ。

あとは野となれ山となれ、や。

花楓都模様、この芝居の幕はきっと開いてくれはりますやろ。

愉快やなあ、愉快や愉快や。

まったく愉快な浄瑠璃地獄や。

明るい闇に専助は包まれていった。

月かさね

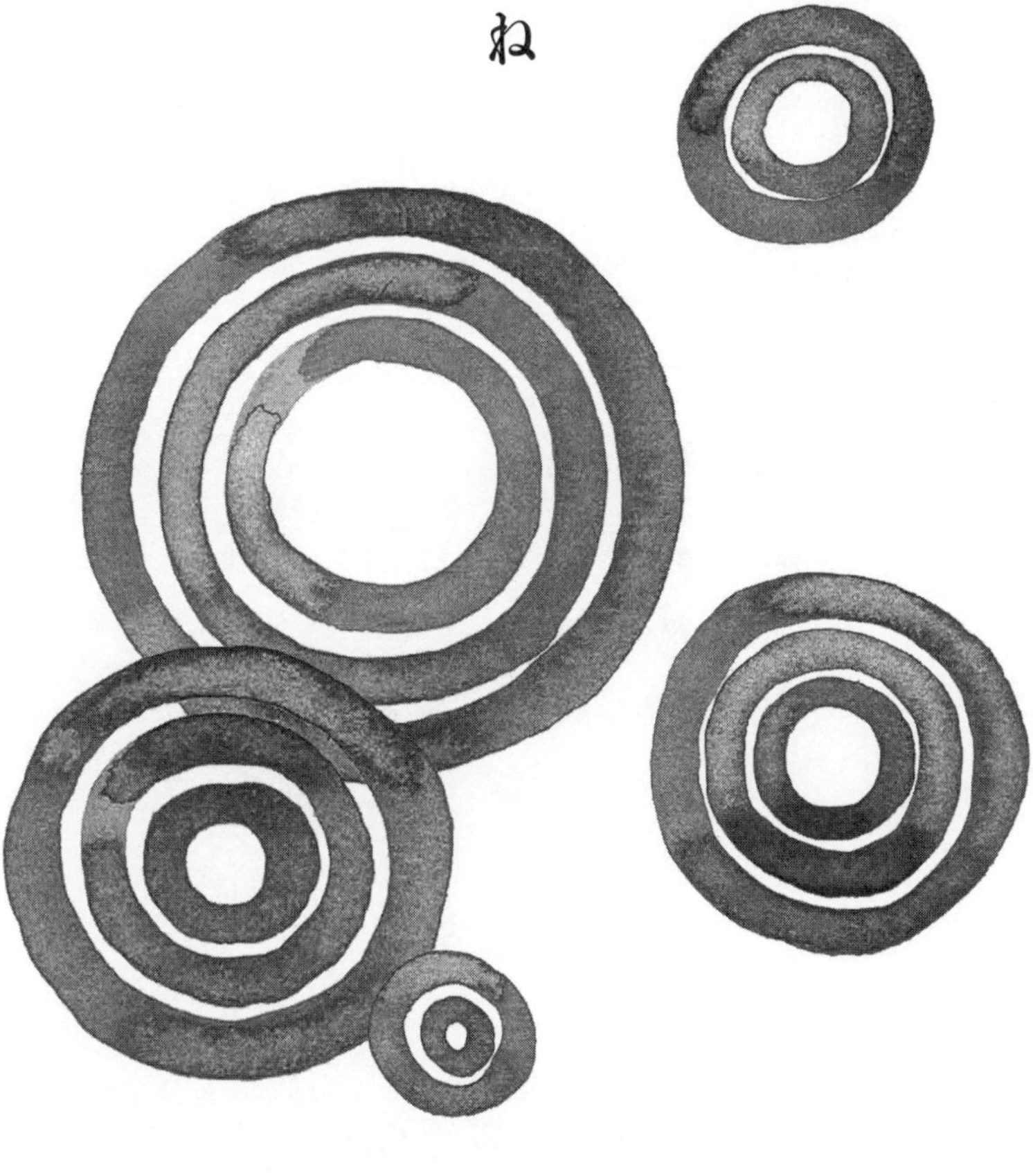

一

「かなんなあ、かなんなあ。ほんまに、この世は不公平や。わしにはとんとええことがない。なんや、わしだけ、えろう損してる気ぃしますわ。なあ、耳鳥斎《にちょうさい》先生、そない思わはりませんか。なんで、わしだけ、次から次、ろくなことがないんやろ」

ぐちぐちぐちぐちと、己の鬱屈をしゃべり倒す余七《よしち》を肴《さかな》に、平三郎《へいざぶろう》は酒を飲む。

こういう酒はうまくないものと相場は決まっているが、余七の愚痴はどこかしら他人事のようで、それにどことなく妙な愛嬌もあって、そういやにならない。というか、悪口にせよ、不平不満にせよ、じつにおもしろい。

だから、

「耳鳥斎先生、いてはりますか」

余七が松屋《まつや》にやってきても平三郎は追い返さない。嬉々として招き入れる。息抜きにちょうどよいのである。

余七の不幸は半分、いや、それ以上に自業自得と思われる節があるゆえ、付き合う輩《やから》も減る一方らしく、近頃、いっそう頻繁に松屋へあらわれるようになった。

余七は、平三郎に絵を習いにきている。

耳鳥斎先生の絵はすばらしい。こんな絵をわしも描いてみたい。わしに絵の手ほどきしてください。

という名目で通ってきてはいるものの、ほんとうのほんとうは金の無心にきている。毎度口車に乗せられ、いくらか持っていかれるのでその企《たくら》みを疑う余地もないが、絵を教えろというからまずは教えてやる。すると存外楽しそうに描いている。いつまでも描いている。いつまでも描いていられるというのは、多少なりとも絵心があるからだろうし、そもそも余七はすでにどこぞで絵を学んだことがあるのか、やけにうまい。絵描きを目指しているといったりもするが、あながち嘘とはいいきれない気もしてくるほどである。熱心に描いているうちに、小腹がすいたと情けない顔をしてみせるので、なにか食わせてやったり、酒を飲ませてやったりする。遠慮せず、むしゃむしゃ食う。ほっそりとした体格だが、どこへ入っていくのか、というくらいよく食う。なにをだしても、うまいうまいと食っているから、いよいよ食うに困っているのかもしれない。

「あんた、まだ豊竹座《とよたけざ》に戻らへんのか。意地張らんとそろそろ戻ったらどないや」

ちょっと水を向けるとしゃべりだす。

「ふんっ、あないなとこ、頭下げてまで戻りたないですわ。豊竹座なんざ、もううんざりや。ちいとも、わしの力を認めてくれへん。そのくせ、人使いが荒い。こき使う。そんで使い倒して使い捨てや。なーにが近松《ちかまつ》やなぎや。なーにが中村魚眼《なかむらぎよがん》や。わしよりあとからきたやつばっか出世しくさって。おかしいですやろ。そない思わはりませんか」

「近松やなぎな、今や、すっかり立作者《たてさくしや》やもんなあ。わからんもんやなあ」

ふううう、と余七がため息をつく。

「近松やなぎ。なんであいつが立作者や。餝《かざり》職人の柳太郎《りゆうたろう》めが。道具方で燻《くすぶ》っとったはずが、菅専助《すがせんすけ》に目ぇかけられただけで大出世や。ったく、やってられへんで。ほんま、腹立つ。専助はんも専助はんや。なんで柳《やなぎ》なんぞに目ぇかけた。わしというもんがおりながらあんまりやおまへんか、て文句のひとつもいうてやりたかったのに、とっとと死んでしまいよってからに。ええ気なもんや。最後に書き残さはった花楓都模様《はなもみじみやこもよう》の後始末したのは誰や。わしや」

「あー、そやったな。うまいことといかんかったなあ」

花楓都模様、幕は開いたが、余七らが書き継いだ後半は不評の嵐ですぐに差し替えられ、前半のみの上演になった。遺作は遺作でも、近松半二《はんじ》の遺作、おきみの書き継いだ伊賀越道中双六《いがごえどうちゅうすごろく》とはおおちがいだ。

余七がうなだれる。が、すぐさま立ち直る。

「あんなん、誰がやってもうまいこといきますかいな。好き勝手に書き散らかした挙句、亡《の》うならはって。そんなんいきなり渡されたかて、どないせえ、ちゅうんや。それこそ、亡うなる寸前まで近くにおった、柳にやらせな、あきまへんやろ。みっちり己の浄瑠璃《じょうるり》、添削《てんさく》してもらいよってからに、恩返しせな罰《ばち》が当たるで。尻拭いだけわしらでは、割りがあわん」

「それもそや」

あれから三年。

菅専助亡き後、近松やなぎは二代目千柳《せんりゅう》に師事し、浄瑠璃作者として、順風満帆《じゅんぷうまんぱん》の働きをみせていた。それに引き換え、余七ときたら、立作者どころか、豊竹座から干され、二枚目にも三枚目にも名を連ねていない。いささか天狗《てんぐ》になっていた余七が、若竹笛躬《わかたけふえみ》ら重鎮《じゅうちん》に楯《たて》を突いてばかりいて険悪になり、とんとお呼びがかからなくなってしまったのだった。すぐに謝って下手《したて》に出ればどうということもなかったろうが、なんせ鼻っ柱が強く、若竹笛躬らを陰で支えてきたという自負や自信があるだけに余七は頑として頭を下げず、そのうえ、豊竹座の演目のあれもこれも裏でわしが書いたんや、手柄を取られたんや、とあちこちで吹聴していたのが知れて、逆鱗《げきりん》に触れた。菅専助が存命であれば、仲立ちくらいしてくれただろうが、今や誰もそんなことはしてくれないので、こじれにこじれた。

「耳鳥斎先生、あれ、みはりましたか。やなぎの新作」

「ん、みたで。持丸長者金 笄釵《もちまるちょうじゃこがねのかんざし》やろ」

「あんなん、たいしたことあらしまへんな」

「え、そうか。わしはおもろかったで。金持ちのお家騒動、楽しませてもろたで」

「甘いなあ。耳鳥斎先生ともあろうお人が甘い。わしならもっとおもろくできますわ」

「えらい自信やな」

「ほんまにわしにやらせてほしい。そしたら、もっとええもん書いたるのに。そやけど、わしを使うたらあかんて、どうやら御触れが回っとるらしいんですわ。おかげでどっからも声がかからへん」

「ほんまかいな」

いくらこじれたからといって、立作者でもない余七にそこまでの仕打ちはないと思うが、とはいえ、浄瑠璃作者として再起をはかるには難しい局面にいるのは確かだった。余七には才がある。それは平三郎も認める。やなぎや魚眼より、よほど才があるかもしれないとさえ思う。だが、だからこそ、こじれだすと難しい。

このありすぎる才が邪魔したのか、武家生まれの余七は初めに仕えた武家奉公も、そこを出《しゅっ》奔《ぽん》したあと目指した香道師範《こうどうしはん》も、大店《おおだな》の入り婿も、ことごとく失敗していた。女との関係も次から次、壊れていくようである。

「わしはもう、浄瑠璃は飽き飽きした」

と余七がいう。

「わしには向かん。もう操浄瑠璃《あやつりじょうるり》はやめや、やめや。と、そんなわけで、耳鳥斎先生、わし、江戸へいこかと思うてますのや」

「ほー、江戸」

「駿府《すんぷ》から若い身空《みそら》で小田切《おだぎり》のお殿さんについて奉公人として大坂へきて、こない楽しいとこがあるんかいな、と目がくらんで十何年。身も心もすっかりなじんで、ここに骨を埋めるつもりでおりましたけども、なんや、もう、つくづくいやんなりましたわ。明日にでも出ていきます」

「え、明日。そらまたえらい急やな。嫁御《よめご》はどないすんのや、嫁御は。ついこの前、いっしょになったとこやろ」

「ああ、あれですか。あれは嫁やないし、わし、もうあの家、追い出されました」

「またか」

「後家狙いやて、悪い噂が立ちまして」

「そらあかんなあ」

「なにやっても、うまいことといかしまへん。右を向いても左を向いても、敵ばっかりや」

おまえがそう仕向けとるんやないか、といいかけて平三郎は黙った。そんなこともおそらくこいつはよくわかっているのだろう。

「江戸へいってどないして食うてくんや」

「絵描きで」

「あほか」

「あきまへんか」

「あかんことはないけども。そやな。あんたはんなら、まあ、やれんこともないかもわからんな」

「また、耳鳥斎先生は、ほんま、甘い。わしが絵だけで食うていけますかいな。せやさかい、おもろい話、つけたろ、思うてますのや。わし、そんなん、なんぼでも書けますさかい」

「おもろい話」

「わしには、書きたいもんがようけありますよってな。なにも浄瑠璃の詞章《ししょう》にこだわることはない。これからは好きなように書いてったろ、て思うてます」

「あて、あんのか」

にやにやと余七が笑う。あんのやな、と平三郎は思うがあえてそれ以上きかない。そうか、浄瑠璃作者がまたひとり減ってしまったか、と残念に思う。こういう才のあるものこそ、出ていかせてはいけないのに、こうしてあっさり失ってしまう。操浄瑠璃に勢いのあるときなら、この手の男は道頓堀の渦に飲み込まれて、外へなんぞ出ていけなかったはずなのだが、今は、すいっと逃げていく。道頓堀から跳ね飛んで、ぽちゃーんと江戸の水面に落ちていく。

平三郎は寂しい。

昔の熱気を知るだけに、寂しさは一入《ひとしお》だ。

歌舞伎芝居へいってしまった徳蔵《とくぞう》がそろそろ操浄瑠璃に戻ってこないものか、と思うがそんな気配もない。

こうなると、この先、操浄瑠璃を背負って立つ浄瑠璃作者といったら、ひょっとして、柳か、という気がしないでもない。

まさか、と思うし、あんなんまだまだや、と世間では思われているだろうが、平三郎は知っている。柳にはおきみがいる。表には出てきていないが、今も、柳はちょくちょくおきみのいる京のまるのやに籠って書いている。おそらく、新作、持丸長者金笄釵とて、おきみが手を貸しているのだろう。おきみがついているなら、柳がますます活躍したとしてもふしぎはない。

余七の顔をしみじみとみる。

わからんもんやな。

柳ではなく、こいつがまるのやでおきみと出会っていたら、今頃は、立作者として柳以上に人気を博し、江戸へなんぞいかずにすんだかもしれへんのに。こいつがあの娘と組んでいたらまさしく無敵やったやろうに。まったくついてないやつや。

と、そんなことを思いながら、余七の顔を眺めていたら、余七は、ふいっと姿勢を正し、つきましては江戸への路銀《ろぎん》を耳鳥斎先生に貸していただきたいのです、としゃあしゃあと頼んできた。わしのようなもんを見捨てず、ずうっと助けてくれはったんは耳鳥斎先生だけです、これもなにかの縁や思うて、いくらかまとまった銭をいただけまへんやろか、無一文で江戸へ流れていくこの哀れな男にどうかお恵みを、などといってずうずうしく手を差し出してくる。

あかん、こいつはあかん。

こいつはたとえ、まるのやでおきみと出会うてたとしても、柳のように素直に書いてはおるまい。おきみと角突き合わせ、あっというまに喧嘩別れや。

してみると、柳でちょうどよかったのかもしれへんなあ、と平三郎は思う。いや、柳やったからこそうまいこといったんかもしれん。

平三郎は、余七に乞われるまま、かなりの額を渡してやった。

貸した、ということになってはいるが、江戸へいったらそれっきりになるだろうからくれてやったも同然である。だが、それでかまわなかった。

平三郎は裕福に暮らしている。

思いがけず、松屋の商いもうまくいき、家の者らも皆、食うに困らず、日々、悠々と過ごしている。

松屋の商いだけではない。絵も義太夫《ぎだゆう》も、平三郎に銭を運んでくるようになった。銭のために絵や義太夫に励んでいたわけではなかったのに、いつのまにやら、そうなっている。成り行きだったとはいえ、平三郎はいくぶん戸惑ってもいた。絵の注文は引きも切らず、描けばいくらでも売れていく。義太夫節もまた、素人のくせして、人から所望されるようになり、褒められるようにもなり、ついには義太夫節の指南書まで出してしまった。これがまた評判を呼んで売れに売れた。おそろしいくらいに、やることなすことうまくいく。

するとなにやら申し訳ないような気にもなってくるのだった。

とくに、余七のように才がありながらうまくいかず、埋もれて不遇を託《かこ》つ者を前にすると、後ろめたいような気さえしてくる。

ほんのささいな違いで浮いたり沈んだりする、そのからくりがよくわからない。

柳とて、おきみと出会わなければ、そして菅専助の助けがなければ、決して立作者になんぞなれなかったろう。

ならば余七も、江戸へいって誰かと出会うなり助けられるなりしたら、使いあぐねている才をうまくつかえる道がみつかるかもしれない。浮かんでこられるかもしれない。平三郎の銭がその助けになるのなら、いくらでもくれてやる。これは施《ほどこ》しではない。絵や義太夫で儲けた銭を生かすためなのである。

「うまいことといくとええな」

平三郎がいうと、余七が、しれっとした顔で、

「いきますやろ」

といった。

まったく打たれ強いというか、ちっとやそっとでくたばらない、底知れなさが見え隠れしていた。あ、そうか、わしはこいつの正体も、じつはようわかってへんかったんやな、と平三郎は気づいた。裏の裏、奥の奥に、こいつ、なにを隠し持っているものやら。へへへ、と笑う顔にも抜け目のなさが感じられる。といって可愛げがないわけではない。つくづくおかしな男だった。

そういえば、おきみはどうしているだろうと思った。

あの娘もまた、わかったような、わからんような、底知れなさを秘めている。柳の陰に隠れたまま、京で暮らしている。それでいいのだろうか、と平三郎はたまに思い出しては唸《うな》っているのだった。

二

三年前、専助の葬《とむら》いがすんで、ひと月かふた月ほどした頃、平三郎は京のまるのやへいき、おきみと会った。

菅専助の死を知らされてからゆっくり話すのはそれがはじめてだった。

菅専助添削・近松やなぎ作の雕刻左小刀《ちようこくひだりこがたな》を二人でみて、そのあと専助と会うことになっていたのだったが、専助が急死したため、うやむやになり、その後、おきみが雕刻左小刀をみにきたかどうかもわからぬままになっていた。

まるのやで会うや否や、みたんか、ときくと、みた、という。

柳がわざわざ、おきみのために人をやり、豊竹座に招いてくれたのだという。

柳もなかなか粋なことをするやないか、と平三郎は感心し、内心ほっとした。本来ならば、平三郎がすべきことだったが、専助が死んで気が抜けてしまったのと、おきみを豊竹座に近づけると、ろくなことにならない気がして怯《ひる》んで動けなかったのだった。生前の専助がひそかに企てていたことが、平三郎の他にどこまで知られているのか、どの程度根回しがすんでいるのかまったくわからなかったし、近松やなぎに対する妬《ねた》み嫉《そね》みの声、添削までして近松やなぎを後押しした専助への怨嗟の声もきこえていた。亡くなった専助の真意がどこにあったのか、皆、知りたがってもいたし、専助の死に乗じて近松やなぎをひきずり下ろせるものなら引きずり下ろしてやろうという悪意も感じられた。平三郎はその手の争いに巻き込まれたくなくて、静観を決め込んだのだった。

とはいえ、おきみのことは気になっていた。

雕刻左小刀の幕が閉じて、騒ぎもおさまるとさっそく、おきみにあわねばならない、と思いはじめた。平三郎には、専助が生前、話していたことをおきみに伝える義務がある。それは、専助の遺志とでもいうべきものだった。

おきみは、ぽかんとした顔できいていた。

おきみちゃん、専助はんはな、あんたを浄瑠璃作者として、世に出したいと思うてはったんやで。

専助はんはな、まずは柳を世に出したったら次はおきみちゃん、あんたの番や、そないいうてはったんやで。

どないかしてその道筋をつけたろ、て専助はん、そらあ、えろう気張らはったんやで。そのために命削って仕事しはったんやで。

次々伝えていくが、どれだけ話しても、おきみはうんともすんともいわなかった。それどころか、にこりともしない。

おい、きいてんのかいな、平三郎がいうと、小さくうなずく。

それだけかい、とがっくりするような手ごたえのなさに、平三郎はなにか大きなまちがいをしでかしているような気がしてくる。平三郎だけでなく、亡くなった専助も、ひょっとして大いなる勘違いをしていたのだろうか。

もしそうだとすると、命を縮めるほどに気張っていた専助が、哀れというか滑稽《こっけい》というか、情けなくなってきて、平三郎は、おきみに詰め寄った。

なあ、おきみちゃん、あんたが柳に浄瑠璃を書かせたんやろ、それを専助はんに持って行かせたんやろ。専助はんに添削頼め、いうたんもおきみちゃんなんやろ。つまり、専助はんをその気にさせたんはおきみちゃん、あんたなんやで。わかってるか。

言いたてて、おきみを追い詰める。

「そないなこと、いわれたかて、こまるわ」

「そんならなんで、柳に専助はんとこへ浄瑠璃をもっていかせたんや」

「なんでやろ」

おきみがいう。

「うちにもようわからへん。柳がここで、浄瑠璃書く、いいだして、ほんまに毎日書いていくやろ。だんだんと、浄瑠璃がでけてくんが楽しかったんやな。ほんまに書き上げてしもたしな。へたくそやったけど、せっかくやし、専助はんとこ持ってってたら、どないかしてくれるんちゃうか、て思うたんやろな。ようおぼえてへんけど、そんなんやったと思うで。まさか舞台にかかるとは思うてへんかった」

「まさか、て」

「そら、そや。専助はんとこもってってたかて、舞台にかかるなんて思うかいな。添削してもろて、鍛えてもろたら、柳のためにもなるんやないか、て、そんくらいのことや。舞台なんてありえへん。柳かて、そないずうずうしいこと思うてへんかったで。それやのに、ほんまに舞台にかかってしもてびっくりしたわ。しかも、うまいこと、直されてて。さすがやな」

「ほんなら、おきみちゃんは、浄瑠璃が書きたいわけやないんか」

「あれ、柳が書いたんやで。うちやあらへん」

「そんでも、専助はん、おきみちゃんが書きたいんや、いうてはったで。近松加作《かさく》は生きてたんや、て」

「近松加作」

おきみがはっとした。わずかだが眉間に皺がよった。ふうっと開いた口元が、言葉を見つけようとしているのか、かすかに動く。平三郎はおきみの言葉を待った。じっと待った。

今にもなにかいいそうなのに、おきみは黙っている。ずっと黙っている。

急《せ》かすまい、と平三郎は思う。

意地でもこっちから口を開いたらあかん。この娘の本音をきちっと聞きだささなあかん。

まるのやの奥の間で話しているから、うまそうな匂いが漂ってくる。腹が減った、と平三郎は思った。どこかでうまいもんを食いたい。どこがええかな。なんなら、ここで食うてってもええんやけどな、などとよけいなことを思いつつ、じっと待っていた。いつまで待たすんや、というくらい長いこと待った。

おきみがようよう口を開いた。

「近松加作のことなんか、忘れてたわ」

あまりのあっけなさに平三郎は声も出ない。

おきみがくすりと笑う。

「そやけど、いわれてみれば、なるほど、そうやったかもしれへんな。柳を手伝うてたんは近松加作やったんかもしれん。柳がここで書いてるの、みしてもろたり、手伝うたりしてるとき、よう父《とと》さんのこと、思い出してたわ。亡うなる前の、父さんや。父さんが身体壊してから、うち、父さん、手伝うてたからなあ」

「半二はんか」

「そや。亡うなってもう丸八年になるわ。きょうびは近松半二、いう名もきかんよう、なったな。みんな忘れていくんやな。うちもそや。あれからすぐこっちへ越してきたやろ、火事もあったしな、母《かか》さんも亡うなってしもたしな、父さんのことなんぞ、思い出す間もなかったわ。それやのに、柳が書いてくのみてたら、なんや、いろんなことが思い出されてな。父さんな、死にかけても書いてはったわ。やめさせせんと、命縮めてしまう。わかってんのに、止められへん。蒲団の中から、おきみ、墨すってくれるか、いうと、すっとんでって、すってたわ。寝かしとかな、あかんてわかってんのに、頼まれると喜んで清書してた。ええ詞章やなあ、て惚れ惚れしたり、この話はこないなってくんやな、て感心したり、浄瑠璃が少しずつ、間近ででけてくんのが、楽しみでしかたなかったんや。つづきを書いてほしかったんやな。うちは鬼や。鬼やった。うちも鬼やけど、父さんも鬼やった。死んでしまうてわかってても止められへんかったんや。そんで、ほんまに死んでしもた。柳も、鬼になってたわ。最後のほう、ろくに寝てへんかったで。そんくらい真剣に書いてたんや。柳はうまれたての鬼や。まさか、柳があないになるとは思わへんかった」

「あんたがついてたからやろ。あんたが柳を鬼にしたんやで」

「そやろか」

「そや」

おきみは少し首を傾《かし》げた。そうして、つぶやいた。

「わるいことしたな」

うっかり笑ってしまう。

「なあ、おきみちゃん、あんたも書いてみたら、どないや。柳に書かさんかて、あんたこそ書いたらええやないか。専助はん、おきみちゃんは書ける、いうてはったで」

「書けるかいな」

「書けるやろ。半二はんが亡うなったあと、伊賀越道中双六、書いたんはおきみちゃんやろ。専助はん、褒めてはったで」

おきみが、ふん、と鼻を鳴らす。

「そんなん真に受けてどないすんの。素人にしてはよう書けてる、くらいのもんや。父さんが書かはったところとうちの書いたところでは雲泥《うんでい》の差や。そもそも差があるから、専助はんに気づかれたんやしな」

「ほんでも書きたいんやろ。書きたいんやったら書いたらええやないか」

「書いてどないすんの」

「舞台にかけんのや」

「どないしてかけるの」

「どないして、て、どないかすんのや」

「誰が」

「わしが」

「松へ、あんまり、法螺《ほら》吹いたらあかんで」

きついいいようだが、その通り。平三郎にそんな力はない。ぐっと言葉につまったまま、おし黙る。

またいい匂いに気を取られる。

腹が鳴った。

おきみが笑った。

「松へ、あんた、声もええけど、腹の虫もええ声で鳴くんやな」

平三郎が苦笑いしていると、ついと立ち上がり、どこかへいってしまう。

戻ってきたおきみは、木枠の四角い桶《おけ》を持っていた。仕切りがあって、細々した菜と握り飯が盛られている。

酒も持ってきてくれた。

「どうぞ食べてって」

すすめられて箸を手にする。

「おっ、うまいなあ」

ひとくち食べて思わず口にする。

「うまいやろ。信六《しんろく》はん、いう人が拵《こしら》えてはんのや。火事で、ずっと働いてた料理屋がのうなってしもて、うちとこへ来はったんや。何の気なしに雇うてみたら、宝の腕やった、っておじさんもおばさんも大喜びや。ここ板場を大きくしたやろ、ご贔屓《ひいき》さんも増えててな。火事の前よりずっと繁盛してるわ」

たしかにうまい。どれを食べてもうまい。うまいうまいと食べているうちに大事な話がうやむやになっていってしまった。

おきみは、まるのやの二階の貸し部屋で寝起きする者らの世話と、店先の小上がりで食べていく客らの世話をまかされているらしい。四条《しじょう》の芝居茶屋への仕出しの商いが主ではあるものの、おきみが仕切る、そちらの儲けもかなり多くなってきているのだという。おかげで大きな顔で、暮らしていられる、とおきみはいった。

そんな話に花を咲かせているうちに、浄瑠璃の話はすっかりどこかへいってしまった。といって、おきみもとくに未練はなさそうだったし、蒸し返すのも野暮な気がして、平三郎はもういいか、と思う。そうして心の中で専助に声をかける。専助はん、わしら、とんだ見込み違いをしてたようやで。おきみちゃん、浄瑠璃作者になんぞ、ならへんで。まるのやであんじょう、暮らしてる。

平三郎は思う。それならそれでいいではないか。いまさら浄瑠璃なんぞ書かせて、いらぬ苦労をさせることはない。唯一ひっかかるのは、おきみが嫁にいきそこねていることだが、ひっかかりはすれど、あの大火事でそれどころではなくなっている者とて京には数多《あまた》いるのだし、本人が気にしていないのならこれでよしとしようではないか。

近松加作なんぞ、いないならいないでそのほうがよい。

平三郎は、専助から託された重荷をそんなふうに始末し、さっぱりした心地で、その日、まるのやを後にしたのだった。

ところが、翌年。

平三郎は盛大に首を傾げることになった。

三拾石艠始《さんじつこくよふねのはじまり》。

それは、豊竹座で近松やなぎがついに立作者となった、初の演目だった。

その初日。

雕刻左小刀からわずか一年で立作者にまで上り詰めたのだから、たいしたものだ、と近くの料理茶屋に柳をよんで祝ってやっていると、柳がふと、

「わし、あれ、まるのやで書いたんですわ」

といいだしたのだった。

「まるのや」

「誰にもいうたらあかん、ておきみはんには、いわれてますのやけども、耳鳥斎先生にならいうてもかましまへんやろ。京のまるのやで、おきみはんにみてもらいながら、書いたんですわ」

あっけにとられた。

なんでまるのや。なんでおきみ。わけがわからなくなり、なんや、それは。どういうこっちゃ、と勢い込んで、たずねた。

柳は、立作者として新たな演目を書くように促されたものの、一人でそれをやり切る自信が

なかったのだという。柳を取り立ててくれた菅専助、その後を引き継いで後ろ盾になってくれた二代目千柳の顔をつぶすわけにはいかない。といって、手を貸してくれる作者仲間もない。たとえいたとしても、信頼できるかどうか。それで思い切って京へいくことにしたのだった。

　おきみは快く二階の一部屋を空けて柳に使わせてくれたのだそうだ。食事の世話も雑用も引き受け、浄瑠璃に専念させてくれた。書きあぐねていると相談にも乗ってくれた。書いたところをみてくれて、話し相手にもなってくれた。そのうちに、おきみもあれこれ思いつきを口にするようになった。

　じつをいうと、おきみはんが拵えたところもあるんですわ、と柳が打ち明けた。

そもそも並木《なみき》正三《しょうざ》の三十石艠始をやったらどないや、あれを下敷きにしたらええやないか、ていいだしたのもおきみはんでして。なんでも、昔、半二はんが、やりかけたことがあったそうで。って、おきみはん、浄瑠璃のことなら、なんでもようしってはるんで、ほんまにたすかりますわ。それに、おもろいこと、つぎつぎ、思いつかはりますやろ。聞き上手やし。おきみはんと話していると、なに書いたらええのか、みえてくる、いうんですか、いうたら、わしにとってあすこが作者部屋みたいなもんですわ。

　なにをぬけぬけというとんのじゃ、と平三郎は呆れ果てる。

　なにが作者部屋や。

　なにがたすかりますや。

「妹背《いもせ》山婦女《やまおんな》庭訓《ていきん》そっくりな段がありましたやろ。耳鳥斎先生、気づかはりましたか」

きかれてつい、口調が荒くなる。

「あたりまえや。気づかぬ阿呆がいてたまるかいっ」

「あこはおきみはんが笑いながら書いたんでっせ。あとで削るんなら削り、いうてふざけ半分で。そやけど、削るのが惜しゅうて、直し直し使わしてもらいました」

「なんやて」

「あんなんすらすら、おきみはん、筆のすさびに書かはるんですわ、やってられまへんで」

平三郎はくらくらとめまいがした。おきみが書いた。おきみが書いた。ふざけた趣向の一段だとは思ったが、まさかおきみが書いたとは思わなかった。というか、書いた、ってどういうこっちゃ、書いたって。ほんならなんであんとき、わしに書きたいて、いわなんだんや。

「柳、そんなら、おきみちゃんの名も、作者に連ねたらな、あかんやろっ。手柄を独り占めする気かっ」

「そうですやろ。わしもそない思うたんで、名はどないする、ておきみはんにきいたんですわ。それらしい名、決めといてな、て。ところが、名は出さんといてくれ、いわはるんです。それどころか、このことは誰にもいうたらあかんで、て。あんたも女《おなご》に手伝うてもろたなんていわれたないやろ。これはあんたが一人で書いた、それでええやないか、て」

それはいったいどういうことなのだろう、と平三郎は考え込んでしまった。おきみは近松加作を、世に出したいとは思わないのだろうか。こういう形でならやっていける、と思わないのだろうか。少しずつ近松加作の名を広めていって、力を認めさせていって、やがて菅専助が思い描いていたように、浄瑠璃作者として生きていったらいいではないか。なぜだ。なぜ、おきみは表に出てこない。出ようとしない。

「ほんでも、よかったですわ、耳鳥斎先生にきいてもらえて。わし、手柄を独り占めするつもりなんぞ、これっぽっちもなかったんやけど、約束は約束やし、黙ってなあかんし、そやけど、黙ってると、なんや、後ろ暗い、いうんですか、世間を欺いとるような気ぃして、苦しゅうてかなわんかった。おかげでなんや、気が楽になりましたわ」

平三郎にはおきみの意図がまったくわからなかった。

ひょっとして、内助の功、というやつだろうか、おきみは柳と夫婦にでもなるつもりなのだろうか、と思って柳に問いただすと、あっさり否定された。

柳には餝屋の頃から嫁がおり、そちらにはすでに子もいるのだそうだ。両親ともども、そこでみんなで暮らしているらしい。

「餝屋は餝屋でやっていかなあきまへんしな、というてわしはなんやら、こっちがえろう忙しゅうなってしもて、あっちは任せっきりですわ。ほんでも文句一ついわんと、ようやってくれてます」

「ほんなら、おきみちゃんとはそういう仲やないんか」

しつこく、たしかめる。

「ないない。ないです。わしなんざ、相手にしてもらえまへんわ。おきみはん、わしのこと、犬やと思うてますさかい」

「犬」

「柳は犬みたいやなあ、てよういうてますわ。しつけがしやすい、とでも思うてんのとちゃいますか。こらっ、あんたはまだ食べたらあかん、あと五行書いてからや、いうて叱られてるし」

笑っていいのやら、いけないのやら。ふーん、とだけいって平三郎は押し黙った。わかったような、わからぬような、謎かけでもされているようなへんな心地である。

だがしかし。

この謎かけは解けぬ。

とんと解けぬ。

おきみの本心がどう考えてもわからないのである。

といって、どうすることもできず、平三郎はそのまま放りだした。

以来、まるのやにいっても、浄瑠璃の話はあまりしなくなった。触れてはいけないのかもしれないと思うようになったからだったが、といってあまり話さないのもどうかと思い、見物してきた芝居についてちょろっと語ってみたりはする。おきみは嫌がらないし、評判を教えてくれたり、おきみもその演目をみていれば、あれこれ話が弾んだりもする。そんな話のついでに柳はきてるんか、とさらりと問えば、きているのなら、きてるで、とこたえるし、きていなければ、きてへんで、と屈託《くつたく》なくこたえる。そこからはなにも読み取れない。平三郎もそれ以上つっこまない。柳がまるのやで書いていることを隠し立てしている様子はないが、手伝っている気配は決してみせない。

おかしな女やなあ、と平三郎は思うわけなのだった。

そういえば、昔っから、おきみには、どうもよくわからないところがあった。親しくなればなるほど、正体が摑みきれないような気がしてならなかったのだ。だから平三郎はおきみの似顔絵が苦手だった。

はた、と思いついて、平三郎は、おきみを描いてみた。

やはり、うまく描けなかった。

三

平三郎はこの世がおもしろくて仕方がなかった。

だから絵を描くし、義太夫を語る。

松屋の商いも、客とかかわれるからおもしろい。ろくでもないやつも、つまらないやつも、困ったやつも、それぞれにおもしろい。わけのわからんやつがいて、わけのわからんことをするからおもしろい。

この世にはなんとさまざまな人が生きているのだろう、と平三郎は感慨にひたり、喜びにふるえる。

さまざまな人がさまざまな思惑で、さまざまな事情で世の中を動き回り、こちゃこちゃと生きている。

平三郎は、この世は戯場《ぎじょう》だと思っている。

あの世から眺めたら、阿呆みたいなもんやけど、それなりの役回りで皆、一生をここで過ごしとるんやな、と思って眺めている。

因果に搦《から》め取られているようにもみえるし、わけのわからないものにつきうごかされ、かけずりまわっているようにもみえる。浮いたり沈んだりして、一喜一憂し、うまいこといったかと思えば、転んだりしくじったりし、恨んだり呪ったりしているかと思えば、思わぬ僥倖《ぎょうこう》に喜び笑い、つかの間の幸せに浸ったりもする。あるいは身を粉にして働いて、勢いに乗ったかと思えば、落とし穴にはまって泣き濡れたり、これからというときに死んでしまったり。色恋にはまりこんだ挙句、刃傷沙汰《にんじょうざた》まで起こしてみたり、銭をだましとられたり、病に苦しんだり。ままならぬ道を歩んでいる。

かわいいもんやな、と思うのだった。なんちゅう、かわいらしい生き物やろか。

平三郎にとって、日々の暮らしが、戯場見物をしているようなものなのだった。

なにをみても楽しめるから平三郎はおおむね機嫌がよい。ときに、苦境に立たされることがあったとしても、たとえいっとき怒りに震えても、悲しみにくれても、立ち直りは早い。心が鎮まるのが早い。

なので、夫婦仲もよいし、家内は円満である。

所詮は、この世のこと。

ほんの短い、今生のこと。

どこかそんなふうに思っているから、きりきりと目くじらを立てて一生を終えては損や、ということになる。

家の仕事場でふんふんと鼻歌交じりに絵を描いていると、娘らが覗きにくることがあった。

「父《とと》さん、また、地獄描いてはるの」

「そやで」

「父さん、地獄ばっかり描かはんのやな」

「絵巻物、拵えてるからな」

「これはなに」

「これはな、ところてんやの地獄や」

「うち、ところてん、好きやー」

「うちもやー」

「お鶴《つる》もお幸《こう》も、角のところてんやへいって、よう食うてんのやてな」

「父さん、しってはんの」

「しってるで。父さんは地獄耳やさかいな。ところてんやのおっちゃんが、よう食べにくる、いうてたで」

「母《かか》さんも好きやで。婆様も好きやし。みんなで食べにいくんや」

「ところてん、うまいもんなあ。そやけどな、地獄へいったら、今度はわしらが食われる番なんやで。箱に詰められて、棒で押されてちゅるちゅるーって、お幸やお鶴がところてんになって細こう千切れて出てくんのや。母さんもやで」

「きゃあ」

「こわいー」

はなが襖《ふすま》から顔を出して平三郎を叱る。

「なんでそないおそろしいこと、子供らにいわはりますのん。ところてんが食べられへんよう、なるやないですか」

「え。あ、そうか。そやな。すまん、すまん」

妻に謝り、子らにいう。

「お幸、お鶴、ここは地獄やないさかい、安心し。いくらでも食べてええで。ここにいてる間にところてん、ようけ食うといたらええ。もう食いたない、いうまで食うとき」

「あきません。そないなこというたら、この子ら、どんだけでも食べたがります」

「え。あ、そうか。そやな。食べ過ぎはあかんで。腹、壊すさかいな」

平三郎の地獄絵をみたくらいで、ところてんが食べられなくなるわけもなく、子らはただおもしろがって、ところてん、ところてん、とはしゃいでいる。ずいぶん娘らしくなってきてはいるものの、苦労知らず、世間知らずで育っているから、お鶴もお幸もまだまだ幼い顔つきをしている。

平三郎は目を細めてそれを眺めている。

我ながら、いかにも旦那旦那している、というのはよくわかっている。平三郎の絵も義太夫も、所詮、旦那芸にすぎない、とも思っている。それなりに裕福に暮らしているからこそ、こうしてのんきにしていられるのだ、ということもよくしっている。だが、それもまた、己の役回りなのだろう、と心得てもいるのだった。じたばたしてもしようがない。

まだまだやりたいことはたくさんある。

絵も浄瑠璃も極めたかった。旦那芸なら旦那芸でかまわない。平三郎は、それを突き詰めてみたかったのだ。

四

この浄瑠璃はそんなお前やからこそ、拵えられたんかもしれへんな、お前は旦那の中の旦那やな、と笑っていってくれたのは、昔馴染みの徳蔵だった。

前年、徳蔵は近松徳三と名をあらためていた。

徳蔵から徳叟へ、そして今度は徳三へ。

いったいなんのためにそうたびたび名を変えるのか、しかも毎度、徳の字はおんなしで、呼び方もおんなしで、下の字だけをじわっと変える、という、その意図するところが平三郎にはさっぱりわからないのだったが、というよりむしろ、字なんざなんでもええやないか、とあほらしくも思うわけなのではあったが、それでも名を変えるごとに歌舞伎芝居の立作者として足元がしっかりしてきているのは明らかだった。

若い時分とちがって、そうちょくちょく顔を合わせたり、話し込んだりすることはなくなってはいたものの、平三郎は折々に徳蔵の拵えた歌舞伎芝居をみにいっていたし、徳蔵もまた、平三郎のでる素人浄瑠璃の会なんぞをみにきてくれたりもしていた。

その日も、徳蔵は素人浄瑠璃の会にふらりとききにきてくれて、終わったあと、珍しく平三郎をたずねてきてくれたのだった。

「ほんまに、お前は旦那の中の旦那やな。松へのチャリをききにきた、て隣の客もいうてたで。あの旦那はんの浄瑠璃、ほんまに、おもろいでっせ、腹よじれまっせ、て。ほんまに腹抱えて笑うてたわ」

一人で使わせてもらっている楽屋代わりの小部屋に顔をだした徳蔵はどかりとすわってあぐらをかき、茶をのみながら、おまえの浄瑠璃でわしも笑いすぎて喉が渇いたとうれしいことをいってくれる。

その日、平三郎が語ったのは、入間詞長者気質《いるまことばちょうじゃかたぎ》。

銭が増えて増えて困っている大店の話を浄瑠璃にしたものだった。銭が増えて喜ぶのではなく、困り果てるというさかしまの世界を笑いに変えたというわけだ。

どこまで客を笑わせることができるんやろ、と語るたびにあちらを直し、こちらを直し、節を変えたり戻したり、増やしたり削ったり、かれこれ三年近くかけて、磨き上げた平三郎の自信作だった。チャリ場を語らせたら松への右に出る者はいない、という評判にむすびついた出世作でもあった。

チャリだからといって笑わせるためだけに語ってはならない。こちらがおどけてはならない。素人とはいえ、太夫《たゆう》として、あくまでも品良く、やりすぎないように心を砕き、さらさらと語る。客の笑いに気を取られてはならない。期待にこたえようなどと思ってはならない。ひたすら人物を語る。雑にならないよう気をつけて、息を乱さず丁寧に語る。三味線の波に乗って、終《しま》いまで突き進むのだ。

こんなもん、ほんまもんの浄瑠璃とはちがう、と悪口をいわれても平三郎は腐らなかった。ほんまもんの太夫やないからこそ、語れる浄瑠璃もある。

「喜んでもらえたらなによりや。なあ、わしの旦那芸も板についてきたやろ」

「ついてきたなあ。太夫の貫禄がでてきてる。お前、ほんまにうもなったな。声もええし、話もようでけてる。目の前に人物がいてるようやったで」

「阿呆みたいな人物ばっかやけどな、かわいらしいやろ」

「世の中にはかわいらしい人物ばっかいてんのや、てお前、ようい うてるもんな」

「そや。かわいらしいもんや」

徳蔵がうなずく。

「伊勢《いせ》音頭《おんど》恋寝刃《こいのねたば》、みたで」

平三郎がいうと、徳蔵がぱっと顔を向けた。

「みてくれたんか」

「あたりまえや。ちと忙しゅうて、声、かけられへんかったけど、おもろかったで。お見物もよう入ってたな。角《かど》の芝居で連日大入りとは、たいしたもんや」

「おかげさんで」

「あんだけのもん、よう拵えたな。大いに腕あげてて驚いたわ。精進したんやな。徳蔵、お前には、歌舞伎芝居のほうが合うてたな」

「どやろな。まあ、あれは、日にちがのうて、ばたばたっと拵えただけのもんやけどな」

「それにしては、ようでけてたやないか。あれ、伊勢でほんまにあった殺しなんやてな」

「というたかて、ほんまの方は身も蓋もない、ただの無慈悲な殺しやで。それでは芝居にならへんさかい、お家騒動にしたんや」

徳蔵は得意げな顔ひとつしない。

平三郎は、こいつこそ、貫禄がでてきたな、と思う。

歌舞伎作者としてここまでになったからには、もう操浄瑠璃に未練はないだろう。

「もう戻らへんのやろ」

「どこへや」

「操浄瑠璃や」

「ああ。ん。そやなあ。戻ろうにも戻る道がわからんよう、なってしもたさかい、戻りようがないな。歌舞伎芝居をつづけるんやったらまだしも、つぎは操浄瑠璃やる、なんてぬかしたら、家のもんも怒りだすやろし」

「家のもん、て大枡屋《おおますや》か」

「妹の聟《むこ》がようやってくれよるんでどないかなってるけども、わしかて主人《あるじ》としてやらなあかんことがあるしな、日々、気ぃ抜けへんのや。嫁も子もある身やし、勝手なことばかりしてられへん。うっとこの商い、あれであんがい裏の手間がかかるんや。種はうまいこと育ってきてんねんけどなあ」

「たね」

「種や、種。昔なあ、半二はんに、その種、だいじにせえよ、ていうてもろた、ええ種があんのや。ほったらかしにしててもあかんし、手ぇかけすぎてもあかん。頭ん中で、じょうずに育てたり、ていわれて、ようし、と、いつかそれやったるつもりでおったんやけども、その種、わしが歌舞伎芝居に浸かりきっとるうちに、なんや歌舞伎芝居の芽になってしもたみたいでな」

「いったい、なんの話や」

徳蔵がふしぎそうな顔で平三郎をみた。

「なんの話や、て、わしらの話やないか。いつか妹背山婦女庭訓みたいな演《だ》し物《もん》、拵えたる、いうてたやろ。あれや、あれ。わしが、お前に、太夫として語ってくれや、いうたら今からでは間に合わん、いうて断ったやないか。今になって思えば、じゅうぶん間に合《お》うてたな。あんとき一念発起しとったら、お前、今頃、素人太夫やのうて、玄人の名人やったで」

ああ、そういえばそんな話をしたことがあったなあ、と平三郎は思い出した。妹背山婦女庭訓。あの頃の、わしらの道しるべ、山の頂きや、と遠い昔に思いを馳せる。あの日はたしか、平三郎が松屋で売り出したばかりの扇絵を、徳蔵とおきみが連れ立って買いにきてくれたのだった。くっきりとその日の二人の姿が眼に浮かぶ。

徳蔵がいう。

「妹背山婦女庭訓ほどの傑作は、わしにはむりやけども、わしなりにええもん拵えたい、て思うてんのや。歌舞伎芝居の道を歩んできたからこその花を咲かせたらな、門人として、半二はんにあの世で顔向けでけへんやろ」

「ほー、こらまた勇ましいな。そんなん拵えるんか。ほしたら、それがでけた日にゃ近松半二の忘れ形見、おきみちゃんといっしょにみにいかしてもらわなあかんな」

徳蔵がおきみの名をきいて、ふっと顔をあげた。

「おきみちゃんか」

「そや」

徳蔵が少しぼんやりしたあと、湯呑みの縁をゆっくりと指でいったりきたりさせながら、

「松へ、お前、今でもおきみちゃんとよう会《お》うてんのか」

ときいてくる。

「よう、いうほどではないけども、まあ、たまに、あっちへいったときには会うてるで。三月《みつき》ほど前にも会うたな」

「そうか。わしはもう、長いこと、会うてへんのや」

すとんと湯呑みを畳におく。

「あのこが京へ越してってからいっぺんも会うてない」

「え、そうなんか」

「あれから何年や」

「今年で丸十三年や。去年、内々で半二はんの十三回忌した、いうてたからな」

「はや、そないになるか」

「そらそや。わしらかて、四十も半ばやで。専助はんが亡うなってからでも、もう丸五年や」

「早いもんやなあ。そうか。わしは十三年も、おきみちゃんに会うてへんかったんか」

なんでそないなことになってんのやろ、と平三郎は首をひねる。徳蔵とて、歌舞伎芝居の立作者。四条の芝居小屋へいくことなんぞ、いくらでもあるだろうに、なにゆえ会いにいかなかったのだろう、と訝《いぶか》しむ。

それを見透かしたように、徳蔵が言い訳した。

「いやな、京へいくことがないわけではないんやけども、いったらいったで忙しいしな。いく暇がのうて」

「暇はつくるもんやで」

「そやけど、なかなかなあ。そのうちに、そのうちに、思うてるうちに、今になってしもた。ここ何年かはほんまにあっという間やったしな。そんでも、たまに噂はきくで。おきみちゃん、あっこの店、切り盛りしてんのやてな。聟はんと」

「ん。誰と」

「聟はんと」

「聟はん。聟はんて誰や。まさか柳やないやろな」

「やなぎ。やなぎて誰や。え、近松やなぎか。なんでおきみちゃんがあいつといっしょにならなあかんのや。やめてくれ。そないなわけないやろ。まるのやの板さんや。伊勢音頭恋寝刃、京からもみにきてくれはった人がようけいててな、教えてくれたで。あのふたり、夫婦《みょうと》にならはったで、て」

「えっ、嘘やろ。わし、きいてないで」

「まだついこの前や」

「ついこの前でもきいてないで」

「まだ間がない話や、いうてるやろ」

「それにしたってきいてへんで。そない大事な話、なんでおきみちゃん、わしに教えてくれへんかったんや。なんでお前からきかされなあかんのや。あんまり無体《むたい》やないか。悲しなるで」

「なに駄々こねとんのや。なんでいちいちお前に知らせなあかんのや。ええやないか。よかったなあて、喜んだったら、そんでええやろ」

この前まるのやにいったときも、おきみはなにもいっていなかった。それらしい兆候もなかったし、そんな話を匂わされてもいない。

「おい、ほんまの話なんか」

「ほんまやろ。聟さんは、腕利きの板前や、いうてたし。まるのやにいてるんやろ、腕利きの板前」

「いてる。宝の腕や、いうてた」

「そいつや。その腕でまるのやは今、大繁盛らしいやないか」

「繁盛はしてる。会うたこともある。腕もええが、男っぷりもまあええ。年はちいといっとるけども。って、おきみちゃんかて、ええ年やし、ちょうどええ塩梅《あんばい》か」

ふうん、と徳蔵がいう。

ぐうう、と平三郎がうなる。

たしかにありえない話ではない。いわれてみれば、八方丸く収まる、とてつもなく、いい相手だという気もしてくる。しかし、おきみだ。あのおきみだ。そいつはおきみの相手にふさわしいのだろうか。おきみは納得ずくでいっしょになったのだろうか。これはひとつ、確かめにいかねばなるまい。

「そないこわい顔せんと、喜んだれや」

と徳蔵がいう。

「お前こそ、喜んでへんやないか」

と平三郎がいいかえす。

「喜んでるで。めでたい話や」

「口ではそないいうてるけど、お前、喜んでへんやろ」

「なにをいう」

いいがかりだとわかっているが、そんなこともつい、いいたくなってしまう。

「わしは絵描きの耳鳥斎や。わしの目は節穴《ふしあな》やないで。お前が喜んでへんことくらいお見通しや」

「そんなわけあるかい」

「あ、お前、ひょっとしておきみちゃんに惚れとったんか」

ほんの戯れのつもりだったが、平三郎が口にした途端、徳蔵がわずかに動揺したのがわかった。平三郎はそれを見逃さなかった。

「え。ほんまに惚れとったんか、嘘やろ」

「うるさい。昔の話や。大昔の話や」

頭を殴られたような気がした。

え！　認めた。徳蔵が認めた。

なんちゅうこっちゃ。

わしの目は節穴や！

「え、そやったんかい。いつや。いつの話や。そんなら、なんでお前、わしにいうてくれなんだんや。水臭いやないか。ひとこと、いうてくれたら、わしが取り持ったったのに。惚れ合うてたんか。え。そやったら、なんで一緒にならへんかった。わし、おきみちゃんをええとこへ縁付けたろ、て苦心しとったんやで。お前でもええか、て思うたこともあったんやで。そんでも、二人ともその気がなさそやったし、へたなことして後悔するのもいややったし、遠慮したんや。してしもたんや。あー、わしゃ阿呆や。なんでお前にきかなんだんや。まさかそないなことになってるとは思いもせなんだ」

徳蔵の口は重かった。

昔の話やし、おきみちゃんにその気はなかった、と、それだけこたえさせるので精一杯。平三郎こそ、動揺甚だしく、なにやら、わたわたと要らぬことをしゃべりつづけてしまう。徳蔵は困ったような顔で、それをききつづけていた。

「あのこはな、わしの神さんやったんや。わしの浄瑠璃の神さんやったんや」

ぽつりと徳蔵がいった。

ひどく小さな声だった。

つい口にしただけの独り言だったのかもしれない。

だが、平三郎はたしかにきいた。

平三郎はふいに言葉を失う。

柳。

いま、それとおんなしことを、柳が思っているにちがいない。

そうして、なんで柳なんやろ、と思うのだった。どこからともなくひょいとあらわれいでた柳が、徳蔵のすわるべき場所にするりとすわってしまった。

平三郎はため息をつく。

めぐりあわせとはいえ、酷な話ではないか。

徳蔵が操浄瑠璃から離れていかなければ、まるのやの二階で書いているのは徳蔵だったかもしれないのに。

もしそうだったなら、おきみと夫婦になっていたのはひょっとしたら、徳蔵だったかもしれないのに。

この世のからくり、いうんは、ほんまにどないなってんのやろな、と平三郎は思う。いっこうに、平三郎にはその仕組みがわからない。からくり仕掛けは、見えないところに歯車やら糸やらを組み合わせて動く。あんなものが、この世の見えないどこかに仕込んであるのだろうか。

そうか、徳蔵がな……。

おきみちゃんをな……。

平三郎は柳のことを徳蔵にいわなかった。

いや、いえなかった。

五

おきみちゃん、あんた、徳蔵のこと、どない思うてたんや。

たったそれだけのことをきくために、平三郎はなんべんもまるのやへ足を運んだ。京へいけば必ず、用もないのにまるのやに寄る。しかしいつまでたってもそれだけはきけなかった。

あれこれ話はするし、祝いの品を渡しもした。

わしに知らせがなかったやないか、と文句をいいつつ、祝いを述べ、ふたりが夫婦になった顛末《てんまつ》もきいた。

なんやばたばたっと、しらんまにそういうことになってしもたんや、とおきみはつっけんどんにいい、いかにも惚れられて押し切られたとでもいいたげだが、存外おきみのほうも惚れているように思われる。

べつだん夫を褒めはしないが、夫の拵える料理については、褒めちぎっているのがその証左《しょうさ》だ。あのおきみが。浄瑠璃のほかに、さして興味のなさそうだった、あのおきみが。料理を。臆面もなく、褒める。

ほほう。

調子狂うな、と思いはすれど、差し出された豆皿に箸をつけて味見をするとたしかにうまい。

おきみはじゅうぶん幸せそうだった。

まるのやの主人夫婦も大喜びだった。

おきみの夫、信六は一本気なところのある職人気質で、そう愛想がいいわけではないが、おきみを大切にしているのは手に取るようにわかるし、それにまあ、おきみは雇い主の縁戚なのだから、そうぞんざいに扱えないだろうというのもよい。

してみるといい縁だったのかもしれないな、と平三郎は得心する。どこかしら狐につままれているような気がしないわけではないし、ほんまかいな、と本気にしていないところがないわけではなかったが、収まるべきところへ収まったとみるのがまあ順当なのだろう。

だんだんと、徳蔵のことをきく気は失せていった。

そんなことをいまさらきいてなんになる。

藪《やぶ》をつつくことはない。

それにあのおきみだ。やすやすと本心を明かすはずもない。というより、どれが本心なのか、平三郎はきっと摑みきれないだろう。ならば、なにはともあれ、額面通り、伴侶を得たことだけ喜んでやればよい。

柳も、二人のことを、ええ夫婦ですわ、といっていた。

相変わらず、まるのやで浄瑠璃を拵えている柳は、おきみ夫婦のことについて誰よりも詳しい。

おきみの夫は、おきみが二階の柳のところに入り浸りになって浄瑠璃の手伝いをしていてもとやかくいわないそうだ。むろん、そういう男でなければおきみと夫婦になんぞなれないだろうが、柳がくると夫婦共々、上機嫌でもてなしてくれるのだという。店の奥の住まいに柳をよんで、夜、三人で酒を酌み交わしたりもするらしい。

語られるのは、そのとき柳が拵えている浄瑠璃の演し物の話が大半、なのだそうだが、おきみの夫はいやな顔一つせず、しずかにそれをきいているという。

信六はんは信六はんで、試しに拵えたもんをわしに食わして、あれこれきくのが楽しいらしいんですな、と柳が教えてくれる。おきみはんはおきみはんで、二階にいてるときとはおおちがいで、そりゃあ甲斐甲斐《かいがい》しゅう、旦那はんの世話焼いてはりますわ。おかげさんでわし、珍しいもん、ようけごちそうしてもろて、ええ思いさしてもろてます、と笑う。

平三郎は、まさに娘を嫁にだした父親の気分でそれをきいていた。

そうか、あの娘がなあ。

甲斐甲斐しゅう、世話をなあ。

ついにひとりの男のものになってしもたんやなあ。

はじめてあったとき、おきみは、まだ七つかそこらの幼子だった。そのくせ、いっぱしの顔で、妹背山婦女庭訓を見物していた。

その日のことを平三郎はよくおぼえている。

そのうちに、だんだんと芝居見物仲間になっていき、それからずっと、歳の離れた友としてそばで見守ってきた。

おきみが娘の時分には、こないな女はこの先どないなってくんやろ、と心配になったこともあった。

そうして幾星霜《いくせいそう》。

おんなし日々をただもくもくと暮らしているようで、季節は巡り、時は過ぎる。飽きもせず、代わり映えせぬ季節をくりかえしくりかえしやり過ごし、やがてなにかを手放していく。

もう何年かしたら、平三郎の娘たち、お鶴やお幸もこうして嫁いでいくのだろう。

そう思うと、なにやら寂しい気にもなるが、過ぎ行く月日を、だいじにだいじに慈しみたくもある。飽きもしないくりかえしこそを愛おしいと思う。

「あれ、父さん、なに描いてはんの」

お幸がきく。

「これはな、お餅つきや。年の暮れに男衆《おとこし》についてもろてお正月にようさん食べるやろ」

「鬼はどこ」

「鬼はいてない」

「なんで」

「なんで、て、これは地獄やないからや」

お幸の隣にいるお鶴が姉らしく口を挟む。

「父さんはな、もう地獄の絵巻物は描いてしまわはったんやで」

「そやで。いくつも描いたさかい、あれはもうしまいや。そやから、これはもう地獄やない。ここや。この世や。お鶴やお幸がな、いつか、こんな日があったなあ、てみんなと暮らした日のことを、絵をみながら思いだしたり、話してくれたらええな、て思うて描いてんのや。ぺったんぺったんお餅つきしたなあ。婆様、喉つまらせそうになってみんなで大笑いしたなあ、て」

「これは盆踊りやな」

お幸が板の上において乾かしてあった絵を手に取る。

「そや。ほれ、こっちにはお月見もあるで。この前の中秋はええお月さんやった」

「うん、きれいやった」

平三郎は、このところ、十二ヶ月の月を重ねていく絵を描きつづけていた。これらをまとめて、絵本月かさね、というのにしたらどうだろう、と内心思っている。これらの絵をみて楽しめるのは、お鶴やお幸だけではないはずだ。餅つき、お月見、初釜《はつがま》、初午《はつうま》、顔見世……、誰にとっても馴染み深い季節の行事の数々は、多くの人々にも、きっと、なにかしら、なつかしい思い出を呼び覚ますにちがいない。

急がずともよい。いつか、そう、お鶴が嫁にいく頃までにこれらをまとめて本にできたらそれでよい。その絵本を、嫁入り道具に忍ばせてやりたい。お鶴は娘としてここで暮らした日々を携えて嫁にいけるし、お幸にも渡してやれば、離れ離れになる姉と暮らした幼き日々を思い出せるよすがになるはずだ。

お鶴が散らばっていた何枚かの下絵を一列に並べて熱心に眺めていたが、ふと、そばにおいてあった黄表紙《きびょうし》に目を留めて、手に取った。

「これはなに」

「あ、そんなん、みんかてええ」

それはつい先日、江戸から送られてきたばかりの黄表紙だった。

「わ。ろくろ首やないの」

お幸がさっそく首をつっこむ。

「化物年中行状記《ばけものねんじゆうぎようじようき》やて。うわ、なにこれ、お化けがいっぱいいや」

「みせてみせて」

奪いあうようにして二人でみている。

うわーうわーといいながら、楽しげに眺めだした。

化け猫やー、三つ目のお相撲さんやー、化け物が花火してはるー、あーもう、はじめからちゃんとみしてー。そこ、なんて書いてあんの。ん、ええと、お正月の挨拶してはるのやな、とお鶴が声にだして文章を読みだした。笑い転げるお幸。大騒ぎだ。次々読んでいく。これ、おもろいなあ。次はなに次はなに。ええと、次はな、と紙をめくって、わ、見越入道《みこしにゆうどう》やー、と見せびらかす。文章が多くてすぐに読み切れるものではないから、とうとう、貸してくれ、と二人揃っていいだした。しぶしぶ、ああ、ええで、持っていき、といってやる。

なんや、この子ら、わしの月かさねより、そっちの化物のほうがええんかい、と平三郎は鼻白む。

とはいえ、それもまあ、わからぬではない。

化物がわしらとおんなしように暮らしているところを眺めるのはいかにも滑稽でおもしろい。似たような地獄絵巻をさんざん描いてきた平三郎にはそれがよくわかるし、また、こういった別世界を描く楽しさもよく知っている。しかもこの化物どもは、平三郎の描く鬼らとちがってへんに生々しく、人を惹きつけるように描かれてあった。

化物年中行状記。

ええとこ、ついてるな、と平三郎は思う。

この黄表紙の作者は十遍斎一九《じっぺんさいいっく》。

十遍斎一九とは、江戸へいった、あの余七のことである。

余七はあれから、江戸で読本《よみほん》の作者となったのだった。

すでにいくつかの本を世に出し、どれも、まあまあ売れているそうで、とりわけ、この、化物年中行状記は人気なのだそうだ。おかげで江戸でどうにか暮らしていけるようになったと、手応えをつかんだらしい余七は、じつに意気軒昂《いきけんこう》なのだった。この勢いに乗って、これから先もまだまだ本を出していくつもりらしい。

というようなことを平三郎は、この黄表紙とともに送られてきた文で知ったばかりだった。

あのとき貸してやった路銀についての礼もくどくど述べてあったが、だからといって返す気がなさそうなところも、いかにも余七らしい。

やれやれ、と思いながら、平三郎は、この黄表紙を読んだ。

化物年中行状記は化物の行状記だけあって、ふざけた本ではあったけれども、ふざけているからこそ、きっちり真面目に作られていて、平三郎はそこに好感をもった。平三郎の義太夫のチャリ場語りとおんなじだ。ふざけたものであればあるほど真面目にやらねばならない。余七は心血注いでこれをかいたと思われた。

たいしたものだ、と思う。

黄表紙に描かれた絵は、たかだか二年ほどで、よくぞまあここまで腕をあげたもんやないか、と感心するほどうまくなっていたし、文章もよい。

そもそもなんの縁《ゆかり》もない江戸へ流れていって、これほど早く作者として世にでられたこと自体、たいしたものではないか。

なんやら、せいせいするなあ、と平三郎は思った。

大坂で燻っていた余七が、江戸でようやくのびのびと己の力を解き放ったのだ。

そのきもちよさが伝わってくる。

余七を知る者らは、これがあの余七と知ったらさぞ驚くだろう。

あのとき余七は、尻尾を巻いて大坂から逃げていったと皆に思われていたし、どうせどこへいっても、なんぞやらかして、お陀仏やろ、と侮られてもいた。

しかしながら余七は、江戸の水面に沈んでいかなかったのだ。

それどころか、しっかりと大きな波模様を水面に描き出したのだった。

あっぱれや、と思うし、もっともっと世間を驚かしたったらええ、と平三郎は思う。

まだまだ、こいつ、やりよるで。

こいつは、こんなもんでおわらへんで。

だから、平三郎は、それから五年ほどして、東海道中膝栗毛《とうかいどうちゅうひざくりげ》のはじまりにあたる滑稽本、浮世道中膝栗毛《うきよどうちゅうひざくりげ》が世に出たとき、狂喜した。ほうれ、みてみ、これや、これや、これが余七や、と大騒ぎした。その少し前、木下蔭狭間合戦《このしたかげはざまがっせん》の黄表紙が出たときには大笑いした。あいつ、まだ、ここにおったときのこと、おぼえてんのやな。木下蔭狭間合戦の作者はわしやで、わしは操浄瑠璃の作者やったんやでって、いいたいのやな。おかしなやっちゃな、こんどは紙を舞台にしてしもた、となつかしい思いでいっぱいになった。


江戸の余七の浮世道中膝栗毛のつづき、弥次《やじ》さん喜多《きた》さんが箱根の先へ進んでいくところを読むのを楽しみにしていた平三郎だったが、残念ながら、それを読むことは叶わなかった。

その少し前、平三郎は、箱根より遠く、伊勢より遠く、この世からあの世へと旅立ってしまったからである。

数日前に、ようやくお鶴の縁談が整い、お鶴は嫁にいくのではなく、聟にきてもらい、その入り聟に松屋を継がせると決まったばかりだった。家中が喜ばしい日々に浮かれていた。平三郎もたいそう喜び、大急ぎで、絵本月かさねをまとめようと版元と相談をはじめたところだった。

その最中に、平三郎はひとり、眠るようにとっとと逝ってしまったのである。家の者らだけでなく、耳鳥斎の絵を楽しみ、松への義太夫節に酔いしれた多くの人々がその死を悲しみ、悼んだ。

月かさねの絵の数々は、その死を悼む者らによってまとめられ、平三郎亡き後、絵本として出版された。

中心となったのは売れっ子の読本作者、武内確斎《たけうちかくさい》。

平三郎の年若い友である。

この絵本には、平三郎への賛が、与謝蕪村《よさぶそん》や大田南畝《おおたなんぽ》や畠中頼母《はたけなかたのも》といった面々によって賑々《にぎにぎ》しく添えられていた。

畠中頼母の別名は銅脈《どうみやく》。

そう、絵本水や空の名付けに深くかかわった、あの銅脈先生である。

銅脈先生の仕業かどうか、絵本月かさねは、かつらかさねという名で世に出ることになった。

かつらかさね。

月の桂を重ねる絵本。

わかりやすいんだかわかりにくいんだか、洒落《しゃれ》ているんだかいないんだか、どうにも判別がつきかねるところではあるものの、しかし、その名には、平三郎がはじめて出した絵本水や空に通じる、柔らかさととりとめのなさがあった。すぐに全貌がわからぬところがいかにも平三郎らしい。

かつらかさね。

そこに描かれている絵は、平三郎のかさねた日々の歳月、〝時〟そのものである。

水や空からつづく耳鳥斎そのものである。

旦那の中の旦那、松屋平三郎。

松屋の主人であり、絵描きの耳鳥斎であり、義太夫の太夫、松へでもあった、松屋平三郎がこの世に遊んだ証《あかし》であった。

縁の糸

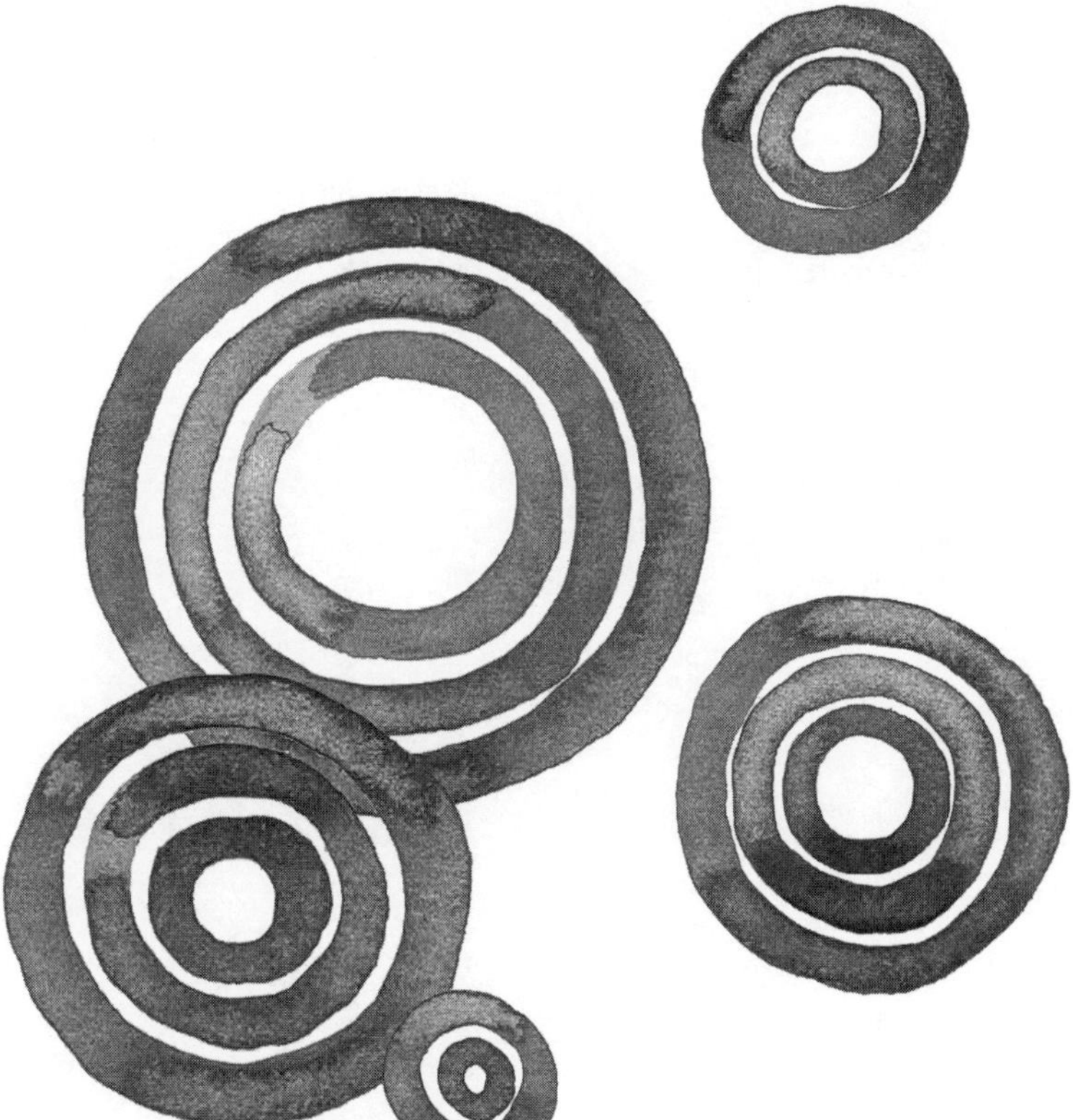

一

畳のそこかしこから茸《きのこ》のように生えてきた、と見まごうばかりに積まれた本本本。行李《こうり》からはみでた紙の束。書き損じの文字文字文字。投げ出された煙管《きせる》や灰吹。火鉢、手ぬぐい。食いさしの握り飯、湯呑み茶碗。片隅に寄せられた、うすっぺらな蒲団。それらをぐるりと眺めながら、ようもこんなん許してくれるな、と柳《やなぎ》は思う。いつ頃からか、この一間が京にいるときの柳の住処《すみか》になっている。

といって、ここは貸間、まるのやの二階。隣の間に客がいることもあるし、そもそも二階をまるごと借りているわけではない。

それなのに、これほど好き放題に使わせてくれているのだからじつにありがたい、と好意に甘えっぱなしで本やら筆やらだけでなく、着替えやらなんやら、じわじわと荷物は増えるいっぽうだった。新作に取り組んでいるときなんぞは、一間どころか二間つづきで使わせてもらい、卯作《うさく》や意八《いはち》といった大坂からくる作者連中まで寝泊まりさせている。と、ようするに勝手に作者部屋にしてしまっているのだった。それも格安で。

懐が温かいときには、いくらか色をつけて払っているし、あぶく銭が入ったときや、盆暮れには付け届けだってしてはいるが、それにしたってまるのやの儲けにはなっていまい。いや、むしろ損をしているのではないだろうか。

ええんかいな、と気にはなれど、主人夫婦は滅多に二階に上がってこないし、おきみの夫の信六《しんろく》も上がってこないし、つまり、二階の差配はおきみにまかされているということなのだろう。

おきみは暇をみつけてはここへやってきて、文机の前にすわる。書き物をする。もしくは柱にもたれて本を読む。なので、いつの間にやら、おきみの硯《すずり》や筆までもここに置きっぱなしになっていた。

夫のある身で、しかも、まるのやの仕事もあるというのに、こんなことをしていていいのだろうか。

と、心配にもなるのだけれども、借り手の柳が貸し手の振る舞いに文句をつけるわけにもいかないので黙っている。

おきみの亭主の信六は、おきみが二階で柳の浄瑠璃《じょうるり》を手伝っているらしい、と知っているので、まあ、許しているのだろう、と思うしかないが、それにしたって、子ができたらどうするのだろう。といって、待てど暮らせど未だその気配はなく、おきみの歳を思えばそれはそれで気を揉むところではあるものの、近頃では、ひょっとしておきみは子ができてもこのままなのではないか、とそっちを危惧しはじめてもいる。

まさか、そないな女《おなご》がいるわけない、と思いつつ、いやいや、おきみならあるいは、とも柳は思う。なぜといっておきみが信六と夫婦になったときにも柳はおんなしことを思ったからだ。人の女房になれば、おとなしくせざるをえないと思っていたのに、おきみは信六と夫婦になっても変わらなかった。信六の女房になってはや二年、おとなしくなるどころか、独り身だった頃よりもずっと浄瑠璃に入れ込んでいる。

「なあ、柳。あんたも今や、押しも押されもせぬ豊竹座《とよたけざ》の立作者《たてさくしゃ》や。半端仕事でお茶を濁してたらあかんのとちゃうの」

痛いところを突いてくる。

「お茶を濁してるつもりはないけどもな」

といいつつ、思い当たる節があるからきつい。

手が慣れてきたということもあるけれども、浄瑠璃を書き出したばかりの頃とちがって、意八やら卯作やらに手伝わせてもいるので、ずいぶん楽をしてしまっている。しかもそれに甘んじている。手抜きとまではいわないが、まあまあ体裁を整えたらそれでよしと世に出すこともままあった。なにより行き詰まってもここで書いておれば、なんのかんの、おきみが助けてくれるとわかっているので、つい気が緩んでしまうのである。これではあかん、と思いはすれど、柳には浄瑠璃作者としての野心というか、野望のようなものがまるでないので、なにがなんでも傑作を、と踏ん張りきれないのだった。

そこを見抜かれているのだろう。

わしが浄瑠璃作者か。

それも二枚目や三枚目ではない。豊竹座の立作者だ。

なんで己がそんなものになっているのか、柳はときおりへんな気持ちになることがあった。夢をみつづけているかのような、くすぐったい心地になる。

魔が差したというかなんというか、なんとはなしに浄瑠璃を書いてみたくなって、おきみにうっかりそんな話をしたのが、すべてのはじまりだった。

あれからもう七年ほどにもなるだろうか。

目を輝かせたおきみに尻を叩かれ、ようやく書き上げた浄瑠璃らしきものを、おきみにいわれるまま、菅専助《すがせんすけ》のところへもっていき、添削《てんさく》してもらい、ついでに浄瑠璃のいろはを叩き込まれ、その演目、雕刻左小刀《ちょうこくひだりこがたな》は豊竹座の新作として、なぜかすんなり舞台にかけられたのだった。ほんとうにあのときは夢をみているかのようだった。柳が書いた浄瑠璃の詞章《ししょう》にあわせて人形が動き、三味線の節にのって太夫《たゆう》が語る。幾度頬をつねったことか。それからずっと、夢のつづきのように、柳は成り行きに身を任せ、また、それからまもなくして亡くなった菅専助や豊竹座への恩義もあって、浄瑠璃を書きつづけている。そうして気づけば豊竹座の立作者にまでのぼりつめていた。

まったくおかしな具合である。

己のみの力でこうなったのではない、とよくわかっているので柳は謙虚だ。座本《ざもと》のいうことを素直にきくし、下のものらの面倒もよくみる。裏方にも腰が低い。それでますます、豊竹座で重宝されるようになっていった。柳はもともと商家の出だし、職人仕事もしていたから、売り物を扱うような要領で浄瑠璃演目を扱っている、ともいえる。

生家の餝屋《かざり》はそう儲かるわけではないが、潰れず商いをつづけていて、親も息災、妻や子らも皆、息災、となれば日々の暮らしに銭はかかるし、浄瑠璃で稼げるならそれに越したことはない。使ってもらえるならいくらでも書こうと思っている。京と大坂をいったりきたりする暮らしにもすっかりなれた。柳が家を空ければその分、食い扶持が浮き、皆が腹一杯食える。おまけにたんまり稼いでくるのだから、家の者らも、快く送り出してくれる。浄瑠璃のよしあしなど誰一人、わかるもののない家だが、柳はやはり、この筋屋がわしの居場所なのだろうと思っている。

立作者だのなんだのといわれたところで、わしの根っこは筋屋にすぎひんのや。

書けば書くだけ、そう悟るようになっていた。

そんな柳に傑作など書けるわけがない。

二

「あんた、また寝転がって。なんも書いてへんの」

毎度不意打ちのように二階にあらわれるおきみに嫌味をいわれながら柳はしぶしぶ起き上がる。

「一休みしてたんや」

ふうん。と柳の手元をのぞきこむ。いちおう雑巾を持っているが、掃除をするつもりはないらしい。

「えらい熱心に、なによんではんの」

「太閤記《たいこうき》」

「また太閤記。あんた、太閤記が好きやなあ」

「まあな」

「よう飽きひんなあ」

といわれて、ついと柳は差し出す。

「これの評判しらんのかいな」

「なんやの」

「絵本太閤記。えらい評判なんやで。売れに売れて読みとうても易う手に入らへんのや。わしは、卯作に頼んで手にいれてもろたんや」

卯作は、八文字屋《はちもんじや》で働いていたことがあるから板元界隈に伝手《つて》がある。それでも手にいれるのに難儀したといっていた。

「絵えばっかりやな」

「そらそや。絵本太閤記やからな、絵本、て書いてあるやろ。絵がようけあるさかい、わかりやすうて、読みやすうて、おもろうて、皆が皆、夢中になってしまうんや。つづきを待ち焦がれてんのや」

絵だけではない。文章もなかなかのものだった。岡田玉山《おかだぎよくざん》の華々しい絵に気を取られがちだが、よく書かれた文章の手柄もじつは大きい。

そんなことをつらつら話していると、おきみが本の表紙の作者の名を指し、

「この人、しってるで。武内確斎《たけうちかくさい》はん。松へのお仲間や」

といった。

「松へ、て、耳鳥斎《にちようさい》先生か」

「そや。松へ、顔が広いしな、誰とでもすぐに仲良うなるしな。いつやったか、会わせてもろた。まだお若い人やったで。どやろな、三十にもなってへんのとちゃう」

へえええ、柳は思わず声をあげる。そんな若い作者だとは思わなかった。太閤記好きの、しかもただ好きというだけではなく、太閤記ものにはちょっとうるさい柳でさえ満足させる、よくこなれた太閤記なのである。

「この人、そないに若いんか。ふーん。世の中にはたいしたお人がようけいてるもんやなあ」

思わずそういうと、おきみが笑った。

「なに感心してんの。人のこと、感心してんと、あんたこそ、感心されるよう、気張らなあかんやないの」

「え、わし？　わしはとてもとても」

「とてもとても、て立作者が謙遜しててどないすんの。あんた、いくつになったん。じき四十やろ」

「や、まだそこまでいってへんわい。まだ三年かそこらあるわい」

「そんでもええ年やないの。そろそろこれや、いうもん書いて皆を感心させたらなあかんやないの。というて、あんたときたら、今日も今日とて寝転がってるだけや、筆、かさかさや」

文机に転がる筆をとって、しげしげと眺める。

今朝からひとつも書いていないので柳は、ばつが悪い。見て見ぬふりを決め込んだ。

おきみはなお、硯をのぞきこむ。

墨もすっていないから硯も乾ききっている。つと指で表面をさわり、からからや、といった。

「人の感心しとらんと、あんたもやらな、あかんやないの。江戸へいかはった余七《よしち》はんかて、皆に感心されてるで」

「なっ、余七！」

「松へ、感心してたで」

「ふんっ、あんなやつと比べんといてくれ。わしの悪口、さんざんいいふらかして、わしの書いた浄瑠璃、けなしまくって。わしだけやないで。あっちゃでもこっちゃでも不義理しまくって、大坂におられんようなって、江戸へ逃げてったくせに、なーにが黄表紙《きびょうし》や。なーにが化物《ばけもの》年中《ねんじゆう》行状記《ぎようじようき》や。あんなん、たまたまや」

「ほんでも、次々、黄表紙出したはるやないの。化物見越松《かいだんみこしのまつ》やろ、今昔《いまはむかし》狐《きつね》夜噺《のよばなし》やろ、絵《え》もみんな余七はんが描いてはんのやろ。松へ、いうてたで。そのうち、あいつ、もっとすごいもん、拵えよるで、て」

「ないない、それはない。耳鳥斎先生は甘いんや。騙されとんのや。どうせあいつのこっちゃ、江戸でもじき、なんぞやらかすで。いや、もうやらかしとんのとちゃうか」

「やらかしてたら本なんぞ、出せるかいな。評判、ようて、えらい売れてるらしいで。十返舎《じっぺんしゃ》一九《いっく》」

「十遍斎《じっぺんさい》やろ」

「今は十返舎や」

「なんでもええわ」

柳にしてみたら、余七は目の上の瘤《こぶ》だった。豊竹座に出入りするようになった頃から、ずっと兄貴づらして威張りくさり、顎で使われた。それでも、どこかしら大物風情のある余七なので、おとなしく従ってはいたものの、柳が浄瑠璃を書くようになってから様子が一変した。あからさまに不機嫌になり、柳を追い詰めるようになったのだ。作者仲間らにあることないこと吹き込んで、柳を孤立させ、誰からも協力してもらえないようにした。だから、柳は、一人でこつこつ書きつづけるしかなかったのだった。その後、卯作やら意八やらを育て、少しずつ、やりやすいようにしていったのだったが、あるとき、余七が柳よりも三つも年下だったと知って驚き、憤慨した。浄瑠璃作者としてはたしかに余七は先輩であったし、武家の出ではあるけれども、年功序列というものだってあるではないか。多少の遠慮くらいしてくれてもよかったではないか。だが、余七にそんなものはないのである。望んだところで無駄なのである。余七はやりたいようにしかやらない。世間の風に決して呑まれない。それこそが余七の才なのか、才があるから呑まれないのか、どちらかわからないが、どちらにせよ、柳とはまるで相容れない男なのだった。

そんな余七が江戸でいっぱしの戯作者に成り上がったというのだから、じつに胸糞《むなくそ》悪い。

あいつにだけは負けたくない、と柳は思う。

あいつにどれだけの才があるかしらないが、一寸の虫にも五分の魂。

餝屋にだって浄瑠璃作者として五分の魂はある。五分どころではないれっきとした魂がある。

持って生まれた力がどれほど隔たっていようとも、一矢報いて、あいつを悔しがらせたい。

そう！　余七は江戸で戯作者になれたかもしれないが、大坂では操《あやつり》浄瑠璃の立作者になれなかったのである。それが事実。それこそが事実。

弟分扱いしていた柳が、天下に轟《とどろ》く傑作を書いたと耳にしたら、あいつは地団駄踏んで悔しがるにちがいない。

やってやる。

「あいつには負けられへん」

柳がいうと、おきみが驚いた。

「どないしたん」

「わしはあいつが嫌いなんや」

「あいつ」

「余七や、余七。あいつは鼻持ちならん男や」

「へえ」

「へえ、て」

「珍しいなあ、あんたがそこまでいうんは。さては余七はん、猿やな」

「さる」

「お猿さんや」

「お猿さん。なんであいつが猿や。あいつは、そないかわいらしいもんやないで。あいつはな、天狗や、天狗。鼻を高《たこ》うして、どこまでも増長していく、ろくでもない天狗や」

「いや、猿や。だって、あんたは、犬やろ」

「あ」

「な」

おきみがくすりと笑う。

柳は犬みたいやなあ、と長年、おきみにいわれつづけてきた。

「ふうん、犬と猿。そんでわしら、仲悪うなったんか」

「猿いうのんも芸達者やしな。犬も芸達者やしな。そら、仲悪なるで。んー、ほんなら、柳、ここは一つ、お江戸のお猿さんをびっくりさせたらなあかんな。箱根の山を越えて、柳の浄瑠璃の評判を余七はんの耳まで届かせたるんや。犬と猿との合戦や。芸合戦や」

おきみが楽しそうに、ふむふむ、そしたら、どないな演目にしたらええかな、とさっそく、そこいらに積まれた本から、一冊を手にとった。雑巾はすでにその手にない。おそらく雑巾を持ってきたことすら忘れてしまっているのだろう。口元がうっすら開いて、ぶつぶついいながら、次々、本に手を伸ばしていく。

おきみの頭の中が浄瑠璃のことでいっぱいになっていくのが透けてみえるようだった。最前まで柳がよんでいた絵本太閤記もいつのまにやらおきみの手に渡っている。

なあ、柳はなにやりたいんや、とおきみが本をめくりながらきく。そうやなあ、やはり時代もんやなあ、と柳がぼんやりこたえる。時代もんか、まあ、そやな、これぞ、いうときには世話もんより時代もんや、とおきみがいう。春の演《だ》し物《もん》でええんか、ときかれ、いや、春はもう、菅原伝授手習鑑《すがわらでんじゅてならいかがみ》をやることになってんのや、とこたえる。それがこれや、と文机の横に束ねた紙をさす。ふんふん、とおきみがそれを手にする。短《みじ》こうしてやるんやな、といわれ、麓太夫《ふもとたゆう》はんからの注文やさかいな、と返す。今わしがやりかけてんのは来年の夏の演目や、元祖若《わか》太夫《たゆう》師匠の追善、いうことにして、道頓堀《どうとんぼり》で派手にやる、新作やる、いう触れ込みで銀主《ぎんしゅ》の銭、ようけ集めてきてるらしいのや。ほおおお、ようけ集めてきてんのや、ほんで、その演し物、任せてもろたんや、それはそれは、とおきみが相好を崩す。ええやないの、ええやないの、そんなら柳の好きに、やれるやないの。合戦の舞台にはもってこいやな、夏ならまだじゅうぶん間もあるし、ここはじっくり構えていかんとあかんな。勝負やな、勝負勝負、お猿さんとの勝負や、おきみはうきうきと言葉を弾ませる。そのいいっぷりがひどく子供じみてきこえる。

おかしな女《おなご》やなあ、ともう何十遍、何百遍思ったことを柳はまた思うのだった。まるのやの商いをほったらかして、だいたい階下の板場には旦那はんもいてる、いうのに、こんなとこで油を売って、どんだけ浄瑠璃が好きなんや。

柳とて、浄瑠璃は好きだし、操浄瑠璃や歌舞伎芝居に魅せられたからこそ、芝居小屋界隈に出入りするようになったのはまちがいないのだけれども、おきみほど好きかといわれると、そこは首肯しきれないところではあった。

なあ、おきみはん、あんた、なんでそない、浄瑠璃が好きなんや、といつぞや、きいてみたことがある。

おきみは、目を丸くして、なんで、て、楽しいからに決まってるやないの、となんの迷いもなくこたえた。こない楽しいもん、他にあるかいな。

それをきいて柳は、わしはここまで思いきれへんな、と思ったものだ。

わしはそこまで浄瑠璃に入れ込めへん。

楽しいことは世の中に、他にいくらでもある気がするのである。

しかし、おきみをみているとたしかになにより楽しそうなのだった。

憂い顔がつづいているときでも、働きすぎてくたびれはてているときでも、浄瑠璃の手伝いを頼めばすぐに引き受けてくれたし、しかもやりだせばすぐさま晴れ晴れとした顔に変わっていった。文字と戯れているだけでおきみの身のうちから力が湧きでてくるかのようだった。

物心つくかつかない頃から近松半二《ちかまつはんじ》の父、穂《ほ》積《づみ》以《い》貫《かん》に連れられ芝居小屋に出入りし、以貫亡き後は、あの大作者、近松半二に連れられて芝居小屋に通いつづけたというおきみにとって、浄瑠璃は分かちがたいほど己としっかり結びついた、喜びの源泉なのだろう。

わしとはちがうな、とそのとき柳はつくづく思ったものだ。わしがどんだけ浄瑠璃を拵えようと、やはりわしは、餝屋や、餝屋にすぎひんのや、と、おきみにその正体を突きつけられた気がしたのだった。

「うらやましいな」

柳がつぶやくと、おきみが、みていた本からつと顔を上げて、なに、といった。うっすら頬が上気している。

「おきみはん、楽しそうやな」

「また、あんたは、えらいのんきやな。他人事みたいにいうてるけど、これ、あんたの浄瑠璃やで。あんたの浄瑠璃、手伝うてんのやで」

「ほんでも、えらい楽しそうやないか」

「そらまあ、どないな演目にしよかー、て頭に思い浮かべてるときがいちばん楽しいさかいな。な、頭んなかにまだみたこともない、傑作がでけてくる気、せえへんか。なんでもでけそうな気、するやろ」

「するかな」

おきみの声が弾めば弾むほど、柳の声は沈む。

とどのつまり、柳はおきみの道具にされているのではないかという気すらしてくるのだった。おきみの頭のなかに湧いた操浄瑠璃の世界を紙に落とし、舞台にのせるための道具として柳は使われているのではないだろうか。

「んもう、たよんないなあ」

おきみがため息まじりにいう。

「あんた、余七はんには負けられへんのやろ」

「ん」

「さっきまで威勢よかったやないの」

「ん」

「犬の意地は、どこいったん。しっかりし。人任せにしてたらあかんのやで。あんたが決めんと」

「そやな」

いわれて、柳もそこらの丸本《まるほん》に手を伸ばす。

ぱらぱらと眺めては次、ぱらぱらと眺めては次。

どれもこれも、決め手に欠ける気がしてならない。

どれをやったとしても余七とは勝負にならないのではないか、と思えるのだった。なんせ曲がりなりにも豊竹座で操浄瑠璃にかかわっていた余七である。若竹笛躬《わかたけふえみ》らと木下蔭狭間合戦《このしたかげはざまがっせん》なんてものを拵えたことさえある余七である。手の内はしられている。そんな男が心底感心するような演目なんぞ俄《にわ》かにみつけられない。

いっそおきみに決めてもらった方がいいように思え、提案すると、おきみが呆れた。

「あんた、怖気づいたんか」

おきみがいう。

「猿に負けそうや、思うて、犬め、尻尾を巻いて逃げる気やな」

「いや、そんなんやない。おきみはんの方が操浄瑠璃のこと、ようしってるし、わしの力量かてようわかってるやろ。道すじ決めてもろたらやりやすい、思うたんや」

もごもごいってみるが、おきみが納得するようにはみえない。ため息だけがきこえる。

そのため息が柳を追い詰める。

浄瑠璃地獄、という言葉が浮かんだ。

いつぞや耳鳥斎に描いてもらった浄瑠璃地獄と名付けられた絵のことを柳は思いだす。あの絵はいまもときどき広げて眺めている。

あれも浄瑠璃地獄やったが。

これもまた、浄瑠璃地獄やな。

いやでも己の無能に向き合わされる。

浄瑠璃を書いているかぎり、こうして次々、地獄があらわれる。

なんでこないいややこしい道を進まなあかんよう、なったんやろ、と柳は思う。あのとき浄瑠璃を書きたいとうっかり口走ってしまったばっかりに、いつまで経ってもここから抜け出せない。こんなところにいるから、余七なんぞが気になって、挙句、一泡吹かせたいと思ってしまう。さして力もないくせに、傑作を書きたいだの、あいつに勝ちたいだの、ついつい邪念が湧き起こる。やるとなったら大入りにしたいし、評判も気になる。銭も欲しい。ずるずるとぬかるみにはまるように欲にまみれる。

雕刻左小刀を書いたころは、無我夢中なだけやったけどな。というか、浄瑠璃のなんたるかもようわかってへんかったしな。ただ書き終えるだけで精一杯やった。耳鳥斎の描いた絵のごとく、あのころの柳は、ともかく必死に言葉と格闘していたのだった。

来る日も来る日も、まさにああして書いていた。

とはいえ今よりずっと素直に机に向かっていた気はする、と柳は思い出す。

汗水垂らして書いていくのが心地よかった、とおぼえている。

わあわあと追いかけられるように書きつづけていた。

寝ても浄瑠璃、覚めても浄瑠璃。ろくに食べられず、ろくに寝られもせず、目方も減ったし、最後には指やら腕やら痛みだして、筆を持つのもやっとだった。

あれも浄瑠璃地獄なら、あんな地獄のほうがよい。

「太閤記、やりたいな」

柳がつぶやいた。

「そんなら、わし、太閤記がやりたい。わし、ちっさいころから太閤記好きやろ。このさい、太閤記を真正面からやってみたい。どやろ」

「あんた、ほんまに太閤さん、好きやな」

「大坂のもんは皆、好きやろ」

「そうかもしれへんけど、あんたはまた格別やな。そいや、余七はんも前にやってはったな」

「ああ、木下藤狭間合戦な。しかし、あんなんは、太閤記とはいえへんで。あんなんなら、わしかて、やったことはある。そやけど、みんな、やり損じや。次は、ほんまもんの太閤記をやる。な、どやろ。太閤記、手垢がつきすぎてるやろか」

おきみはなにもいわず、じっと考え込んでいる。

ときどきなにかいおうとするのか、口元がふわふわと動くが言葉は出てこない。

柳は畳に置かれた絵本太閤記を手に取った。

じっとその表紙を眺めた。

近頃、歌舞伎では、読本《よみほん》を基にした演目がちょいちょいかかるようになっている。しかもそれが人気を集めているという。ひょっとしてこれ、やれるんやないかな、と柳のなかでむくむくとそんな思いが芽生えてきた。

「そいや、父《とと》さんも、三日《みっか》太平記《たいへいき》いうの書いてはったな。あれも太閤さんの話やで。いうか、光秀の三日天下の話や」

おきみがいった。

「父さん、あれ、わりかし気に入ってはったんとちゃうやろか。うまいこといったとこもあるけど、うまいこといかへんかったとこもあって惜しい、悔しい、て、いつまでもいうてはったし。な、あれ使わへん。あれなら、しどころがいろいろありそうやで」

「それもええけどな」

柳がいう。

「これやらへんか」

絵本太閤記をさしだす。

「え。こんなん丸本やないで。浄瑠璃の詞章とちがう」

「ほんでも、歌舞伎芝居では、今、こういうのんで演し物、拵えてはんのやで」

「歌舞伎芝居で」

「そや。近松徳三《とくぞう》がやりだしてる」

「え、だれ。近松徳三。とくぞう？　徳蔵はん？　え、徳蔵はん、こんなんやってはんの。へー。そやったん。あー、そういや、むかーし、上田《うえだ》秋成《あきなり》やりたい、いうてはったな。徳蔵はん、雨月物語《うげつものがたり》、やりかけてたんやで。はじめの方だけ、ちょこっと読ませてもろたこと、あったわ。そやけど……そうか。徳蔵はん、歌舞伎芝居で、やってはんのや」

知り合いなんや、ときくのも野暮なほど、おきみはうれしそうなのだった。近松徳三は近松半二の門人だったそうだから、おきみもよくしっているのだろう。

「徳蔵はん、あんとき、浄瑠璃の詞章を、読本の文章みたいにしようとしてはったんや。まだ試し書きやったし、うまいことといってへんかったけども、なんとのう、おぼえてる。なるほど、そやな、掛詞《かけことば》なんぞのうても、歌舞伎芝居ならやれそうやもんな。ほんでも操浄瑠璃でもやれるもんやろか。太夫はんらが語る詞章にせなあかんのやで。節もつけなあかんしな」

「やってみたないか」

おきみが、そやなあ、という。

少し首を傾《かし》げ、むつかしないか、という。

柳はぐっと顎を引き、そやからこそや、と返す。

おきみにいわれて気がついた。むつかしいからこそ、やりたいんや。むつかしいからこそ、余七を感心させられるのや。

「わしはやる」

いうと、おきみが、うん、とうなずいた。

「ほんなら、やり」

「おきみはんもやるやろ」

おきみがじっと柳をみる。

「そやな。やろか。なんや、おもしろそやし」

「絵本太閤記だけやのうて、そっちを軸にして、半二はんの三日太平記も入れこもうやないか。その方が厚みがでるし、仕掛けやすい。そやけど、わし、三日太平記はよう知らんのや。おきみはん、丸本、持ってへんか。まずはいっぺん読んでみたい。くわしゅう決めていくんはそれからや」

「そやな。まずはきちんと読みたいな。そやけど、うっとこに丸本はないで。さて、どこにあるやろ。専助はんがいろいろ持ってはったけど、火事でみんな焼けてしもたしな。今はもうほとんど舞台にかからん演目や。豊竹座のどなたはんかが、持ってはるとええけども、どやろ、貸本さがすしかないかもしれへんな」

「耳鳥斎先生はどや」

「松へか。松へも、あれでいちおう太夫やさかい、いろいろもってるとは思うけども、どやろな。ひと昔もふた昔も前の演目やしな」

「まあ、ええわ。それはわしがさがす。おきみはん、この演目で、わしら、天下取ったろやないか。太閤記で天下取りや」

「天下て。あんた、またえらいこと威勢がようなったな」

おきみが呆れたように笑う。

「ほんでもわしら、生まれも育ちも大坂やないか。大坂者《もん》ならではの太閤さんで、江戸者になった余七をびっくりさしたるのや。もともとあいつは東の生まれやしな。大坂の意地をみせつけたる」

握りこぶしを作っていうと、おきみがついと墨を差し出した。

「そうはいうてもあんた、筆がかさかさではどないもこないもならへんで」

いわれて柳はうなずいた。

三

三日太平記の丸本か、わしはもってへんなあ、と耳鳥斎がいい、どこにもないんか、ときかれて柳は、ない、とこたえた。豊竹座の面々にもきいたが誰ももっていなかったし、周辺の心当たりのある誰彼に片っ端からきいてもなかったのだった。貸本もさがしたが、みつからなかった。あるときにはあるもんなんやけども、ないときにはないもんなんや、と稽古屋の、丸本をためこんでいると評判の太夫にいわれた。義太夫節にも流行《はや》り廃《すた》りがあるさかいな、古いもんはとくに、いざというときになかなかみつからへんもんなんや。わしも残念や。あったら高う売りつけてやったのに。

かかかか、と冷たく笑われ、柳は消沈した。

せっかくやる気満々でいたのに、幸先悪いこと、このうえない。

なんべん松屋へたずねていっても留守だった耳鳥斎がようやくつかまり、頼みの綱ときいてみたのに、またしてもないといわれ、柳はいよいよ、肩を落とした。

「なんや、どないした。三日太平記がないとそないに困るんか」

「困る。一世一代の浄瑠璃が書けへん」

「また大袈裟やなあ」

それでも哀れに思ったのか耳鳥斎が、まいっぺん、思い起こしてみよか、といってくれた。どこぞでみたことがあったように思うんや。どこやったかな、どこやったかな、三日太平記、三日太平記。

固唾《かたず》を呑んで柳は耳鳥斎をみまもる。

耳鳥斎は、うー、とうなりながら、目の玉を上に向けて頭のなかをさぐっている。すると、はっと、目の玉が正面を向いた。

「思い出した。もってるやつ、いてるで。徳蔵がもってる。近松徳三や。しってるか。あいつは、坂町《さかまち》の大枡屋《おおますや》の主人でな、もともとあっこのぼんぼんや。そやさかい、銭があるやろ、おまけに、若い時分からの浄瑠璃狂いや。昔っから、丸本、ようけ家に置いてたわ。三日太平記も持ってたと思うで。なにしろ近松半二の門人や。三日太平記がない、いうことはないやろ。金にも困ってへんし、大店《おおだな》やし、置き場はいっくらでもある。手放してへんのとちゃうか」

「近松、徳三」

またや。またこの名や。

「あいつ、今や歌舞伎芝居の大作者やけど、わしとは、ずっと昔っからの仲間なんや。わしからきいた、いうたら、すんなり貸してくれるはずやで。なんなら一筆、書こか」

たのんます、と柳がいうと、耳鳥斎がすぐさま書いて渡してくれた。

「ほんなら、わし、ひとっぱしり、いってきますわ。じき顔見世やし、道頓堀のどこかにはいてはりますやろ」

「え、すぐにいくんか」

そわそわしながらわけを話す。

「おきみはん、首を長うして待ってはります。早いとこ、みつけてもっていきたいんですわ」

「え、おきみ。あのこがかかわってんのかいな」

「そら、そうですわ。わしら、夏に、太閤記やるつもりで、そやさかい三日太平記がいるんですわ」

「あ、なるほど。それでおきみちゃんか。はー、そいで徳蔵。んー、ほんでお前、と。うー、そら、また、うーん。しもたなー。おい、柳、わしもいく。ちと待っててくれるか」

「え。いく、て、どこへ」

「徳蔵んとこ、いくんやろ」

「へえ」

「ほんなら、わしも、いっしょにいく。いかんといかんのや」

「なんでです。耳鳥斎先生にご足労かけてもらわんかて、子供のつかいやなし、わしひとりでなんとでもなりまっせ」

「いや、いかん。ともかく、わしもいく」

というわけで、耳鳥斎と連れ立っていくこととなった。

近松徳三が立作者をつとめる角の芝居の顔見世の幕が明日、開く、ということで芝居小屋までたずねていき、ざわざわした楽屋口でまっていると、呼ばれてでてきた徳蔵が、もうやることとやったし、わしらがいてても邪魔なだけやし、そこらでいっしょに飯でも食おか、という。いや、手間はとらせん、ここでちゃっちゃと話したらそんでええのや、と耳鳥斎はいうが、その間にも裏方が出たり入ったり忙しくしているのがみてとれて、致し方なく、三人で向かいの芝居茶屋にしけこんだ。

徳蔵は顔がきくらしく、初日を明日に控えてあわただしい店の奥の、落ち着ける一間にすぐに通される。

初対面といっても、互いにまるで知らないわけでなし、おまけに間をつなぐ耳鳥斎もいっしょなので、柳もなんとはなし、打ち解けて、それに次々出てきた酒や肴《さかな》の助けもあって、早々に三日太平記のことを切り出してみた。あっけなく、ああ、たしか、もってたで、と徳蔵がこたえた。んー、さがしてみんことにははっきりしたことはいえへんけども、どこかにしまってあるはずやで、たぶん貸せるやろ、という。それをきくが早いか、耳鳥斎が、おー、そら、よかったな、柳、これで一件落着や、と、せわしなく立ち上がりかけた。さ、そんなら、いこか。え、なんで、と柳が耳鳥斎の顔をみる。耳鳥斎は顔をしかめ、丸本がみつかったら、そんでええやないか、松屋に届けてもろたらすぐにわしがおまえんとこへもってったる、そんでよし。さ、いくで、と柳の袖をひく。

まあまあまあ、と徳蔵が止めた。せっかくここまできたんやないか、ゆっくりしてき、さあ、いっぱい、と酒をすすめる。だが、耳鳥斎は頑として、いやいや、わしは忙しいんや、と断る。すると徳蔵も、そないいうたら、わしかて忙しいのやで、明日は顔見世の初日や、といいかえす。耳鳥斎は、いや、ほんでもわしは、店に戻らなあかんし、やることがようけあるのや、とまだぐずぐずいっている。

柳は二人のやりとりを耳にしながら、とりあえず、うまそうなものを次から次へ、口へ運んでいった。すぐに帰ることになって食べそこねたら悔いが残る。

耳鳥斎が根負けして、しぶしぶすわり直した。つがれた酒を飲み干して、すぐに手酌でついでまた空ける。それを二、三度くりかえし、ふいに口を開いた。

「まあ、ほんなら、先にいうとくけどもな」

徳蔵が耳鳥斎をみる。

柳も箸を止めて耳鳥斎をみる。

「この柳はな、豊竹座の浄瑠璃を、まるのやで拵えてんのや。な」

といわれて、柳がうなずく。

「まるのや?」

徳蔵が怪訝《けげん》な顔をする。

「そや。おきみちゃんとこや。つまり、おきみちゃんがこいつの浄瑠璃、みてやってんのや。

手伝うてる、とまでいうてええんかどうかしらんけども、三日太平記も、ま、つまりはそういうこっちゃ。あんたに貸してもろたら、おきみちゃんとこいつで、あらたな演目に使うんや。な、柳」

柳の顔が青くなる。

なぜそんなことを唐突に耳鳥斎がしゃべりだしたのかまるでわからない。

おきみとの約束。それはいってはならないと頼んであったはずなのに、いったい何故。

耳鳥斎がちらりと柳をみて、いう。

「ええのや。柳、心配すな。徳蔵はな、わしらの仲間や。わしだけやない。おきみちゃんもや。わしらは古い古い仲間なんや。せやから裏切らへん。な、徳蔵、このことは誰にもいうたらあかんで。誰にもいうたらあかん、て、おきみちゃんがいうてんのやさかい、きっと守らなあかんで。ええな」

徳蔵が、なんやそれ、という。

「すまんな、徳蔵。いつぞや、おきみちゃんの話になったときに、このこと、いうといたったらよかったんやけど、なんや、いいそびれてしもてな」

徳蔵が合点がゆかぬ、とでもいうように厳しい目つきで口を真一文字に結んだ。

「そやけども、三日太平記やしなあ。丸本がないならないで、そんでしまいやったけども、あったようやしなあ。いつまでも黙ってるわけにもいかへんやろ。そんなら、先にわしの口からいうといたったほうがええ。な、柳、そのほうがええやろ」

といわれても、柳はなにをいえばいいのかわからないので黙っている。

「あ、そやけども、この柳とおきみちゃんはそないな仲ではあらへんのやで。そこははっきりしとかんとな、な、柳、そやな」

箸を置いて姿勢を正し、柳はうなずく。

「おきみちゃんは、まるのやの信六はんと、あんじょう、暮らしてる。な、柳」

柳はうなずく。

「こいつとは、そやなあ、いうてみたら作者仲間や。おきみちゃんがこいつの浄瑠璃を支えてやってんのや、な、そやな」

柳がうなずく。

「あー、すっきりしたな、柳」

とくにすっきりしたおぼえはないが、というか、むしろもやもやとすっきりしていないこと、このうえないが、柳としてはうなずくしかない。

ひょっとして、おきみはんと、この徳蔵はんとの間に昔なんぞあったんかな、と思うが、きくこともできない。

徳蔵がぎろりと睨むように柳をみた。

すんまへん、と思わず、柳は謝ってしまう。

誰もなんにもいわない。

しばらく、気詰まりな時が流れた。

「そうか。おきみちゃんがな」

徳蔵がいった。

「いつからや」

きかれて耳鳥斎が、指でこめかみをつつく。

「ええと、あれはいつやったかな。こいつが書いた雕刻左小刀《ちょうこくひだりこがたな》、いうのがあったやろ。おぼえてるか。菅専助はんが添削したやつや。あれからや。あれもな、おきみちゃんが、こいつの尻たたいて、書かせたんやで」

「雕刻左小刀……。あー、あったな。いろいろと噂になってたやつやろ。みにいかへんかったけど、そうか。そやったんか。わしはいつごろからか、操浄瑠璃、とんとみにいかへんようになってしもてな。しかし、そないなことになってたんのやったら、なんとしてもみにいったったのに、なんでひとこと、いうてくれなんだんや」

「あ、そうか。そやな。そら、みたかったわな。そこに思い至らなんだ。すまんかった」

徳蔵が酒を飲む。

「まあ、ええけどな。しかし、おきみちゃんがなあ。まさか、そないなことになってたとはなあ。ほんでなんや、三日太平記、やるんか」

柳のほうを向いたので、こたえる。

「へえ。いや、三日太平記、いうか、巷で人気の絵本太閤記、いうのがありますやろ。あれを操浄瑠璃にしたろ、て思うてますのや」

「え。確斎のか」

耳鳥斎が口を挟んだ。

「そうです。あれ、やってみよか、て」

「ほー。また、ええとこに目ぇ付けたもんやないか。あれなら、お見物、ようけ詰めかけるで。なあ、徳蔵。さすがおきみちゃんやな」

「いや、それはわしが思いつきました」

「おきみちゃんやないのか」

「おきみはんは、太閤記やるんなら、半二はんの浄瑠璃に三日太平記いうのがある、て教えてくれはったんです」

徳蔵がうなずく。

「そんで、さがしてたんか。徳蔵、そんならなんとしても渡したらなあかんで」

「そやな。おきみちゃんのためや」

よろしゅうおたのもうします、と柳は頭を下げる。

「そやけど、柳はん、絵本太閤記は、三日太平記とちごて、読本や。そんなん練りあわせて、うまいことといくんかいな。おきみちゃんはどないいうてる」

「やる、いうてはります」

ふうん、といいながら、徳蔵が腕を組む。歌舞伎芝居で立作者をつづけていると、そんな姿も様になるものだな、と柳は思う。上にたって、役者らをいうこときかすには、それなりの威厳がいるのだろう。

「あ、そいや、徳蔵はんも、読本で演し物、拵えてはりましたな」

柳がきく。

「ああ、まあ、ぼちぼちな。そんでも、わしらのは、歌舞伎芝居や。役者に台詞をいわせたら、なんとでもなる。そやけど、あんたらは操浄瑠璃やで。すべてを太夫はんの語る詞章にせなあかんのやで。やってみたらわかると思うけど、むつかしいで」

「ほんでも、やりますわ」

徳蔵がにやりと笑う。

「強気やな」

「へえ」

「そら、そやわな。あんたには、おきみちゃんがついてんのやもんな」

皮肉かな、と柳は徳蔵をみるが、そんな顔つきにもみえない。それどころかふわりと柔らかい笑みをたたえている。目尻の皺が、徳蔵の人のよさをあらわしているようだった。柳も笑い返した。

それからは、三人で酒と肴を楽しんだ。

三日太平記はほどなくして、松屋に届けられ、すぐに柳のもとにやってきた。たいせつにされていたのであろう、虫食いもなければ、破損もない、きれいな丸本だった。本を渡してくれるとき、耳鳥斎が、徳蔵がな、必ずみにいかしてもらう、いうてたで、と耳打ちした。しくじれへんで、と付け加えるのを忘れなかった。

四

三日太平記が近松徳三からの借り物だと知ると、おきみは怪訝な顔をした。なんでわざわざ徳蔵はんから、ときかれ事情を説明する。そんならうちがあんたを手伝うてること、徳蔵はんに知られてしもたんか、といわれ、柳は思いっきり耳鳥斎の仕業だと訴えた。それは事実であるし、潔白をわかってもらわねばならぬ、という一心からだったが、耳鳥斎先生が、耳鳥斎先生が、としつこく言い募っていたら、もうええ、とおきみにとめられた。あんたはほんまに犬みたいやな。忠犬や。と笑う。

おきみは徳蔵に知られたことをそれほど気にしているふうではなく、むしろおもしろがっているようにもみえた。あるいは、徳蔵ならいい、と言外にいっているのかもしれなかった。

この人らはいったいどういう間柄なんやろ、とまたしても柳は思うが、余計なことはいわず、忠犬は忠犬らしくおとなしくしている。

代わりに、徳蔵はん、みにきてくれはるそうです、とだけ伝えた。すると、そら、くるわな、とおきみが当然のように返す。そうして、それやったら、へたなもん、拵えられへんな、ようし、と勝手に気合を入れている。

どうやら、その気合はほんまもんの気合だったらしく、おきみが二階に上がってくる回数が俄然増えだした。しかも長いこと居座るようになり、ああでもない、こうでもない、と光秀のことやら太閤さんのことばかり話しつづける。

柳とてそれなりに気合を入れているつもりではあるけれども、そういつもいつも浄瑠璃のことばかり考えてもいられず、といって、うっかり生返事でもしようものなら途端に叱られた。あんたの浄瑠璃やで、まじめにやり。

それはまあ、そうなのだが、これはほんとうに柳の浄瑠璃なのだろうかと、訝《いぶか》しみたくもなるのだった。もはや、おきみの浄瑠璃なのではないか、という気がしないでもない。とはいうものの、座本と話をするのは柳だし、立作者として名が出るのも柳なのだから、やはり、これは柳の浄瑠璃ということになるのだろう。

豊竹座としては巷で大流行りの絵本太閤記をやるという思いつきに狂喜して、話し合いはすらすら進んだ。銀主らもたいそう乗り気らしく、資金も潤沢になっていく。進めば進むほどよいほうに話が転がるのだから、柳としてはじつにやりやすかった。そのぶん、ますますしくじれない、と覚悟を決めてかかるが、ふしぎと今回ばかりはしくじらない気がしてならない。これまでいくつも浄瑠璃を書いてきたが、なんといったらいいか、これほどまでに、しっくりとうまい具合に回っていくことはなかったように思うのだ。

いくつかの段を書いてもらうつもりの意八らもやる気満々だった。

しかしながら、今回ばかりは彼らにまるのやで書いてもらうのはやめにして、大坂でやってもらうことにした。おきみがここまでやる気になってしまったからには、双方を近づけない方が安心だし、おきみにとってもやりやすかろうと思ったのである。いささか不便ではあるものの、柳がいったりきたりすればなんとでもなる。

と、こういうところが、犬や、いわれる所以《ゆえん》なんやろな、と自嘲気味に柳は思う。飼い主のいいつけをきちんと守り、飼い主のためにとつい動いてしまう。

そんなわけで、おきみの夫、信六にも気をつかう柳なのだった。

すんまへんな、なんやもう、おきみはん、こないなことになってしもて、と謝ると、気にせんかてええ、好きにさしたってくれ、と信六がいう。まるのやの主人夫婦もおきみの熱中ぶりについてはうすうす察しているらしく、だが、なんともいってこないのだから、かまわないのだろう、という。あんたこそ、おきみにつきあわされてしんどいのとちがうか、と逆に問われ、いえいえ滅相もない、と柳は返した。そんならええけども、あんな、まるのやは、だれからも文句いわれへんように、わしが腕によりをかけてうまいもん拵えて繁盛させますよって、どうぞ気にせんと、ええ浄瑠璃を拵えてください、と信六がきっぱりいいきった。

その態度に感服しつつも、なにやらあまりにも出来過ぎのような気もして、柳はおきみにそれとなくきいてみた。なんで信六はん、あないに寛大なんですやろか、と。

おきみは少し迷ってから、内緒やけどな、と信六について教えてくれた。

信六は、十年前、京を丸焼けにした大火で、女房子供と死に別れているのだという。おきみもそれをきいたのは夫婦になるという話がでてからで、そんでもええか、とわざわざくわしく話してくれたらしい。亡くした子は二人。女房は幼なじみ。ひどく悲しみ、悲しみ抜いて、信六は長らく失意の底から這い上がれなかったのだそうだ。ずいぶん投げやりにもなり、働く気もなくしていたが、縁があって、まるのやにきて、板場をまかされ、それから少しずつ、立ち直っていったのだという。そうしてだんだんと、おきみと心を通わせるようになり、やがて夫婦へ、という流れになったらしいが、それでもまだ、信六のなかに女房や子らへの思いは残っているのだそうだ。そら、そうや、とおきみがいった。そんなんあたりまえや。そやからな、それ隠さんかてええんやで、て、いうてんのや。隠さなあかんて思うとよけい苦しなるやろ。そやから、なんでもいうてくれてええんやで、ていうてあんのや。おきみの声がやさしい。あの人な、今でも悔やんではんのや。苦労ばっかりさせた、楽さしてやれなんだ、て。わからんでもないけども、今さらどないもならへんことやしな。ほんま、かわいそや。なんかの折に、ふと思うんやて。もっといろんなことさしたりたかったな、て。もっとうまいもん、腹一杯食わしてやりたかったし、なんでもっと好きなことさしてやらへんかったんやろ、て。詮無いことやのにな。あの人、よう働くやろ。包丁握る手、休めへんやろ。いっつも板場に立って、なんやかんややってはる。なんで、ここまでやらはんのかな、て、あの人がここで働くよう、なってから、ずっとふしぎに思うてたんやけど、あれは亡《の》うならはった人らへの供養なんかもしれへんな。そやから、毎日、丹精して、誰かにうまいうまいいうて食べてもらえるもん、拵えてはんのや。

なるほどな、と柳は合点がいった。それで、おきみにも好きなことを、させてやりたりたいのか。

信六は、世捨て人、というのでもないのだが、どこかしらそれに似た、少しばかりかわった気配を纏《まと》っている、と柳もずっと思っていた。そこだけうんと寂しいような、どことなく近よりがたいような、信六の周りにはそんな膜がうっすらみえる気がしていたのだった。そのくせ、柳をよくもてなし、ことあるごとに、うまいもんを食わしてくれる。おきみや柳が信六をそっちのけで浄瑠璃のことをしゃべりたおしていても気にするふうでもなく、しゃべりついでにうまいうまいと食べていくのを、いつも少し離れたところから眺めている。なんともいえんふしぎな目ぇしてはる人やなあ、と気にはなっていたのだけれどもあの目に宿っていたのは慈しみやったんかもしれん、と柳は気づいた。生きている者らへの慈しみ。おきみはんや、それからわし。それからこの世、そう、この世のすべてを信六はんは、慈しんではんのやな。

そないなお人やったんですな、柳がいうと、おきみがこっくりとうなずいた。

ええ人や、うちにはもったいないお人や、といった。

なんとこたえていいのかわからなくて、ぼんやりおきみの顔をみていたら、おきみが、ふっと柳をみて、あんたんとこかてそやろ、ときいた。あんたんとこかて、おふえさんが、あんたの代わりに店、守《も》り立ててはんのやろ、という。柳がうなずく。そういわれればたしかにその通りだ。おふえが餝屋へ嫁にきてから幾歳月、いつしか家のもんが皆すっかりおふえに寄りかかっている。それどころか、おふえがいないと店も奥も回らなくなっている。餝屋がつぶれずにいるのも、家内円満なのも、しっかり者のおふえの働きがあってこそだ、と誰しもよくわかっていた。

おきみが、ありがたいこっちゃな、といった。

ん、そやな、ほんま、そや、ありがたいこっちゃ、と柳もいう。

な、そやからな、うちらは、ええもん拵えなあかんのやで。ええもんもろてんのやから、ええもん返さなあかん。な、そやろ。

おきみにいわれて、そやな、と柳がいう。

そんなことを思ったことはいちどもなかったが、たしかに柳にできることといったら、いい浄瑠璃を書くことくらいだ。いい加減なものでお茶を濁していては誰にも、なんにも返せない。そやな、わしはおふえから、ええもん、もろてんのやもんな。ええもん返さなあかんな、と柳は思った。いや、おふえだけではない、それをいうなら、親からも子からも、餝屋で働く者らからも、ええもん、もろてんのや。豊竹座の面々からかてそうやし、意八や卯作や、作者仲間からもや、などと思っているうちに、柳の頭に亡き菅専助の顔が浮かんできた。

あ、と柳は思う。

そやった。

わしはあの人にこそ、ようけ、ようけ、ええもん、もろたんやった。

恩を受けた、世話になったという、そんなありふれた言葉ではいいあらわせないほどの、かけがえのないものを、あのとき柳は専助から受け取ったのだった。

あー、それやのに、わしはなんのお返しもでけへんまま、あの人と別れてしもたんやった。

柳は天を仰ぐ。

けれども、そうか、今からでも返せるのか。

わしにはそれができるんか。

浄瑠璃という、手立てが、わしにはあんのやな。

そう思ったら、くすんでいた目の前がきゅうに晴れ晴れと澄みわたっていくように思われた。

くっきりとしたその景色に柳は驚く。

どないしたん、とおきみがきいた。

そやな、そや、ええもん拵えんとな、と柳がこたえた。

心の底からでてきた言葉だった。

五

武内確斎と岡田玉山による読本、絵本太〝閤〟記とは一文字ちがえた、豊竹座の絵本太〝功〟記は、初日から大入りとなった。

まだ刊行がつづいている読本の、そのつづきを操浄瑠璃で先取りするという趣向があたったのである。

といっても、狙い定めてそうしたわけではなく、山崎大合戦までやりきろうとするとそうせざるをえなかった、というだけの話なのだが、だとしても、読本と操浄瑠璃の演目を地続きにして客を呼び込むというのは、かつてない試みで、それが人々の興味をそそったのはまちがいなかった。

看板絵には岡田玉山を起用して、この演目が、あの読本の絵本太閤記と繋がっているとほのめかし、操浄瑠璃になじみのない読本の読者に向けて上演を告知する刷り物をひと月以上前からあちらこちらで配りまくった。

木戸銭を安くし、そのうえ、元祖豊竹若太夫追善を方便に、毎朝、明けの五つまでにやってきた百人からは木戸銭を取らないという大胆な方針も盛んに触れ回った。

えっ、木戸銭いらんのかいな、それやったら、いっぺん操浄瑠璃とやらをみてみよか、という者らをまずは取り込み、芝居小屋を賑やかにし、且つ、その者らの口から口へと評判を広げてもらう魂胆だった。

今や、操浄瑠璃をみたことのない者にこそみてもらわねば大入りになどならないし、そのためには読本人気にあやからねばならないと、豊竹座の皆はよくわかっていた。そのためにどうすべきかを、柳と、豊竹座の幹部連中とで知恵を絞ったのだった。

みてもろたらわかる。

とにかくいっぺんみてもらいたい。

柳はその一心だった。

幸いにも、座本の麓太夫は、この演目はあたる、と信じてくれていた。本能寺合戦から山崎大合戦までの十三日間を、一日を一段としてみせる、なんてこと、よう思いついたやないか。これはええ。これは当たる。きっと当たる。大当たりになる力がある。そやけども、きょうびは操浄瑠璃そのものに客が集まらんよう、なってるさかいな、まずはそこを突き崩さんとあかん。

というわけで、初日を迎える前から、刷り物やら看板やらに力を入れて、やたら物入りになってしまったし、木戸銭の企てもはたしてうまくいくのかどうか気がかりだったが、座本の麓太夫は豪気だった。

かまへん、かまへん。やれることはみんなやったったらええんや。損して得取れ、や。百人にただでみせたかて、その百人が次の百人を呼んできてくれたらなんともない。その百人がまた百人、呼んできてくれたらいうことなしや。ええか、こんなん、いっつもやれるこっちゃないのやで。ここぞというときにしかやれへんのやで。これは売り逃がしたらあかん。わしにはそれがわかるんや。

素人太夫から豊竹座の太夫になった麓太夫は、船場《せんば》の商人、鍋屋《なべや》宗左衛門《そうざえもん》でもあったので、いかに売るか、という考えが染み付いていた。そこは餝屋の柳と似ているところでもあった。

「ようけ入ってるなあ」

板壁の隙間から小屋の中をのぞきこんでおきみがいった。

その後ろから耳鳥斎が、

「なりふり構わぬやり方や、いうてあちこちで謗《そし》られてたけど、こない大入りになったんやったら、やったもん勝ちやな」

と笑う。

「なりふり構わぬ、て」

柳がむくれると、耳鳥斎が、褒めてんのやで、といった。

「尻すぼみの操浄瑠璃には、こんくらい思い切ったことせなあかんのや。やんのが遅いくらいや。そのおかげでみてみ。歌舞伎芝居よりようけ人が詰めかけてるやないか。江戸の余七にもしらせたらなあかんな。な、柳、しらせてほしいんやろ」

おきみからなにかしらきいているらしく耳鳥斎がそんなことをいう。

「へえ、まあ」

気のない返事をすると耳鳥斎が、なんや、張り合いないなあ、とぶつくさいった。柳としては、余七のことなぞ、とうにどうでもよくなっていたのだったが、いや、というより、余七のことなぞすっかり忘れていたのだったが、耳鳥斎は、このお見物の人らでぎっしりになった芝居小屋の絵を描いてあいつに送っといたる、と張り切って柳の肩をぽんぽん叩く。

「しかし、あれやな。おきみちゃん。これはまるで妹背《いもせ》山婦女庭訓《やまおんなていきん》の再来やな。思いだすなあ。な。あんときも、こんなんやったな。落ち目の操浄瑠璃にも、まだまだこんだけ人がくんのやな。な、おきみちゃん、あんたは、やはり半二はんの娘御や。親子二代で、操浄瑠璃を救ったんや。たいしたもんや」

おきみはなんにもいわない。かすかに笑ったようにもみえるが、そううれしそうでもない。

絵本太功記を書き終えたあとも、おきみは、たいしてうれしそうではなかった。まだまだの出来や、と思っているのがありありとみてとれた。まるのやで柳がおきみと書いた段と、意八らだけで書いた段でずいぶん差が出てしまったし、それがわかってからも直す直さないでじつは一悶着あったのだった。大坂と京に分かれて書いていなければ、直し直し進んでいけただろうが、すでに書き上がってしまったものを一から直すのはすこぶる難儀で、それにまた、太夫や三味線からは、一刻も早く渡してほしいと矢の催促がされていた。

柳は直すのを躊躇《ためら》い、悩んだ末に諦めたのだった。

下手に手をだしてまとめきれないまま渡すより、このまま渡して、太夫と三味線らにしっかり曲を練り上げてもらった方がよい。

それに柳には勝算があった。

十段目がある。この段がこの演目のすべてを決める。ここがうまくいけば、いくつか劣ったところがあったとしてもどうにか乗り切れるはずだ。

ほんならそんでええ、とおきみがいった。

これはあんたの浄瑠璃やしな。

あんたのやりたいようにやり。

その言葉は、この浄瑠璃を書き上げていくなかで、なんどもきいた言葉だった。

まるのやの二階でおきみとやりあい、ああでもないこうでもないと白熱した挙句、二進《にっち》も三《さっ》進《ち》もいかなくなると、ふいにおきみは、ほんならそんでええ、好きにし、と引いてくれた。これはあんたの浄瑠璃やしな。あんたのやりたいようにやり。そのたびに柳は胸をなでおろしたものだったが、おきみの寂しさをよくわかっていなかったのかもしれない、と柳は初日を迎えた今になって思う。柳はただただ夢中になって書いていたので、おきみの本心を確かめる余裕を失っていたが、おきみが立作者だったら、ああはいかなかっただろう。そしてもしそうであったなら、もっと満足のいく顔で初日を迎えていたのではないか。

裏で支えつづけてくれたおきみのやるせなさに気づくべきだったかもしれない、と柳はようようそこに思い至った。

「おきみはん」

「ん。なに」

「いや、なんでもない。いや、なんでもないことはない。こないして初日が迎えられたんもおきみはんのおかげや。ほんま、おおきに」

「なんやの。なにいいだすの。あほらし」

ぷいっ、とおきみが横を向いた。

ほんまに、おおきに、ともういっぺん、柳はつぶやいた。

まるのやの二階で、おきみは最後の最後まで熱心だった。

読本の言葉をそのまま使って浄瑠璃の詞章にしていくという、そのむつかしさに音を上げつつ、それでもどうにかやりきれたのは、おきみがいたからこそだった。おきみが書けば、読本の文章が浄瑠璃の詞章として息をし始める。わからんわからん、わしにはでけへん、と悶《もだ》える柳に、あんな、読本から取り出したところだけやのうて前後の詞章が大事なんや、川の流れみたいなもんや、とおきみはいった。見よう見まねで柳もそのやりかたを学んでいった。

おきみが書いたものを、そのまま採用したところも多々あったし、柳が書いたけれども、おきみに容赦なく直されたところも多々あった。

ともかく、痒い所に手が届く、的確なおきみの助言がなければ、書き終えることなどできなかっただろう。そもそも、三日太平記を芯にして、この演目の枠組みを拵える、というのもおきみがいいだしたことだったし、一日を一段にしたらどやろか、という思いつきもおきみと話しあっているうちに思いついたことなのだった。

作者に名こそ連ねていないものの、この浄瑠璃演目の作者の一人がおきみであることはまちがいない。

「おお、柳。みてみ、みてみ。またお見物が入ってきたで。おきみちゃん、ほれ、桟敷に隙間がのうなってくで」

騒ぎ立てる耳鳥斎に、

「浮かれるにはまだ早い」

おきみがぴしりという。

「木戸銭を払うてない人が百人もいてはんのやで。そのお人ら、木戸銭払うてへんぶん、気楽なもんや。おもろなかったらすぐに出てってしまうで」

そう。そこが柳も気が揉めるところなのだった。操浄瑠璃がそう好きでもない者ら、もしかしたら、初めて操浄瑠璃をみにきた者らさえこの芝居小屋の中には多くまじっている。その人らを満足させてはじめて、この演目は大当たりとなる。

だから幕があいたあとも、気が抜けなかった。

柳は小屋の外でうろうろしつづけた。

おきみと耳鳥斎も、床机《しょうぎ》に腰掛けたり、小屋の中をのぞきこんだり、菓子を食べたり茶を飲んだりして柳に付き合ってくれている。

昼過ぎになっても客は減らなかった。新たな客も次から次、入ってくる。

「おい、いけるで」

と耳鳥斎がいった。

「わしは長年、いろんなもん、ようけみてきた。そやさかい、わかるんや。あたるときはこうや。小屋のなかが熱い。な、そやろ」

柳もうなずく。

隙間風の吹き荒れる小屋、閑古鳥の鳴く小屋、そんなものを多くみてきただけに、そのちがいがよくわかる。客の目が熱い。ぐっと吸い寄せられるように舞台をみつづけている。

木戸番の声の張りもちがう。

ようやく安堵した。

じんわりとうれしさがこみあげてきた。

「よかったな、柳。ようやった、ようやった。おきみちゃんも、ようやった、ようやった。二人とも、みごとや」

やがて、十段目の切《きり》、麓太夫の朗々とした、小屋の内を力ずくでねじ伏せていくような圧巻の語りが小屋の外まで響き渡ってきた。ききながら、柳は泣いた。己の書いた浄瑠璃で、己が泣くのははじめてだった。小屋の中からもすすり泣きがきこえていた。

浄瑠璃作者になってよかった、と柳は思った。こんなうれしい心持ちになれる日がくるとは思わなかった。

「なんや、泣いてんのかいな」

耳鳥斎にいわれて涙を拭く。

「ああ、ええで、泣いたらええ。めでたい涙や。今のうちに泣きつくしとき。そんで、あとは、ぱあっと祝膳や。もう店にはたのんであるさかいな、楽しみにしとき。ほんでな、その席で、わしに、十段目、ちと語らしてくれへんか。あれ、ええなあ。あれを語りとうて、わし、さっきから、うずうずしてんのや」

六

幕が引かれ、初日の客がぞろぞろと出てきたなかに徳蔵がいた。

すかさず、耳鳥斎が声をかける。

日が落ちつつある薄闇に徳蔵は目を凝らし、耳鳥斎をみつけると近づいてきた。

しかし、その隣に立つおきみをみた途端、

「おおおお、おきみちゃんやないか。ひさしぶりやなあ」

と、大きな声を上げる。

「ほんまに」

おきみがこたえる。

まあ、ええわ、と耳鳥斎がいう。わしのことはええ、あんたら、久しぶりやもんな、とおどけた仕草をする。

徳蔵は耳鳥斎に気をとられることなく、

「おきみちゃん、ちっともかわらへんなあ」

と、感極まったような声をだす。

おきみが呆れたように、

「ようういうわ。かわらへんわけないやないの」

といいかえす。

「いや、かわらへんで」

徳蔵がいう。

耳鳥斎が、そやそや、かわらへん、かわらへん、おきみちゃんはかわらへん、と茶々を入れるが、どちらからも芳しい反応はない。

「徳蔵はん、貫禄がでてきはったなあ」

「そうか」

「ん。みちがえたわ」

「ま、歳が歳やしな」

「ほんま、りっぱにならはって」

柳と耳鳥斎はすっかり蚊帳《かや》の外に置いていかれているのだが、耳鳥斎はまったく不機嫌ではなく、むしろうれしそうに目を細めている。柳はそれをみて首を傾げている。

それぞれの顔を順繰りに眺めつつ、柳は行き交う人々の声にも耳を傾けていた。皆、口々に、みおえたばかりの絵本太功記のことを話しているので、気が気でない。

それはおきみもおなじだったらしく、

「な、徳蔵はん、そんで、どやった」

と、さっそく徳蔵にきいた。

「絵本太功記、みてくれはったんやろ」

「ん。よかった」

と徳蔵がこたえた。

「操浄瑠璃、ひさしぶりやったけども、おもろうて、あっという間やった。ようでけてたな。読本、うまいこと使うてて、感心した」

「ほんま。そら、よかった」

おきみがうれしそうな声をだす。

「おきみちゃん、読本からつかえるとこ、さがすの、うまいな。浄瑠璃の詞章らしゅうないとこでも耳にすんなりきこえてきたし、三味線にもうまいこと言葉が乗ってた。文章を変えすぎず、頃合いよう活かして、読本の味わいを残してた。さすがや」

「な、徳蔵はん。徳蔵はんが昔やろうとしてはったんは、つまり、こういうことやろ」

「や、おぼえてたんか。そうか、おきみちゃん、おぼえててくれたんか。そや。わしがあんときやろうとしてたんは、こういうことや。あんときはうまいこといかへんかったけども、わしも、そのうち歌舞伎芝居の演目でこんくらいのもん、やったるつもりでおったんや。まさかおきみちゃんに先越されるとは思わんかったけどな。しかも操浄瑠璃でや。おきみちゃん、たいしたもんや。なんでこないうまいことやれた」

「なんでやろな。どないしたら読本を浄瑠璃にできんのやろ、て、あんときいっぺん考えたやろ。そやから、やりやすかってん。なんやろな、頭のなかで、ずっと考えてたような気ぃすんのや」

「それが種や」

「種」

「半二はん、わしに、それを種や、いわはった。わしの頭にはその種が埋めてあんのや。おきみちゃんの頭にも埋めてあったんやな。いや、わしが埋めてしもたんか。あのへたくそな浄瑠璃、読ましてしもたさかい」

「あれ、種やったんか」

おきみがころころ笑う。

「まさか種とはな。そやけど、なんや、わかるわ」

「わかるやろ。わしはあれきり浄瑠璃から離れてしもて、浄瑠璃の花を咲かせられんかったが、おきみちゃんがこないな花を咲かしてしもたんやから、ほんまになにがどないなるかわからんもんやな」

徳蔵が笑うと、おきみがうなずいた。

「ほんまに」

「わしも負けてられへんな。おきみちゃんの浄瑠璃で、わしも、気ぃついたことがあったしな、次の演し物でまた読本使うてやってみよか、て思うてる」

「徳蔵はん、あのな、まちがえんといてな、これは、うちの浄瑠璃やのうて、近松やなぎの浄瑠璃やで。おかしなこと、いうたらあかんで」

ちらりと柳に目をやりながら、おきみがいう。

「あ、そやったな。そやけどわしには、おきみちゃんの手が入ってんのがなんとのう、わかってしまうさかいな」

「そうか？」

「そらそや。わしを誰や、思うてんのや。わしはおきみちゃんの門人やで。おきみちゃんはわしのお師匠はんや」

「ようい うわ」

いつまで経っても間に入ることができず、黙って二人のやりとりを眺めていたら、耳鳥斎に腕をひかれた。さき、いこか、と小声で耳鳥斎がいう。店の場所はおきみちゃんもようしってるしな、あとで徳蔵につれてきてもろたらよろし。な、わしらは先、いってよか。

え、そやけど、わしかて徳蔵はんからいろいろきかしてもらいたいんやけど、と小声でごねると、耳鳥斎に叩かれた。やかましい。あの二人、何十年ぶりに会《お》うたと思うてんのや、好きなだけ、しゃべらせたり。徳蔵のやつはな、あないして芝居みたあとで、しゃべる稽古までしてたんやで、昔々にな。

稽古、稽古てなんです、といいつつ、とっとと歩き出した耳鳥斎を追う。

稽古は稽古や。

耳鳥斎が、ええからはよこい、と早足になる。あの二人には積もる話もあるやろし、わしらはわしらで、先にいっぱいやりながら、十段目の稽古をしよやないか。尼崎《あまがさき》の段や。な、柳、わしに、あの十段目の義太夫節を教えてくれろ。わしはあれを麓太夫のように語りたい。

はいはい、と柳はこたえ、ところであの二人、昔、なんぞあったんですか、とこの際だから、思い切って、きいてみた。

耳鳥斎が、さあてな、と軽くいなす。

柳は耳鳥斎にまとわりつきながら、ごまかさんと！　わしも仲間にいれてください、と言い募る。耳鳥斎はますます軽快に歩きながら、ええ夜になりそやな、と柳をみて、にそにそ笑う。んもう、ごまかさんと！　隠さんと言うてください、わし、ずーっと気になって仕方がないんですわ、とまたまた言い募り、それからふと、後ろを振り返った。

まだ賑わいのつづく道筋の向こうに、二人が話しているのが見えていた。先ほどより、日が落ちて、一段と暗くなったぶん、あちらこちらからの提灯《ちょうちん》の明かりが二人の輪郭をほんのり照らしている。おきみも徳蔵も、夢中になって話しているのがよくわかる。遠目にみても楽しそうだった。

耳鳥斎も足を止め、振り返った。

縁《えにし》の糸やな、縁の糸。

と耳鳥斎がいった。

絡まってんのやな、糸がきっと。なあ、柳、それがみえへんか、ときく。縁の糸、といわれてもよくわからないが、まっすぐ二人のところにまで一本の筋がつづいているようにみえる。

耳鳥斎にそういうと、そやな、といった。

糸に手繰り寄せられて、また出会うんやろな。切ろうとしても切られへん糸がこの世にはあんのや。お三輪《みわ》の苧環《おだまき》の糸か。いや、あの糸は切れてしもたか。

からからからと回っていた苧環からつづいていく、長い長い赤い糸。白い糸。

柳にはそれがみえる気がした。

時の果てから、そんな糸がいくつもいくつもここまでつづいている気がしてならない。

耳鳥斎にもそれがみえていたのかもしれない。

一つ咳払いをして、この世のからくりておもろいな、といった。この世のからくりの糸、いうのんは、縁の糸でできてんのかもしれへんな。な、そう思わへんか、と柳にきいた。

どうですやろな、と柳がこたえる。

そうして、ふと、

「そんなら、わしの糸は太閤さんと結ぼれてますわ」

と口にしてしまう。

「太閤さんて秀吉公か」

耳鳥斎が少し馬鹿にしたような目つきで柳をみる。

「へえ。その太閤さんが、なんの因果か、わしにまだ書け、まだ書け、ていうてきはりますのや。それも縁の糸とちゃいますやろか」

耳鳥斎が困ったように柳をみて、それから、うむ、とうなずいた。

「そやな。それも縁の糸かもわからんな。おまえは、浄瑠璃地獄に落ちた鬼やさかい、そないな糸に引きずられて書いていくしかないんやろな。やー、そら、えらいこっちゃ」

耳鳥斎が歩きだしたので、柳も歩きだした。

芝居茶屋の座敷の開け放たれた窓から、三味線の音色や、楽しげな笑い声が流れてくる。

道頓堀を行き交う船からは賑やかなお囃子《はやし》も風に乗ってきこえてきていた。

その道の真ん中を柳と耳鳥斎は連れ立って、後になり先になり、きもちよく歩いていく。


絵本太功記の続編にあたる、太功後編《たいこうご》の旗颺《はたあげ》はそれから三ヶ月後、豊竹座で幕を開けた。

もちろん、作者は柳だ。

まだまだ太閤さんから離れられない柳はこの次も太閤さんの演目を書くつもりでいる。

吹っ切れた柳には、もうおきみの助けがいらなくなっていた。わしが書く。わしがわしの浄瑠璃を書く。

切ろうとしても切れない糸が柳に書かせる。

太閤記といえば近松やなぎ。

あいつはそれしか書けへんのやで、と陰口を叩かれているると知ってはいるが、柳は平気だった。

いや、むしろ、本望だった。

硯

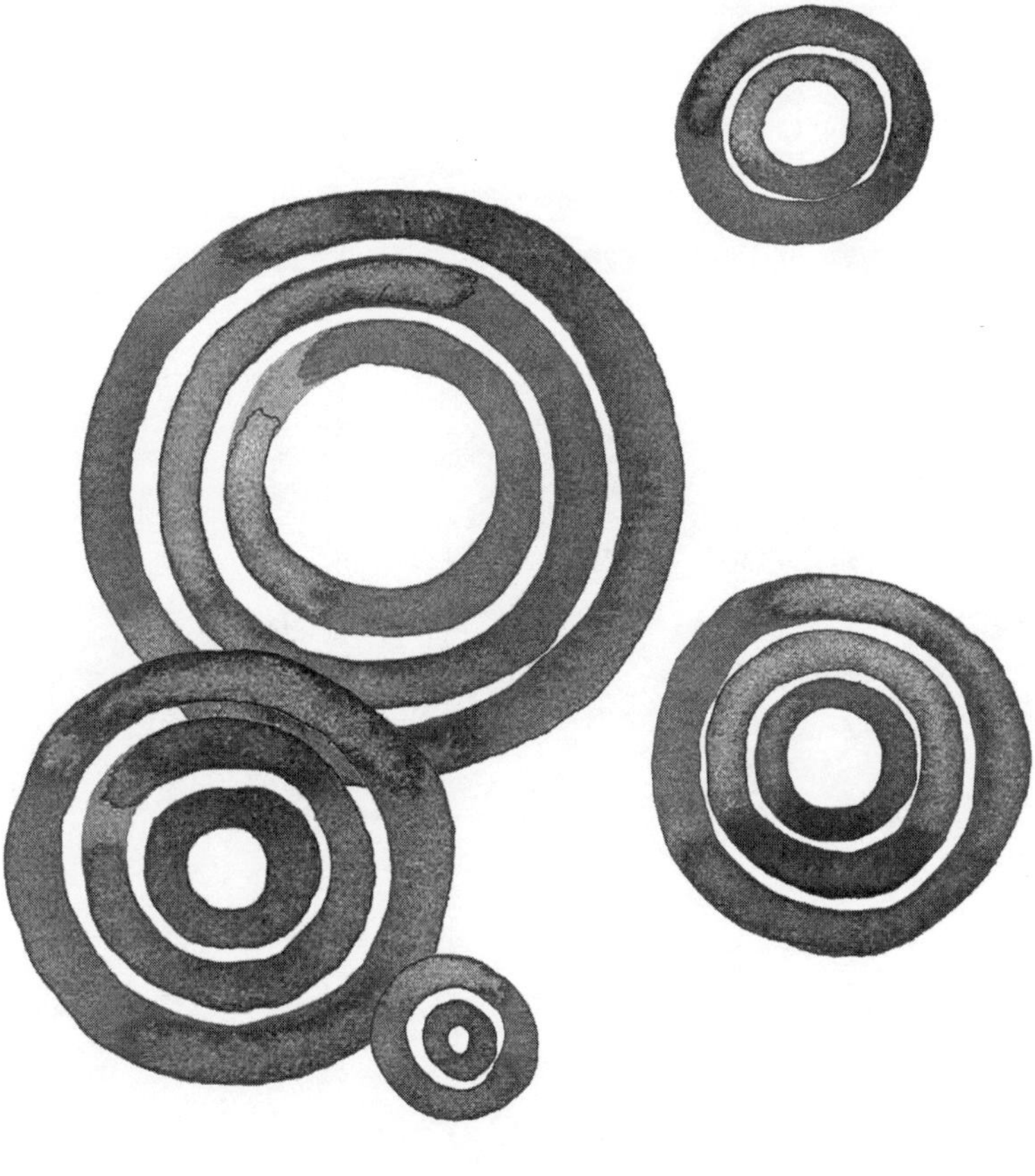

一

徳蔵《とくぞう》のところへおきみが訪ねてきたのは、豊竹座《とよたけざ》の絵本太功記《えほんたいこうき》の初日に芝居小屋の外で再会した翌々日のことだった。

大枡屋《おおますや》の店先で、京のまるのやの者ですけども、大枡屋はんにお預かりしたものをお返しにあがりました、どうぞ旦那《だん》はんにお渡ししとおくれやす、と風呂敷包みを置いていった女がいたと、奉公人にきかされた。

徳蔵は、その風呂敷包みを受け取るや否や、それを持ったまま、大慌てで大枡屋を飛び出したのだった。

道の先を歩いていくおきみの後ろ姿がみえる。

おーい、おきみちゃーん、とあたりを憚《はばか》らず大声をあげる。

おきみが振り返った。

その姿が、昔なつかしい、おきみそのもので、ああ、おきみちゃんや、ほんまにかわらへんなあ、と徳蔵はまたしても感慨にふける。

あ、徳蔵はん、とおきみはいい、なんやの、わざわざ追いかけてこんかて、ええのに、と困ったような顔をする。

おきみちゃん、なんや、これ、と徳蔵がきく。

そんなん、わかってるやろ、貸してもろた三日《みっか》太平記《たいへいき》や。

と、いわれても、徳蔵が手にした風呂敷包みは、三日太平記にしては嵩《かさ》があるし、重さもあった。おそらく礼の品かなにかがいっしょに包んであるのだろう。

「絵本太功記がうまいことといったんも、徳蔵はんから貸してもろた三日太平記のおかげや。ほんま、おおきに」

おきみがいうので、

「礼なんぞいらん。気ぃ遣うてくれんかてええ」

と、徳蔵は風呂敷包みを突き返す。

おきみが怪訝《けげん》な顔になる。

「そやかて。借りたもんは返さなあかんやろ」

「三日太平記だけ返してくれたらそんでええ」

包みから丸本だけを取りだしたいが結び目がほどけない。

ちょっとそこすわろか、と徳蔵が近くの茶店をめざして歩いていき、軒先の床机《しょうぎ》に腰をかけた。

なじみの茶店の婆が、徳蔵をみて愛想をふりまき、さっそく茶を出してくれる。

風呂敷包みをほどいていると、おきみが立ったまま、

「そんなことせんと、そのまま貰うてくれたらそんでええのに」

と不満そうにいう。

「そのつもりで文を入れておいたんやで」

風呂敷をほどくとその文がいちばん上にのっていた。

「あ、ほんまや、文や」

おきみがその文をあっという間に引ったくってしまう。

「そやから、そないいうてるやないの。まったくもう。台無しや」

ぶつぶついいながら少し離れて腰掛けた。

「これなんや」

文の下に箱があった。

「硯箱《すずり》か」

箱を持ち上げると、その下に三日太平記があった。

「父《とと》さんの硯や」

「え。父さんの、って、え、半二《はんじ》はんの硯か。なんでそないなもん、ここへ」

「貰うてもらお、て思うて」

「わしに」

「そや。それ、近松門左衛門《ちかまつもんざえもん》はんが使うてはった硯や、ていわれてんのやで。しってるか」

「ええッ」

しってるもなにも。

徳蔵の手が震えた。

ゆっくりと硯箱を下におろす。

「お、おきみちゃんがもってたんか」

「そや」

近松半二が亡くなったあと、この硯の行方が門人らの間で話題にのぼることが多々あった。徳蔵もいっとき門人だったから、その硯についてきかれることがままあった。誰かがそれを半二から受け継いだのではないか、と皆、疑心暗鬼になり、互いに探りを入れあっていたからだったが、むろん、そんなものを徳蔵がもっているわけがない。徳蔵は半二のもとをとうに離れた、不肖の門人なのである。とにもかくにも、いくら探しても門人のなかで受け継いだらしき者はみつけられないようだった。

半二亡き後、困窮していたお佐久《さく》とおきみが京へいく前に売ってしまったのではないか、ともいわれていた。松屋《まつや》に売られたのではないか、という噂もあった。

徳蔵がたしかめてみると、松屋の主人、松へ、こと耳鳥斎《にちょうさい》は否定した。うっとこにはないで。半二はんの遺さはったもんはどれもこれも、ほんまにたいしたもんやのうてなあ、売《う》り物《もん》になりそうなもんなんぞいっこもあらへんかった。そやさかい、買うたりとうても、どないもできひん。ほんでも、おきみちゃん、二束三文でええから売れるだけ売って京へいきたい、いうてるしな、知り合いの店、紹介したったんや。屑屋みたいなとこやけど、買い叩いたりせえへんとこや。硯があったかどうかまではわからんけども、謂《いわ》れのあるものが売られたとはきいてへんで。

近松門左衛門の硯なのだ、というと耳鳥斎は驚いていた。へえええ、そんなんやったら、わしが高値で買うたったのにぃ。いかにも惜しいという声でいうので、おそらく硯の在り処はしらないのだろう。

そもそも、近松半二が使っていた硯が、ほんとうに近松門左衛門の硯かどうかも、誰もたしかめたことはないのだった。半二が硯をそれほど大切にしていたようにもみえなかったし、というより、ぞんざいに扱っているのを皆、みていたし、もし持っていたとすれば、どこかに大切にしまってあったのかもしれない。そして、それは誰にも気づかれず、屑にまぎれて捨てられてしまったのかもしれない。

あるいは、まだ半二が存命のうちに、硯はすでになくなっていたとも考えられた。なにかの拍子に割ってしまったとか、どこぞにおきわすれたとか、だれかに盗まれたとか。

そやから半二はん、硯の話はせえへんようになってたんとちゃうやろか。

近松門左衛門の硯なんぞ持ってはったらさすがに自慢するやろけど、そないなこともなかったしな、きっともう、どこかへいってしもてたんやで。

次第にそうにちがいないという話になっていき、だんだんと硯のことは忘れられていった。

誰かが譲り受けているときかされるより、その方が心穏やかにしていられたから、皆、そう思い込むようになったのだろう。

しかし、その硯があったとは。

しかも、ここに。

「これがその硯か」

まじまじと徳蔵は硯箱をみた。

「箱は何年か前にうちが誂《あつら》えたもんやけどな」

おきみが無造作に蓋をあけた。

左下の角が欠けた硯がちんまりとおさまっている。

「みおぼえあるやろ」

とおきみがきく。

「え。みおぼえ」

「父さんの硯や、いうてるやろ」

「え、硯て、半二はんが使うてたあの硯か。あれが近松門左衛門の硯やったんか」

「そや。父さん、硯はこれしか持ってへんし」

床机の隅に置かれた湯呑みで、おきみが茶を飲む。

「なんや、そやったんか」

「父さん、よう話しかけてたわ、その硯に。へんやろ。ちっさい頃、なにしてはんのやろ、うっとこの父さん、硯としゃべってはる、て怖なったもんや」

「これが、あの」

徳蔵がひとさし指で硯にさわった。角がわずかに欠けているが、大した損傷ではない。じゅうぶん使える硯だろう。

「ああ、それな、火事のときにどこぞでぶつけてしもたんや。気ぃついたら、そないなってた」

「火事」

「あの大火のときや。うちはな、その硯を、風呂敷に包んで懐に入れて逃げたんや。なんでやしらんけど、とっさにそないしてた。ちょっとでも金目のもん、もって逃げたらええのに、ほんまにあほやな。ほんでも、よう逃げられたもんやて思うわ。うちはともかくあんだけ弱ってた母《かか》さんが怪我もせんと、中途で倒れもせんと山科《やましな》まで辿りつけたんやからな。母さんは、硯が守ってくれたからやで、て、ようゆうてた。父さんが山科まで導いてくれはったんやで、て。まるのやはのうなってしもたけど、おじさんやおばさんや子供らや、まるのやで働いてるもんは誰ひとり欠けんと、生き延びたんやし、ほんまに父さんが守ってくれたんかもしれん。硯は欠けたけどもな。ほんでもそれ、ちゃんと使えるで。うちもずうっと使うてたし」

たいへんな思いをしていたのだ、とあらためて感じ入った。大坂にいても、京の大火のことはよく耳にしていたし、まるのやが焼けて、その後、再建されたというのもしってはいたが、どこかしら身にしみていなかった。おきみにどれほどの苦労があったか思い至らずにいた。いつも、気にはなっていたのだが。気にはなっていて、気にかけてもいて、しかし、それだけだった。

なにもしなかった。

助けることはいくらでもできたのに。

そのくらいの力はあったのに。

徳蔵はいっさい、おきみに近づいていかなかったのだ。

どうして、そうなってしまったのか、徳蔵にもよくわからない。いつかまた、近くにいられるようになる日がくる、と漠然と思い、いや、心のどこかでそれを願っていたはずなのに、いったん離れてしまったら、もう、どうやって近づいていったらいいのか、わからなくなってしまったのだった。漠然と願っていてはだめなのだった。徳蔵自ら動かねばならなかったのだ。そんなことにも気づかぬまま徳蔵は年月を重ねてしまったのだった。

手を差し伸べてやれたらどんなによかったろう、と今更ながら強く思う。なんというふがいなさだ、とつくづく己がいやになった。

「すまんかった」

と、徳蔵は詫びた。

「なんの力にもなれへんかった。ほんまに情けない」

頭を下げると、おきみが驚いたような顔をする。

「なんで。なんで徳蔵はんが謝るの」

「そやかて。若い時分にあんだけ世話になっておきながら、わしはなにひとつ恩返しでけてへん」

「いらん。そんなん、いらんわ。あほらし」

おきみがぷいっと横をむく。

徳蔵がその横顔をじっとみる。この横顔をなんど盗み見たことか。おきみと並んで操浄瑠璃《あやつりじょうるり》やら歌舞伎芝居やらを見物しているとき、いつもいつも、この横顔が気になってしかたなかった。おきみはどうみているのだろう。この舞台のどこをみているのだろう。なにを考えているのだろう。そんなことを思いながら、この横顔からなにかを読み取ろうとしていた。いや、ただ眺めていただけだったのかもしれない。ただこの横顔を。

この娘は、といって、おきみはとうに娘ではなくなっているのだけれども、徳蔵にとっておきみはやはり娘にはちがいなく、そしてこの娘が徳蔵にとって浄瑠璃の神さんであったこともまちがいないのだった。歌舞伎芝居の立作者《たてさくしゃ》として、ここまでやってこられたのも、おきみのおかげであり、おきみのせいだった。

ぼんやりと眺めつづけていたら、おきみが徳蔵をみた。

「この硯、徳蔵はん、貰うてくれへん」

とおきみがいった。

「え」

「ほんまはな、柳《やなぎ》にやろか、て思うてたんや。そやけど、なんやちごてる気もしてな。踏み切れんかった。柳は父さんに会うたことないしな。そしたら、徳蔵はんから三日太平記が届いたやろ。あ、そやった、徳蔵はんがいてた、て気ぃついたんや」

おきみが硯をひょいと徳蔵の手に乗せた。わっ、と徳蔵が仰《の》け反《ぞ》り、声をだす。

「なにしてんの。あんた、えろう、立派にならはったけど、中身はあんまり変わってへんのやなあ」

くすくす笑う。

「な、徳蔵はん、これ貰うてんか」

おきみが徳蔵の手に手を重ね、硯を押し出す。

「あかんあかん。こんな大切なもん貰えん」

硯をおきみに押し戻す。おきみがどうしても受け取らないので、二人の間に硯を置いた。

「貰うてや」

「そんなん、貰えるかいな。わしには荷が重い」

「なんでやの。軽い硯やで」

「軽ない。軽いわけあるかい。重すぎるくらい重い硯や。こんなん貰うたら、おかしなもん、書かれへんやないか」

「おかしなもん、書かんかったらええやないの」

おきみがじっと徳蔵をみる。

「な、これで書き。徳蔵はん、あんた、これでええもん書き」

「いや、わしはもう浄瑠璃は書かれへんのや。あれ以来、歌舞伎芝居いっぽんで、きてしもうたさかいな、いまさら、立派な硯を受け取ったかて、浄瑠璃なんぞ書かれへん。お恥ずかしいかぎりや。近松半二の門人や、いうても名ばかりやな」

おきみのくちびるが、わずかに動き、なにかいっているように思われた。だが、よく聞き取れない。おきみはときどきこんなふうにふわふわとくちびるをよく動かしていた、と徳蔵は思い出す。いつもこんなふうにうっすら口元があいているようにみえていた。徳蔵はそれをみるたび、おきみがなにをいうのか、聞き逃すまい、といつも身構えていたものだった。

あの頃のおきみはほんの小娘だったのに。

そのくせ、浄瑠璃のことは、半二の門人のだれよりもよくしっていた。そのことに気づいていた者が、さてどれほどいたか、定かでない。

だが少なくとも、徳蔵は気づいていたし、おきみの才をよくしっていた。

「このままこの硯、おきみちゃんがもってたらええやないか。これ使うておきみちゃんが書いたらええやろ」

徳蔵がいうと、おきみが、うん、といちどうなずき、

「ほんでももうええねん」

といった。

「もうな、浄瑠璃の手伝いすんの、やめるんや。柳はまだまだ太閤記やるつもりやしな。ああなるともう、やりたいようにやらせたんのがいちばんええ。そやから、もう、まるのやで書くのをやめて大坂で書き、いうてんのや。本人もその気や」

「人のことはどうでもええ。手伝いで浄瑠璃書かんかて、おきみちゃんが好きに書いたらええやないか」

「それはそやけど、それやったら、もっともっと好きに書いていきたい。んー、どないいうたらええんかな。あんな、その硯で書いてると、どないしても父さんの手から逃れられへんのや。浄瑠璃しか書いたらあかんような気ぃもするしな。浄瑠璃は好きや。そんなんあたりまえや。そこはずっと変わらへん。そやけど、浄瑠璃は、ただ書いただけでは物足りひんやろ。舞台で太夫《たゆう》はんに語ってもろてこそや。そやけど、そこを叶えるんがむつかしい。な、わかるやろ。それにな、書きたいもんて、浄瑠璃だけやないような気ぃしてきたんや。江戸へいかはった余《よ》七《しち》はんて、知ってるか。あのお人、戯作者にならはったんやで。ま、あんなんが書きたいわけやないけども、浄瑠璃から離れて書く、いう手もあんのやな、て思いだしてん。紫式部はんかて清少納言はんかて、女やけど思うままに書いてはったやないの。ま、そないたいそうな話やのうても、なんやろな、そろそろ楽に書きたい、いうんかな。まるのやのことしながら、徒然《つれづれ》に書いていきたい、て思うてんのや。つまり、その硯から離れたいんやな。かというて、捨てられへんやろ」

「捨てるて」

「徳蔵はん、さっき荷が重い、ていわはったけど、ほんまはそれ、わかるんや。いつ頃からかうちも重い硯やな、て思うてた。なんや重しみたいでな、窮屈やった。そやからだれかに委ねたなったんやろな」

ふうん、と徳蔵は硯に手をのばす。

この硯をほしがる者がどれほどたくさんいるか、おきみはしらないのだろうか。これさえあれば、傑作が書けるのではないかと夢見ている者がこの道頓堀《どうとんぼり》界隈にはきっとたくさんいる。どなたさんかいりませんか、さあどうぞ、と差し出したら、我先にとあちこちから手が伸びるにちがいない。

そんなものを、このわしに。

「おきみちゃんとこには子がいてない、てきいたけど、ほんまか」

「ほんまや。授からんかった。これから先も、どやろな、もう授からへんのとちがうかな。徳蔵はんとこは。何人や」

「男二人に女二人や。上はだいぶ大きなったけど、下はまだ二つや」

「かわいい盛りやな」

「まあな。そんでもまるのやはんとこには、お子がいてはんのやろ」

「いてるで。男の子も女の子もいてる。もう大きいけどな。そやけど、その子らの誰かにこの硯を渡すつもりはないのや。これはな、その重みをしってる人にしか渡したない」

「そうか」

手に取ると、心地よい重さが感じられた。

なめらかな石の手触りを徳蔵はとっくりと味わう。

おきみがなにもいわず、それをみつめている。

近松門左衛門が、それから近松半二がこの硯からいくつもの傑作を書いたのだ、と思うと空恐ろしいようなその重みであった。いくらおきみに渡されたからといって徳蔵が受け取っていいような代物ではない。それは重々承知。

だがしかし。

「ほんなら、預からしてもらう」

徳蔵はいった。

おきみが、ほっとしたように頰を緩めた。

「おおきに」

「ええもん書けるかどうかわからんけども、一昨日の絵本太功記で、わしも思うところがあったしな、そこへこの硯がわしんとこへきた、いうのんも、なにかの縁やろしな。ひとつ、気張ってみよか。そんでおきみちゃんが楽になんのやったら、わしもうれしい」

うん、とうなずき、おきみが立ち上がった。

いくんか、ときくと、うん、とまたうなずく。床机の上の湯呑みをみるので、そんなん気にせんかてええ、なじみの店や、わしが払うとく、というと、うん、おおきに、とまたうなずく。

おきみは松屋ではなく、松への本宅に宿泊していて、そこへ戻るのだといった。そうして明日には京のまるのやへ帰るのだという。

「またあえるやろ」

徳蔵がきくと、

「どやろな」

とおきみがこたえる。そうしてふいに、道頓堀はええなあ、といった。四条《しじょう》とはなんやちがうんやな。そらまあ、眺めもちがうしな、人もちがうしな、道頓堀に並んだ芝居小屋、眺めて歩いてると、なんやら気が逸《はや》るんや。なんでやろ。浄瑠璃作者でもないのにおかしなこっちゃ。幟《のぼり》やら看板やらみてると、あれもみたい、これもみたいて、うれしなってくるしな。ほんでも、ここは遠い。

あいにいってもええか、といいかけて、言葉をのみこんだ。ええで、といわれたら、徳蔵はいくのだろうか。いってもいいのだろうか。

なにをどういえばいいのかまったくわからなくなった徳蔵はいちど立ち上がり、またすわりこんでしまった。

「どないしたん」

おきみにきかれ、

「硯が」

と口にだす。

「硯」

「重いな」

そういうとおきみが笑った。

「そやで。その硯の重みを徳蔵はん、しっかり受け止めて、ええもん書くんやで。どんなん書かはったか、ちゃあんと、みてるさかい、怠けたらあかんで。まるのやにいてても、松へが、いろいろきかしてくれるよってな。気ぃ抜けへんで」

ほんなら、またな、とおきみはいい、歩きだした。

「おきみちゃんも」

「え」

「軽なった手で好きに書くんやで」

おきみが大きくうなずき、去っていった。

徳蔵の手に硯が残った。

二

徳蔵はよく書いた。

わしのようなもんが、こない大それたもん、もっててええんやろか、と思いつつ、徳蔵は、その硯で歌舞伎芝居の台帳を拵《こしら》えていった。次々、拵えていった。

種。

種。

種。

種。

種。

この種。

どうしたらこの種から、うつくしい花を咲かせられるか。

どうしたら読本《よみほん》から歌舞伎芝居の演目を拵えられるのか。

これまでも幾度かやりかけてはみたものの、どうにもうまくいかず、半端なものしかできなかったが、今度こそやれそうな気がしてならない。

まず手始めに、雲府観天歩《うんぷかんてんぽ》が書いた読本、桟道物語《かけはしものがたり》から材をとった演目、紅楓秋葉話《からにしきあきばものがたり》を拵えてみた。

どうすればいいのか、おきみが教えてくれる。

と、いいたくなるほど、絵本太功記には、さまざまな示唆があったのだった。読本から舞台にのせる演目にしていくための手がかりが、そこかしこに残されていて、まるでおきみが徳蔵のために絵本太功記を拵えてくれたかのようだった。

いくらなんでもそれは穿《うが》ちすぎだろうが、しかし、じつにふしぎなことではあった。

浄瑠璃の中に人がいた。

文字の向こうにおきみがいた。

徳蔵は浄瑠璃を通して、おきみと話をしていた。

いや、おきみだけではない。半二もいたし、門左衛門もいた。

ひたひたと硯の海に筆をひたしていると、近松門左衛門からつづく大きな流れのうねりのようなものを感じずにはいられなかった。

この海は涸れることなく、綿々《めんめん》と、ここまで繋がってきているのだ。

この海に筆を浸せる喜びを無駄にするわけにはいかなかった。その役割が徳蔵に回ってきたのはたまたまである。たまたまであるからこそ、無駄にしてはならない。

浄瑠璃は浄瑠璃という文字の羅列というだけにとどまらず、はてしない力が秘められているものなのではないか、と徳蔵は気づきだしていた。

凡人のわしでさえ、こないな境地になれるんやから、まったく、たいした硯やないか、と徳蔵は驚かざるをえない。いや、硯はただの硯だ。それは徳蔵にもよくわかっている。この硯は、なんの変哲もない、ただの硯にすぎない。だが、ただの硯であって、ただの硯ではない。少なくとも徳蔵にとって、この硯には物語があった。そこが肝腎だった。しかもこの硯はおきみ、浄瑠璃の神さんから渡されたものなのである。

徳蔵は硯を大切にした。

作者部屋に持っていっても、誰にも貸さなかったし、誰にも触らせなかったし、決して置きっぱなしにはせず、必ず、硯箱におさめ、丁寧に風呂敷に包んで、家に持ちかえった。子らにはもちろん、家の者、誰にも触らせなかった。

なんやら、その硯、えらい大切にしてはんのですな、なんですの、ときかれることもあったが詳細は語らなかった。なにかわけでもあるんですか、と食い下がられても、ん、まあな、預かりもんやさかいな、とごまかした。

なんとはなしに、語ってはならないような気がしたのだった。

このことは、誰もしらん。この世でしってるんは、わしとおきみちゃんだけや。そう思うと、なにやら甘酸っぱいような心地もしてきて、ますます誰にもいいたくなくなるのだった。

幸いにも紅楓秋葉話は大当たりした。

徳蔵の新作がここまで当たったのは久しぶりのことだった。

評判も良く、日に日に客が増え、千穐楽《せんしゅうらく》まで大入りがつづいた。

読本を歌舞伎芝居にする手応えを徳蔵は摑んだし、役者連中にも徳蔵のやろうとしていることが伝わったようだった。

すると俄然、舞台の出来がよくなる。

役者もやりがいを感じたらしく、読本から拵える演目を望むようになり、客もそれを求めるようになっていった。

いい流れになっていく。

徳蔵は気を抜かず、精進した。

新たな演目を拵えつづけた。

立作者として脂が乗り切っている時期でもあったし、絶えず新作を所望されてもいたし、歌舞伎芝居の人気は引きつづき安定していたから、年がら年中、仕事は途絶えなかった。

徳蔵の頭の中では、芝居の演目に使えそうな読本をいつでも探していたし、頭の中だけでなく、世間の流行《はや》りを気にしつつ、貸本屋にも頻繁に足を運んでいた。そうして、めぼしいものがみつかればすかさず、歌舞伎芝居に取り入れた。

絵本太功記も、歌舞伎芝居にした。

といっても、先に歌舞伎芝居にしたのは徳蔵ではなく、奈河七五三助《ながわしめすけ》の弟子で、徳蔵ともよくいっしょに仕事をしていた奈河篤助《とくすけ》で、このところ、めきめきと頭角を現していただけあって、なかなかどうしてよくできていた。

だから徳蔵もやった。

他のものがやっているなら徳蔵がやらぬ道理はない。

操浄瑠璃の絵本太功記の出来を超えられるとも思えなかったが、演目の命はこうして永らえるともいえる。ならば躊躇《ためら》わずやるべきだろう。

座本の意向もあって、全段やるわけにはいかなかったし、使いたい役者も足りてはいなかったが、歌舞伎芝居とはそもそもそういうもの。あらゆる者らの意向を汲んで、臨機応変に直していく。そこから、思いがけない面白さに辿り着く。

それこそが、立作者としてここまでやってきた徳蔵の知る歌舞伎芝居の醍醐味でもあった。

近松半二の名作、妹背山婦女庭訓《いもせやまおんなていきん》を歌舞伎芝居にしたのも、この勢いがあったからこそだった。これまでもたびたび歌舞伎芝居として上演されているし、徳蔵にとってもすでにわかりきった演目ではあるものの、ここへきて、ふと、あらたになにかやれることがあるのではないかと思い立ったのだった。

浄瑠璃を通して半二に教えを乞いたい。

そんな思いが徳蔵にはあった。

浄瑠璃の向こうに半二がいる。

徳蔵はすでにそれをしっている。

そして、たしかに、半二はいた。

台帳を拵えていると半二の声がきこえるかのようだった。あの大きな声に導かれ、半二の頭のなかへ誘われていく。

そうして台帳ができていくにつれ、妹背山婦女庭訓とはどういう演目だったのかが、少しずつ、わかってきたのだった。若かりし日にはみえなかったものがじわりじわりみえてくる。

律動。

楽しげな筆の息遣い。

踊っているかのような筆の振る舞い。その勢い。

視線。

作者の視線というだけでなく、人物の視線が半二の視線と交錯し、舞台を押し広げる。言葉に言葉を重ね、重ねられた言葉によって世界は厚みが増し、そこにまた言葉を重ね、さらに舞台を大きく押し広げていく。

半二だけではなく、このときかかわった作者らのすべての力と熱と喜びがじかに伝わってくるかのようだった。

徳蔵は、この演目の全貌をはじめて理解でき、摑まえられたように思ったのだった。

客としてではなく作り手として。

近松半二の不肖の弟子としてではなく、同じ書き手として。

半二のもとを離れて幾星霜、半二の側で学んでいたときにはわからなかったことが、歌舞伎芝居の立作者として数々の演目を拵えてきた今だからこそようやくわかる。

無駄ではなかったのだ。

畑違いであろうとも、歌舞伎芝居をやりつづけた甲斐があったのだ。

ああ、と徳蔵は声にならない声をあげた。

そうか。

こう繋がるのか。

道は繋がっているのか。

驚き、そして、震えた。

ならば、これからだ。

徳蔵は奮い立った。

まだまだこれからなのだ。

徳蔵は長い長い旅路の果てに、半二のもとへ戻ってきたのかもしれなかった。ついに半二の門人になれたのかもしれなかった。

翌月には、半二の近江源氏先陣館《おうみげんじせんじんやかた》にも取り組んだ。

その四ヶ月後には、伊賀越道中双六《いがごえどうちゅうすごろく》もやってみた。

半二の遺作であり、おきみの手が入っている伊賀越道中双六を、徳蔵は熱意をもって我が物にした。

これらの浄瑠璃が血となり肉となり、頭の中の種にたっぷりと水を含ませてくれたようだった。

三

「ほうほう、ついに、時が満ちたか。ようやく芽がふいたようやな」

「どうやらそのようや」

徳蔵はこたえた。

「えらいこと、長い道のりやったな」

「まあな。そやけど、わしはまだ生きてるしな、なんとか間に合《お》うたやろ。そんでよしとしようや」

硯に向かって徳蔵がいう。

「ええ花が咲きそうか」

「どやろな」

「どないな花や」

「いろいろや」

「いろいろて」

徳蔵がくつくつ、笑う。

「ほんまにいろいろや。いろいろやりとうて、たまらんのや。今ならなんぼでもやれそうな気ぃするしな。ええ読み物がこの世にはようけあるさかい、それらをみんなやったらなあかん、て思うてる。山東京伝《さんとうきょうでん》の読本やろ、曲亭馬琴《きょくていばきん》の読本もぜひやりたい。どれもこれも、歌舞伎芝居にでけそうな気ぃがしてならんのや」

「ほんまかいな」

「ほんまや。やれるだけやったる。ま、あとどんだけやれるんかはわからんけどな」

先に逝った者らの顔が目に浮かぶ。

なつかしい者らの顔が、次から次、頭に浮かんでくる。

徳蔵とて、はや五十半ば。そう悠長にしていられないのはまちがいないだろう。

「上田《うえだ》秋成《あきなり》の雨月物語《うげつものがたり》はどないなった」

きかれて徳蔵が、

「ああ、そやったな。あれもやらなあかんな」

とこたえる。

「お、とうとう、やんのか」

「そやな。すぐにはやれんにしても、じきにやる。せやかて、あれをやらんわけにはいかんやろ。もともとのはじまりや。ともかく、順々にやっていく。ああ、腕が鳴るで」

「たのもしなったもんや」

徳蔵が、ああ、とうなずいた。

「えらい遅なってしもたからな、急がなあかんのや。わしには、やりたいもんがようけある。なんでかしらんが、このところ、次から次、いろいろなことを思いつく。頭んなかが忙しゅうてかなんのや。どないなってんのやろな。ともかく、生きてるうちに、やれるもんはみんなやったりたい」

それを、今は亡き、たいせつな人らにもみてもらいたい。

「いよいよ花が咲くんやな」

「そや。次々、花を咲かせていくのや。百花繚乱《ひゃっかりょうらん》、花盛りや」

「そら、ええな」

「ええやろ。まあな、大輪の花にはならんかもしれへんけどな。大傑作にもならんやろけどな。だが、そんでええやないか。いや、そんでええ。一つ一つ、きれいに、だいじに咲かしてったろ、て思うてんのや。それこそがわしが育てた種なんや」

芝居小屋で大勢の人に楽しんでもらいたい。お見物の皆の衆に、うんと喜んでもらいたい。みにきてよかったな、て、いってもらいたい。ええもん、持って帰ってもらいたい。わしもそやった。芝居小屋に育てられた。大枡屋だけではこの世を乗り切れんかったやろうわしに、この世の過ごし方を芝居小屋が教えてくれた。この世の姿をみしてもろた。ようけようけ力をもろた。なあ、硯よ、そやったよな。

徳蔵は、筆を墨にひたす。

筆が墨を吸う。

たっぷりと吸う。

墨の匂いがする。

筆の重みを感じる。

あたらしい紙に筆をおとす。

腕をうごかす。文字が生まれる。

これがすべてだ。

大島真寿美（おおしま・ますみ）

一九六二年愛知県生まれ。九二年「春の手品師」で文學界新人賞を受賞しデビュー。二〇一一年刊行の『ピエタ』は第九回本屋大賞第三位。『あなたの本当の人生は』は一四年第一五二回直木賞の候補作に。一九年『渦 妹背山婦女庭訓 魂結び』で第一六一回直木賞受賞。同作は二〇年第七回高校生直木賞も受賞。『チョコリエッタ』（映画化）『虹色天気雨』『ビターシュガー』（両作品をもとにNHKでドラマ化）『戦友の恋』『ゼラニウムの庭』『ツタよ、ツタ』『モモコとうさぎ』など著書多数。

結《ゆい》 妹背《いもせ》山《やま》婦女《おんな》庭訓《ていきん》 波模様《なみもよう》

二〇二一年八月十日 第一刷発行

著者 大島《おおしま》真寿美《ますみ》

発行者 大川繁樹

発行所 株式会社 文藝春秋

〒一〇二-八〇〇八

東京都千代田区紀尾井町三番二十三号

電話 〇三-三二六五-一二一一

印刷所 凸版印刷

製本所 加藤製本

DTP組版 言語社

ISBN978-4-16-391410-7